Gouverneurs de la rosée

# 朝露の主たち

ジャック・ルーマン
松井裕史 訳

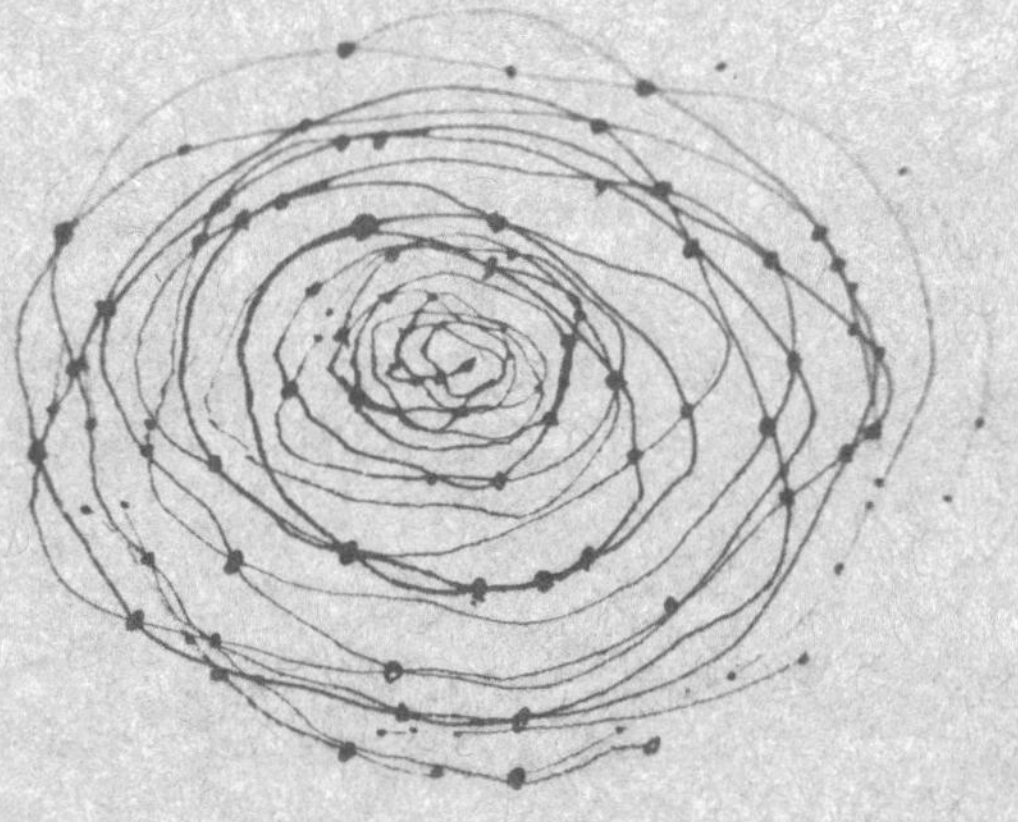

作品社

# 朝露の主たち

# 第一章

「わたしたちみんなおしまいよ……」デリラは砂埃《すなぼこり》の中に手をうずめる。「わたしたちみんなおしまい」年老いたデリラ・デリヴランスは言う。「家畜も作物も生けるキリスト教徒も。ああイエス様、聖母マリア様」砂埃がデリラの指のあいだから流れ落ちる。荒れたアワの畑や緑青にむしばまれたサボテンの垣根や木々、バヤオンド〔原註：サボテンの一種〕に降りかかるのと同じ、乾いた風のため息が吹きつける砂埃だ。

街道から砂埃が舞いあがって、年老いたデリラは小屋の前でうずくまり、うなだれて頭をゆっくり振ると、マドラス織のスカーフが斜めにずれ、髪の房が見えるのだが、指のあいだから一連の貧困のように流れ落ちるこの砂埃をかぶって灰色になったみたいだ。デリラは「わたしたちはみんな死ぬのよ」と繰り返し、神様を呼ぶ。しかしそれは無駄である。あまりにも多くの哀れな生き物たちが一所懸命名前を呼ぶ声が大きな音となって、神様はそれを耳にしても「ちぇっ、何だこの騒ぎは？」と叫ぶだけだからである。そして耳をふさいでしまう。これが真実で、人間は見捨てられている。

夫のビヤンネメはヒョウタンの木にもたせかけた椅子に座って、パイプを吸っている。タバコの煙か真綿のようなひげが風に舞う。

「そうだ」ビヤンネメは言う。「人間というのは哀れな生き物だ」

デリラには聞こえないようである。

カラスの群れがシャンドリエの木々に降りかかる。そのしわがれた鳴き声が耳を聞こえなくする。カラスはばらまかれた木炭のように白く焼けた畑に一斉に舞い降りる。

ビヤンネメが呼ぶ。「デリラ？　デリラ、おい」

デリラは返事をしない。

「お前」ビヤンネメが叫ぶ。

デリラは頭を上げる。

ビヤンネメは疑問符を立てるように、パイプをまっすぐに振り上げる。

「主がこの世を創ったんじゃないのか？　答えるんだ、おい、主が天と地を創ったんじゃないのか？」

デリラは「ええ」と言うが、不本意である。

「なんとまあこの世は苦しみのなかにある。この世は不幸の中にある。だとしたら主は苦しみを創り、不幸も創ったというわけだな」

ビヤンネメは勝ち誇った様子でタバコをふかし、ぴゅっと音を立てて唾を吐き出す。

デリラは怒りに満ちた目を夫に向ける。

「困らせないでちょうだい。わたしもこんなふうに十分つらいのがわからないの？　不幸ならわたしもよく知っているわ。わたしがお腹を痛めて、このお腹から不幸が生まれるのよ。わたしに向かって天と地獄を呪うことないでしょう」

するとデリラは悲しくなって目に涙をため、優しい口調で言う。

「ああ、ビヤンネメ。ネグ・ア・ムエ〔原註：クレオール語で「わたしのひと」という意味〕」

ビヤンネメは乱暴に咳《せ》きこむ。もしかしたら何か言いたいのかもしれない。不幸というものは黒い胆汁のように心を乱し、喉にのぼって、言葉を苦々しくする。

デリラはやっとのことで立ち上がる。それはあたかもなんとか気を取り直そうとするかのようだ。あらゆる生活の苦労のせいで、まるで不幸な場面で開かれたままの本のように、黒い顔は皺だらけになっている。それでも瞳は泉のような輝きをもっていて、ビヤンネメがデリラと目をあわせないのはそのせいである。

デリラは家のほうに足を向け、中に入った。

バヤオンドの林の向こうで煙が立ちのぼり、半分かき消された遠くの丘の線が、もやのかかった風景の中に消えていった。空には雲ひとつない。それは一枚の焼けた鉄板でしかない。

家の裏にあるまるい丘は、胡椒《こしょう》つぶみたいな髪をした黒人女の頭に似ている。葉もまばらなやせこけた低木が地面に生え、さらに向こうに、きらきら光る雨裂《うれつ》の入った別の丘が、空に背を向けて逆光になった肩のような姿で立っているが、侵蝕で岩がむき出しになって延々と流れていた。

地面は骨が見えるまで土を流してしまったのだ。

木を伐採したのは確実に間違いだった。ビヤンネメの父親に当たる今は亡きジョザファ・ジャンジョゼフが生きていたころは、丘の上に木々が高く繁茂していた。林を焼いたのは食料となる作物の畑を作るためで、丘の上の平地にはコンゴマメを、中腹にはトウモロコシを植えた。

信念をもった人として、男のする仕事によって土から引き抜いたものでなければ口にできないことを知っている農民として、懸命に働いた。そして大地はそれに応じた。最初はあがいても、男の力こそが正義であって、「好きにして……」と言う女のように。

当時は誰もが仲よく暮らしており、手のひらが指を結びつけているように、収穫や開墾のために組まれるクンビット〔原註：集団でする農仕事〕が隣近所を結びつけていた。

ビヤンネメは立ち上がり、おぼつかない足取りで畑に歩いていく。麻屑のように乾いた草が水路にはびこってしまった。背の高い葦《あし》の茎がしなだれて、土に混ざるようになってからずいぶん経つ。水路の底は使い古した陶器のようにひび割れ、腐った植物の屑で緑色になっている。以前そこには水が日に当たって流れ、そのせせらぎと光がナイフを穏やかに笑わせたものだった。アワがびっしり生え、街道から小屋が隠れるほどだった。

ああ、あのクンビットが、とビヤンネメは思い浮かべる……

朝早くからあいつが団長になって、仲間たちと、威勢のいい村人たちとともにそこにいた。デユフォンテヌ、ボセジュール、いとこのアリステヌ、ピエリリス、デュドネ、義理の兄弟メリリアン、フォルチュネ・ジャン、コンペ・ボワロン、シミドール〔原註：吟遊詩人〕・アントワヌ。

あれは歌が上手で、女が十人集まったよりも達者な口で人を操ったが、誓ってその言葉に悪気はなく、ただ人を楽しませるものだった。

ギニア草の中に入っていったものだ！〈はだしで朝露の中に、空は白んでいき、空気はひんやりとして、遠くには鐘みたいなホロホロチョウの鳴き声が……〉黒い陰に覆われた木々、まだ少し薄暗闇がかかった葉が少しずつその色を取り戻していった。木々は油色の光に浸っている。硫《い》黄色《おういろ》をしたマドラス織のような薄い雲が高い丘の頂《いただき》を覆っていた。土地が眠りから目覚めていった。ロザナの庭では、ひと握りの砂利をばらまいたかのように、突然タマリンドの木がカラスの渦巻く鳴き声を放っていった。

カザマジョール・ボブランと妻のロザナとふたりの息子が男たちに挨拶をした。一家は「兄弟、どうもありがとう」と言っていた。それが礼儀というものだ。助け合いというのは誠意で成り立つのだから。今日は俺がお前の畑で働いて、明日はお前が俺の畑で働くという具合だ。助け合いというのは貧しい者同士の友情じゃないか。

少し遅れて、シメオンとドリスカがたくましい男たちを二十人ぐらい連れてくるのだった。ロザナには、タマリンドの木陰で湯が沸いてぐつぐつ音を立てるブリキの釜や火の周りをまかせておいた。デリラや近所の女たちがあとから手を貸しにやってくることになっていた。

男たちは鍬《くわ》を肩に担いで出ていった。耕す畑は野道の角にあって、組んだ竹で守られていた。薄紫や白の花をつけたつるが乱雑に生えた低木にからみついていた。黄金色《こがねいろ》のアソロシの実は開いて、粘膜のビロードのように赤い果肉をむき出しにしていた。

男たちは動くようになっている格子を柵からどかした。畑の入り口には杭に掛けられた牛の頭骸骨が白く光っていた。男たちはなすべき仕事を目で測る。つるがからみ合った雑草の生えている区画《カロ》〔原註：農業で用いられる単位で一・二九ヘクタールに相当〕だ。しかしそれはいい土地だった。男たちはかんなをかけたテーブルと同じぐらいに地面を整えるだろう。ボブランはこの年、そこでナスを試してみるつもりだった。

「整列！」団長が声をあげる。

シミドール・アントワヌは太鼓の帯を肩から斜めにかけていた。ビヤンネメが男たちの列の前で指揮を取った。シミドールが軽く叩き始めると、その指の下で太鼓のリズムが軽く鳴った。息をあわせて弾みをつけ、男たちは鍬を天に振り上げた。鍬の歯が光で輝いた。男たちは瞬く間に日の光で輝く弧を振りかざした。

シミドールのしわがれ声が高らかにあがった。

「ア・テ……」

一斉に振り下ろされた鍬が、鈍い衝撃とともに大地の荒れた毛並みに挑んでいった。

「ファムラ・ディ、ムシエ、ピンガ

ウ・トゥシエ・モワン、ピンガエー」

〔原註：女は言った、旦那、わたしに触れないように用心しな、用心しな〕

男たちは横並びで進んでいった。彼らはアントワヌの歌を腕の中に感じ、はやる太鼓の鼓動でさらに熱く血がたぎっていた。

すぐに太陽が出た。雑草が生えた畑の表面に朝露の泡が立っていた。名誉《オネ》と尊敬《レスペ》、お天道様《てんとうさま》、のぼる太陽。ひよこの毛よりやわらかく暖かい太陽が丘の丸い背の上、まだしばし夜明け前の乾季の中を、真っ青になって。黒い肌をした男たちは、空から鋭い光のとげを抜く鍬を振って挨拶をするのだった。パンの木のギザギザした葉は青空がつなぎ合わせ、火炎樹の火は闇夜の灰の中で長いあいだ温められ、今やバヤオンドの林の端で花弁が騒がしく輝く。

執拗な雄鶏《おんどり》の声がひとつ、畑からまた別の畑へと移っていった。

村人たちの並んだ影が声を大きくひとつにあわせて、繰り返しの部分をまた歌っていた。

ア・テ
マプ・マンデ・キ・ムン
キ・アン・ドゥ・ダン・カイ・ラ
コンペ・レポン
セ・モワン・アヴェク・クジン・モワン
アッセ、エー！
〔原註：振り下ろせ！／誰が小屋の／中にいるんだ？／相手が答える／おれだいとこと一緒だ／いい加減にしろ！〕

長い柄のついた鍬を振りあげ、光輪が輝き、狙いを定めて力強く振り下ろされる。

モワン・アン・ドゥダン・デジャ
アン・レオー
ナン・ポワン・トロ
パセ・トロ
アン・レ、オ
〔原註：もう中にいるぞ／空に、おお／雄牛よりも／雄牛なのはいない／空に、おお〕

太鼓に鳴る心臓と男たちの動きのあいだに、リズムに合わせた循環ができあがった。力強い流れのようなリズムが彼らの動脈の奥にまで入りこみ、筋肉に新しい活力を与えていった。

歌が日の光にあふれる朝を満たしていった。風が丘の向こうにあるベルヴュの高台まで歌を運んでいった。コメ・フランシヤ（彼女は小屋の前にある野生のブドウの木でできたあずまやの下で、羽をばたつかせて鳴く鶏に囲まれて、トウモロコシの粒をやっている）、言っておくが、コメ・フランシヤは畑の声に耳を傾けただろう。ええ、と彼女は答えただろう。今はいい時季ね。彼女が空を見るために顔を上げただろう。空には雲のかけらひとつもなく、ひっくり返された磁器の碗のように、一滴の雨のしずくさえ含んでいないことを示していた。

歌は葦の道を進み、水路に沿って、丘の脇のくぼみにできた泉までのぼっていくだろう。そこには木陰とひっそり湧く水に浸ったシダとマランガ〔原註：食用になる塊根植物〕の濃いにおいがたちこめていた。

もしかしたら近所のイレジルやテレズやジョルジアといった若い女のひとりが、ヒョウタンに水を汲み終えたかもしれない。水から出ると足首の周りで冷たい波紋がほどける。ヒョウタンをヤナギで編んだかごに入れて、頭にのせる。湿った小道を歩いていく。遠くでは太鼓がブンブンうなる蜂の巣の音を放っている。

「わたしもあとで行くわ」女はひとりごとを言う。「誰々もそこにいるはず（それは恋人のことだ）」

女は熱気に包みこまれて心地よいけだるさを感じる。急いで大股で歩き、手でバランスを取る。腰が目を見張るやわらかさで弾む。若い娘は微笑《ほほえ》む。

バヤオンドの上には煙が切れ切れに浮いている。林間では炭焼きたちが、弱火で焼いた若木を覆った盛り土を払い除けていた。

一本の木は日の光の色、太陽や風や雨との友情で穏やかに生きるようにできている。豊かに発酵した土に根を張り、養分を含んだ汁、強壮剤を吸いあげる。木はいつも、大いなる安らかな夢にふけっているみたいだ。木はゆっくりとのぼってくる樹液に、暑い昼下がりの中でうめき声をあげる。これは雲の流れを知り、夕立が来ることを予感する正夢だ。木には鳥の住む巣がたくさんあるから。

エスタンヴァルは赤くなった目を手の甲でこする。枝を切断された木は、灰の中で黒焦げの骸骨となったバラバラの枝しか残っていない。できあがった炭の荷袋を、妻がラ・クロワデブケの町に売りに行くことになる。

炭焼きが歌の誘いに応じられないのは残念だ。煙で喉がカラカラになった。口の中は紙材でも噛んだあとかのように苦い。きっとシナモンで香りをつけた酒がおいしいことだろう。いやアニス酒だ、そっちのほうがもっとすがすがしく、アルコールが喉を通って胃の底まで届く。

「ロザナ」炭焼きは言うだろう。

妻は夫が疲れきっていることをわかっていて、指三本を扇状に広げた量を入れた酒を笑いながら渡してあげるだろう。

炭焼きは濃い唾を吐き、灰の混じった土山の火をかき立てにかかる。

＊＊＊

十一時ごろになると、クンビットの歌にはだんだん力がなくなっていった。それはもう、男たちの力を支える声の巨大なかたまりではなかった。歌はためらいがちで、翼をもがれ、力なくあがる。沈黙で間が空き、ときどき勢いを取り戻しても、声はだんだん小さくなっていった。太鼓はまだどもるように鳴っているけれど、夜明けにシミドールが堂々と叩いていたときの陽気な音頭は鳴りをひそめていた。

単に休憩が必要なだけではなかった。鍬を使うのがさらに重たく感じられ、疲れというくびきが硬くなった肩にのしかかり、日の光が熱くなる。仕事が終わろうとしているということだった。

しかし酒を一杯やる時間になっても、腰を伸ばすためにほんの少し手を止めただけだった。腰というのは体の中でもいちばん頑強だ。こんな丘や里の村人たちを、たとえ町の金持ちたちが（靴も買えないぐらいに貧しいからといって）はだしの連中《ネグビエアテ》とか、靴も履かず行く連中《ネグヴァニュピエ》とか、足指の《ネグゾ》連中《テイ》だとかあざけったとしても無駄で、金持ちたちには悪いが、くそ食らえだ。仕事で頑張ることなら俺たちには非の打ちどころがないじゃないか。百姓の大きな足で、いつかこの足で尻に一発食らわしてやるから覚悟しておけ、いまいましい連中め。

男たちは骨折り仕事を終えていた。草がぼうぼうの畑の土を掘り返し、削り、整えた。雑草が土の上に散らばっていた。ボブランとその息子たちが雑草を集めて火をつける。さっきまで何の役にも立たないとげ、茂み、つる植物がからまっていたものが、耕された土の中で肥料となる灰に変わるだろう。ボブランは心から満足していた。

「ありがとう、近所のみんな」ボブランは繰り返し言うのだった。

「どういたしまして、ご近所さん」みんなが答えた。しかし急がなければ。お礼に割いている時間はなかった。食事が待っていた。それに何という食事、何という食い物だろう。ロザナはけちな女ではないし、そうみなすのは正しくなかった。悪意からロザナの身の上についてふざけたことを言う者は皆、本当にロザナには敬意を欠くようなことがあってはならないし、ふざけた口をきくべき相手でもなかったから、その過ちを認めた。道を曲がったところからすでにいいにおいが男たちを出迎え、包み込み、浸みこんで、心地よい大きな空腹の穴を空けるのだった。

シミドール・アントワヌといえばつい最近、ろくでもない冷やかしをロザナに浴びせたときに、ロザナから自分自身の母親のひどい放蕩ぶりを詳しく聞かされてやり返されたものだから、鼻いっぱいに肉の煙を嗅いで、神妙につぶやくのだった。

「ボブラン、お前の奥さんは神の祝福だな……」

釜や鍋、器の中には唐辛子でとびきり辛く味つけした豚のグリヨが山盛りになっていて、タラを加えた挽《ひ》きトウモロコシ、望むのであれば米もあった。軽く塩味をつけて蒸したエンドウ豆と炊いた日干し米。バナナ、ジャガイモ、ヤマイモならいくらでも。

＊＊＊

ビヤンネメは歩いて街道の端にいる。柵の格子木にもたれかかる。柵の向こうにあるのも同じく残念な状態だ。砂埃が大きなつむじ風となって舞いあがり、サボテンや土地をむしばむ、間隔を置いて生えた雑草の上に降りかかる。

かつてはこの季節、空は朝から灰色がかって、雨で膨らんだ雲が集まったものだ。一度も土砂降りであったことはなく、いいや、ちょうどいい具合の、つめこみすぎた袋のようになった雲が張り裂けたみたいな、小麦粉のように細かいけれどいつまでも降る雨で、ときどき日が差すこともあった。雨は地面をたっぷり湿らせるには至らなかったが、地面を冷やし、大雨に備えさせ、風と光が加わってトウモロコシやアワの芽を輝かせていた。カンペシュの木の枝からホオジロたちが一斉に飛び立っていき、日暮れの鐘のときには野生のホロホロチョウが道端沿いにできた水たまりにやってきて、寒そうに水を飲んでいた。驚かしてやると、雨水でしびれて、鳥もちでもつけられたように重たそうに飛び去っていくのだった。

次に天気が変わり始めていった。真昼にかけて、重たい熱気が畑とうちひしがれた木々を包みこみ、細かい蒸気が、耳をつんざくバッタの鳴き声だけが響く沈黙の中を舞って、蜂の巣のように震えるのだった。

空は鉛色に腫れてゆがみ、時が経つにつれて重々しくのしかかるように丘の上に動いていく。稲妻が走り、雷の低い音が響き渡る。日はわずかな雲の切れ目に、鉛色を帯びて目を刺す遠くの輝きのように現れるだけだった。

地平線の向こうから突然、判然としないざわめきがどんどん大きくなりながらあがると、激しい強風が吹く。畑でぐずぐずしていた村人たちは、鍬を肩に担いで歩みを速めていった。木々が急にたわみ、雨の幕が走り、やむことなくうなる嵐の中を激しく揺れるのだった。雨はそこまで来ており、最初に温かい雨粒がぼたぼた落ち、稲妻で突かれ、黒い空が破れて、激しい土砂降り、雪崩《なだれ》のような雨、滝のような大雨となった。

ビヤンネメは透かし彫りのほどこされた手すりに囲まれ、突き出した藁のひさしに守られた縁台から自分の土地を見つめていた。自分の土地、雨に濡れる作物、木々が雨と風の歌に揺れていた。いい収穫になるだろう。日がな太陽が照る中を必死に働いた。雨はその褒美だった。ビヤンネメは優しい目で雨の流れを見ながら、あずまやの前にある敷石に落ちる雨の音を聞いていた。

トウモロコシやコンゴマメがなればなるほど、豚はよく肥える。それが新しい上着とシャツと、ジャンジャックが安くしてくれるなら葦毛の子馬になるだろうか。

ビヤンネメはデリラのことを忘れていた。

「コーヒーをいれてくれ、おい」ビヤンネメは言った。

そうだ、デリラにはワンピースとマドラス織のスカーフを買ってやろう。

ビヤンネメは土でできた短いパイプにタバコを詰めた。こういうのが土地とうまくやっていくということだった。

しかしこういったことはすべて過去の話だった。今となっては苦しみしか残っていなかった。人はこの砂埃の中、かつて生きていたものを包んでいたこの温かい灰の中でもう死んでしまっている。ああ、楽な人生なんてひとつもない、たしかにないにしても、それでもまだ元気はあったし、土と格闘して土地を拓いたからには、耕してまた耕し、汗に濡れて、雌のように種がまかれたら野菜や果物や穀物が満足いくだけできた。

ビヤンネメがジャンジャックのことを考えていると、今では自分と同じぐらい年老いて役に立たなくなったジャンジャック本人がロバを連れて、砂埃の中で手綱を引きずらせたまま小道をやってくる。

「兄弟」ビヤンネメが挨拶する。

相手のほうも同じように答える。

ジャンジャックがコメ・デリラの近況をたずねる。

ビヤンネメのほうでもたずねる。「コメ・リュシアは元気か?」

お互いに礼を言いあう。

ロバの背には大きな傷があって、ハエに刺されるとロバは身を震わせる。

「じゃあ」ジャンジャックが言う。

「じゃあな」ビヤンネメも言う。

ビヤンネメは隣人がロバと水飲み場に向かうのを見送る。水のよどんだ沼、人も動物も水を飲むこの緑色のまだらに覆われた目のような沼へ。

＊＊＊

出ていってからずいぶん経つし、もう死んでしまったに違いないとデリラは思い浮かべる。年老いたデリラは息子のことを思う。名前はマニュエルといい、キューバにサトウキビを刈りに行ってもう何年にもなる。見知らぬ土地で今はもう死んでいるに違いないとデリラは繰り返す。息子は最後に、かあさん……と言った。デリラは息子を抱きしめた。あの背が高く、たくましい息子を腕に抱いた。デリラの肉と血の奥深くにいて、デリラの体から生まれ出て、そして今ではひとりの男になった息子に涙を流しながらつぶやいた。いってらっしゃい、ぼうや。慈悲深い聖母のご加護がありますように。息子は道の角を曲がると姿を消してしまった。ああ、わたしの息子、わたしの子供、わたしのお腹の苦しみ、わたしの生きる喜び、わたしの生きる悲しみ、わたしのお腹のたったひとりの息子。

デリラはコーヒーを挽く手を止めて地面にうずくまる。涙はもう一滴もない。胸の中にある心は硬くなり、癒えることもなく喉を絞めつける苦しみを除けば、デリラの人生はすっかり空っぽになってしまっているように思われた。

息子は、スペイン人たちがサフラと呼ぶ収穫が終われば帰ってくるはずだった。しかし帰ってこなかった。デリラは待ったが、それでも息子は帰ってこなかった。

ときどきビヤンネメにこんなふうに言うことがあった。

「マニュエルはどこにいるのかしら」

ビヤンネメがそれに答えることはなかった。パイプの火は消えたままだった。ビヤンネメは畑を通ってどこかへ行ってしまうのだった。

またあとになって、デリラは夫に言うのだった。

「ビヤンネメ、ねえ、わたしたちの息子はどこにいるのかしら？」

夫はぞんざいに答えた。

「静かにしなさい」

夫の手が震えていて、悪いことをしたと思う。

コーヒー挽きの引き出しを空にすると、また豆を入れてハンドルを手にした。大した仕事ではないのだが、しまいにはそこでじっとしていることにさえ疲れる気がした。年老いた体はこの砂埃に混じって、永遠に続く記憶もない夜に溶けていくのだろう。

デリラは歌を口ずさみだした。それはまるで嗚咽《おえつ》、魂の嘆き、デリラに耳を傾けず、その苦しみや苦悩から目をそらした聖人たちやアフリカの神々に向けられた、とめどない非難のようだった。

ああ聖母、地上の聖人の名において、月の聖人の名において、星の聖人の名において、風の聖人の名において、嵐の聖人の名において、どうかお願いします。見知らぬ土地にいるわが息子を守りたまえ、ああ四辻の神よ、息子に難なき道を開きたまえ。アーメン。

デリラは、ビヤンネメが帰ってきたのに気づいていなかった。

夫がそばに座った。丘の背にはぼんやりした夕焼けが見えていた。もう太陽はそこになく、林の向こうに沈んでいた。もうすぐこの苦しみの地を沈黙で包み、不幸に委ねられた人間たちを安らかな眠りの陰に沈める夜がやってくるだろう。そしてしわがれたニワトリの鳴き声とともに、いつもと変わらぬ希望のない夜明けがやってくるだろう。

# 第二章

男がトラックの運転手に言った。「止めてくれ」

運転手は驚いて男を見たが、速度を緩めた。見る限り家は一軒もない。街道の真っただ中にいた。バヤオンドやゴムの木、サボテンがまばらに生えた平野しかなかった。山並みは東に向かって流れ、あまり高くなく、紫がかった灰色をして、遠くでぼやけて空に混じっていた。

運転手はブレーキを踏んだ。見知らぬ男は車から降りると、カバンを引き寄せて肩に投げ上げた。男は長身で肌が黒く、首元までボタンを留めた上着に荒い生地の青いズボンをはいて、すそが革のすねあての中に入っていた。脇には鞘におさまった長いなた。男が麦藁帽の大きなつばに触れると、トラックは走り出した。

男は再会した風景にもう一度目で挨拶した。もちろん、巨大なネズの木々の下、黄色い花の房に彩られたリュウゼツランがはじける岩のかたまりのあいだにかろうじて見える野道には、見覚えがあった。

熱気で立ちのぼるネズの木の香りを吸いこんだ。胡椒のようなにおいから、この場所が思い出されたのだった。

カバンは重かったが、重さを感じなかった。肩にかけられたカバンの革帯を握りしめると、林の中へ入っていった。

この土地の出身で、この土地で生まれた者なら、こんなふうに言っただろう。生まれも育ちも、ああそうだ、土地は目の中、肌の下、手の中にあって、木々の髪、大地の肉、石の骨、川の流れる血、その空、そのにおい、そこに住む男も女も一緒だと。それは愛する若い女のように消えることもなく心の中にある。そのまなざしの泉も、唇の果実も、胸の丘も、自らの身を守りそして相手に委ねる手も、けがれなきひざも、その強さも弱さも、その声も沈黙も。

「おお！」彼は声をあげた（ぴょんと道に飛び出してきた野生の猫は突然方向を変え、ガサガサと音を立てて草むらの中に姿を消した）。

いいや、何ひとつ忘れてはおらず、慣れ親しんだにおいが迎えにやってきた。炭木の山が周りにまき散らした土くれしかなくなったときの、木炭の煙が冷めたにおいだ。

狭く浅い谷《バランク》が目の前に広がっていた。水が干上がり、ありとあらゆるとげや草が茂って谷底にはびこっていた。

男は暑い蒸気にけむる空を谷間から見あげて、赤いハンカチを取り出して汗をぬぐい、考えごとをしている様子だった。

野道を下って砂利を除け、焼ける砂を踏みしめた。谷の縁でざらざらした土を取ってみると、粉のように手から流れ落ち、枯れた根がもろくも指で崩れた。

「カラホ〔原註：スペイン語の悪態〕」男は言った。

不安げな表情で谷の反対側の斜面もゆっくりのぼったが、長居はしなかった。男は今日という日に満足しきっていた。水というのは、犬が主人を変えるようにときどき流れを変えるもの。気まぐれな水がいつどこに流れているかなどわかるものか。

頂にラタニアヤシが生えた小さな丘の道を選んだ。扇状の葉がくしゃくしゃになって力なく垂れていた。髪をふりほどいた光の中で、ラタニアヤシの葉を開いて解き放つ風が一度も吹くことはない。見知らぬ男にとってはこの道は遠回りになるのだが、丘の上からこの土地、大きく広がった里、そして木々のまばらなところに見える藁葺《わらぶ》きの屋根、ところどころについたしみのような畑や菜園を見渡そうとした。

男の顔はこわばり、汗でびっしょりになった。その目に映るのは、日に照りつけられた広がりで、汚れた錆び色をしており、望んでいた鮮やかな緑はどこにもなく、ところどころで小屋が朽ちていた。

村の向こうを見ると、丘は肉が削げ落ち、大きな流出で白くただれ、その部分は侵蝕のために岩盤がむき出しなっていた。そびえ立つコナラの木とその枝で忙《せわ》しく生きるモリバトは黒い実を好み、アカジュの木はおぼろげな光に浸り、コンゴマメは乾いたさやが風に吹かれて音をたて、サツマイモ畑の畝《うね》が列をなす土地。そういったものすべてを、太陽が炎の舌で舐めて消し去ってしまっていた。

男は打ちひしがれ、裏切られたような思いがした。日の光が重荷のようにその肩にのしかかった。丘の斜面を下って、広い野道に戻った。サヴァンナに入っていくと、やせこけた家畜がとげのある低木のあいだにまれに生えている草を探してさまよっていた。背の高いサボテンにはカラスの群れがとまっていて、男が近づくと黒い渦を描いて飛び去り、いつまでもカアカアと鳴いていた。

女に出会ったのはそこだった。女はスカーフでウエストを絞った青いワンピースを着ていた。髪をまとめるために巻いた白いハンカチが結ばれてできた羽がうなじを覆っていた。柳の籠を頭にのせて早足で歩き、大股の歩みにあわせて大きな腰が揺れていた。

女は足音を耳にして振り返った。歩みを止めることなく顔をそむけたまま、男の挨拶にはにかみながら多少不安そうに「こんにちは」とだけ答えた。

男は土地のならわしを忘れていたものだから、昨日も会ったかのように機嫌をたずねた。

「おかげさまで、ええ」女は答えた。

男が言った。

「自分はここの人間なんだ。フォンルージュの。離れてずいぶん経つけど、ちょっと待った、復活祭で十五年になる。キューバにいたんだ」

「そうなの……」女は小さな声で言った。

この見知らぬ男の存在に気を許していなかった。

「ここを離れたときは、こんなにも土地は干上がっていなかった。たっぷりというわけじゃないけど、水は必要な分ぐらいは谷に流れていたし、ときどき丘に雨が降ると、多少あふれることもあった」

男はあたりを見渡した。

「見たところ、本当についていないな、こんな時期に」

女は何も答えなかった。女は男が通り過ぎて先に行くように歩みを緩めた。しかし男のほうは道を譲って横並びで歩こうとした。

女は盗み見るように斜向《はすむ》かいから男に目を向けた。

あつかましすぎると思った。しかしあえて何も言わなかった。

男は足元に気をつけずに歩いていたせいで、道に飛び出た大きな石につまずき、変なふうにぴょんぴょんと飛んで体勢を立て直した。

「危《アゴ》ない！」と言って女は噴き出した。

男は女の白く美しい歯、素直そうな目、とてもきめの細かい黒い肌を目にした。背が高くて肉づきのいい女だ。男は女に微笑みかけた。

「今日は市が立つ日かい？」男が聞いた。

「ええ、ラ・クロワデブケで」

「そいつは大きな市だな。自分がまだここにいたときは、村人は毎週金曜日に町に行くために、そこら中から出てきたものさ」

「まるで年寄りみたいに、ずいぶん昔のことを話すのね」

女は自分のあつかましさに怖くなった。

男は目の前に長い道が続くのを見るかのように目を細めて言った。

「歳は時間じゃなくて人生の苦労で重ねるものさ。十五年キューバにいて、十五年サトウキビを切り倒してきた。ああ、毎日さ、日の出から夕暮れまで。初めのころは絞った雑巾みたいに背骨が硬くよじれたけど、何かこらえ《アクアンタル》させるものがあって、耐えることができるんだ。それが何だかわかるかい？　当ててみなよ。何だかわかる？」

男は拳を握りしめながら話をする。

「怒りさ。怒りで歯を食いしばって、腹が減ったときは腹の上でベルトをぐっと締める。怒りってのは大きな力なんだ。ウエルガ〔原註：ストライキ〕をしたときなんかは、みんなが横並びになって、銃に弾をこめたみたいに口までいっぱいに怒りをためていた。怒りが男たちの権利と正義なんだ。それには何もかなわないのさ」

女には、男が何を言っているのかよくわからなかった。それでもときどき聞き慣れない言葉が混じり、ひとつひとつ言葉を区切りながらはっきり話す男の低い声に熱心に耳を傾けた。

女がため息をついた。

「イエス様、聖母マリア様、わたしたちのように貧しい者たちにとって生きるということは不幸の中を慈悲もなく通り抜けるということ。ええ、人生はそんなもので、慰めなんてない」

「実際に、ひとつ慰めがあると言っておく。それは大地さ。自分の手で頑張ったことに対して、土地がその周りにある果物の木、牧草地の家畜と一緒になって、必要とするもの全部を手の届くところに作り出してくれて、そうする自由を制限するのは季節のよし悪しや、雨か日照りかということだけなんだ」

「言っていることは正しいわ」女は答えた。「でも、土地はもう何ももたらしてくれないし、サツマイモやアワがいくらか取れたとしても、市場で売れるような代物じゃない。生きるということは耐えること、それが今日このごろの生活よ」

ふたりは村の端のサボテンの柵に沿っていった。バヤオンドの生えていない空間に粗末な小屋が潜《ひそ》んでいた。ボロボロになった藁葺き屋根が泥とひび割れた石灰で薄くかぶせた下地を覆っていた。そのうちの一軒の前で、ひとりの女が木でできた長いすり鉢を使って穀物をすっていた。

女は手を止めて、ふたりが通り過ぎるのを見た。

「コメ・サンテリア、こんにちは」若い女が道から呼びかけた。

「ああこんにちは、義理の妹のアナイズ。あなたのところはみんな元気?」

「みんな元気よ。そっちは?」

「悪くないわ。ただうちの旦那が熱を出して寝こんでいるけど。でもじきによくなるわ」

「ええ、じきによくなる。神様のご加護で」

ふたりはしばらく歩いた。

「じゃあ」男がたずねた。「君の名前はアナイズっていうんだね」

「ええ、アナイズというのがわたしの名前よ」

「自分はマニュエルというんだ」

ふたりが他の村人とすれ違うごとに、アナイズは長々と挨拶の言葉を交わした。ときどき彼女は近況を伝えあうために立ち止まった。ハイチの国ではそうするのが近所同士の習慣なのだ。

とうとうアナイズはある柵の前に着いた。庭の奥、カンペシュの木陰の中に小屋が見えた。

「わたしが住んでいるのはここよ」

「うちもここからそんなに遠くない。知り合いになれたことを感謝するよ。また会えるかな？」

アナイズは微笑みながら顔を背けた。

「言ってみれば隣同士というぐらい近くに住んでいるんだから」

「そうね。でもどこ？」

「道を曲がった向こうだよ。ビヤンネメとデリラって知っているだろ。そこのせがれだよ」

アナイズはマニュエルの手から自分の手をほどき、顔は苦しげな怒りでゆがんだ。

「どうしたんだ？《エ・ケ・パサ》」マニュエルは声をあげた。

アナイズは柵を越え、振り返ることもなく足早に去ってしまった。

しばらくのあいだ、マニュエルはその場に釘づけとなった。「おかしな娘だな」頭を振りながら言った。「さっきまで親しげに笑顔を見せていたのに、まばたきもしないうちにさようならのひとつも言わず行ってしまうなんて。女の心の中で起きることはちっともわからない」

彼は気を落ち着かせるためタバコに火をつけた。きつい煙を深く吸いこむと、キューバのことが思い出された。むこうの地平線からこっちの地平線まで広がる広大な空間、サトウキビ畑、製糖所の圧搾機《バティ》、一日働いて疲れたあと、不幸な仲間たちと一緒に雑魚寝したくさいバラック。

庭に入るとすぐに、毛がぼさぼさの小さな犬がものすごい勢いで吠えながら向かってきた。マニュエルは身をかがめ、小石を拾って犬に投げつけるふりをした。犬は尻尾を巻いて、狂ったようにうなりながら逃げていった。

「やかましい、やかましいったら」年老いたデリラが小屋から出て言った。

デリラは見慣れぬ男をよく見ようとして目の上に手をかざした。マニュエルが歩み寄り、近づいてくるにつれて目もくらむ光がデリラの心にこみあげた。

息子に駆け寄ると、デリラは両腕がだらりと下がり、頭をのけぞらせてよろめいた。

彼はデリラを抱き寄せた。

デリラは目を閉じたまま、顔を息子の胸に当て、吐息より弱い声でつぶやいた。

「ピティト・ムワン、ああ、ピティト・ムワン〔原註：クレオール語で「わたしの子、わたしの子」〕」

しわだらけのまぶたのあいだから涙が流れていた。デリラは苦しみ同様に喜びを求める力もなく、息子の帰りを何年も待つ疲れから解き放たれた。

ビヤンネメは驚いてパイプを地面に落とした。パイプを拾いあげると、上着の端で丁寧に拭いた。

「手をかせ、せがれや」と言った。「帰ってくるのにずいぶんかかったな。かあさんはお前のためにずいぶん祈ったんだぞ」

ビヤンネメは涙でかすむ目で息子を見つめると、無愛想な調子でこうつけ加えた。

「どうにせよ、帰ってくると前もって知らせることもできただろう。お前より先に帰る近所の者に伝言をまかせるとか。年老いたかあさんは寂しくて死にかけたんだぞ。お前は容赦がない、せがれや」

ビヤンネメは息子のカバンを手に取って重さを確かめた。

「お前はロバよりも荷を背負っとるじゃないか」

ビヤンネメは息子から荷を下ろしてやろうとしたが、重さによろめいてカバンを落としそうになった。マニュエルが革帯を取って支えた。

「離して、とうさん、このカバンは重いから」

「重いだと？」ビヤンネメは戸惑った様子で言い返した。「お前ぐらいの歳のころにはわしはそんなのをいくつか、それどころかもっと重いのを抱えたもんだ。今じゃそんな若さも駄目になって、力がなくなってしまったがな。言っておくが、若さなんてものは何の役にも立ちやしない」

ビヤンネメはパイプにタバコを詰めるためにポケットを探った。

「お前、タバコを持っているか？　お前が行っていた国では、タバコなんてわしらの国のそこらに生えた草みたいなものだというじゃないか。どうにせよ、スペイン人たちには呪いあれだな。連中はわしらの子供を何年も取り上げておいて、帰ってくるころには息子たちは年老いた親を思いやる心もなくしているからな。何を笑っているんだ？　おい、こんなときに笑うというのか、太い奴だな」

ビヤンネメは腹を立てて、デリラにほら見たかと言った。

「でもとうさん……」笑みをおさえながらマニュエルが言った。

「『でもとうさん』じゃない。わしはお前にタバコを持っておるかと聞いたんだ。答えられたはずだろう。違うか？」

「答える時間をくれなかったじゃないか、とうさん」

「それはどういう意味だ？　わしがいつもしゃべってばかりいるということか、違うか？　ザルから水が流れるようにわしの口から言葉が出るということか？　自分の親父をからうつもりか？」

デリラは身振りでビヤンネメをなだめようとしたが、年老いたビヤンネメはそうするのが楽しいと言うかのように、たわむれに腹を立てるのだった。

「もうタバコを吸う気がしなくなった。お前がわしを怒らせたんだからな。それにお前が帰ってきたことだし」

しかしマニュエルが葉巻を差し出していたので、ビヤンネメはそれをひったくって、うやうやしく香りをかぐと、わざとうんざりしたような顔をした。

「これがうまいかどうかわかったもんじゃない。わしは強い葉巻が好みだからな」

ビヤンネメは熾火《おきび》を探しに、乾燥させた椰子の葉で屋根を覆い、台所として使っている小屋へ向かった。

「気にしなくていいのよ」遠慮した手つきで息子の顔を触りながらデリラは言った。「おとうさんはああなのよ。歳のせいでね。でも本当は優しいのよ」

ビヤンネメが戻ってきた。顔が晴れ晴れとしていた。

「葉巻をありがとう、せがれや。こいつは本物の葉巻だ。おいデリラ、いつまでつるみたいに息子にまとわりついているんだ？」

深く煙を吸いこむと、感心した様子で葉巻を見つめ、ぴゅっと唾を吐いた。

「ああ、ちくしょう、これは本物の葉巻だ。その名に値する。せがれや、気つけに何か飲みに行こうじゃないか」

家はマニュエルの記憶しているままだった。手すりのついた狭い縁台、踏み固められた土の床、敷いた砂利、古くなって下地の藁がうっすらのぞいている壁。

彼の目には遠い昔の光景が広がり、その視界からサトウキビ畑が打つ苦々しい波、打ちひしがれた体に感じる底なしの疲れを引きかえにする仕事が消えた。

マニュエルは腰を下ろす。彼は家族と一緒に家にいる。自分の生きる道に戻ったのだ。この一筋縄ではいかない土地、すっかり変わり果ててしまった谷、その荒れた畑、丘の上には容赦ない空に向かっていきり立つ馬のようにたてがみを逆立てる植物。

マニュエルはコナラでできた古い食器棚に触れる。やあやあ、僕は戻ってきたよ。グラスを磨いている母親に微笑みかける。父親は両手を膝にのせて座って彼を見て、葉巻を吸うのも忘れている。

「人生、これが人生というものだ」しかつめらしい調子でビヤンネメが言う。

「ああその通り」マニュエルは思う。「これが人生ってものさ。たとえ近道をとっても、長い回り道をしても、人生というのは絶え間ない帰り道なんだ。死者はギニア〔原註：アフリカ。ヴードゥー教信者にとってギニアは死者が住むところ〕に帰っていくという。それに死もいのちのもうひとつの名前でしかない。果実は土の中で朽ちて、新しく生える木の希望の糧になる」

　地方警察に殴打されているとき、マニュエルは自分の骨が折れるのを感じた。そのとき不屈の声が聞こえていた。お前は生きている、お前は生きている。歯を食いしばれ、叫びを嚙み殺せ、お前は男の中の男、しかるべきものをもっている。もしお前が倒れたとしても、次の芽生えの種となる。

「アイティアーノ・マルディート、ネグロ・デ・ミエルダ〔原註：忌々しいハイチ人め、汚い黒人め〕」警察たちがわめいていた。殴打されても痛くなかった。閃光のような衝撃が走り、朦朧《もうろう》とした意識の中、マニュエルには血の湧き出るような、涸《か》れることのないいのちのざわめきが聞こえていた。

「マニュエル？」

　母親が飲み物を差し出した。

「お前、何だか真昼に狼男にでも出くわしたみたいにうわのそらだな」ビヤンネメが言った。

　マニュエルはグラスを一気に飲み干した。

　シナモンで香りをつけられたアルコールが焼ける舌で空っぽの胃を舐め、その熱さが血管の中に一気に流れこんだ。

「ありがとう、かあさん。おいしいクレラン〔原註：サトウキビから作るアルコール〕で体が温まったよ」

床に何滴か垂らしてからビヤンネメも飲んだ。

「お前はならわしを忘れたな」息子をしかりつけた。「お前は死者たちへの敬意を忘れておる。死者たちも喉が渇いているんだぞ」

マニュエルは笑った。

「死んだ人間が体を冷やす心配はないだろう。僕は汗をかいて唾のかわりに埃を吐き出しそうなくらい喉が渇いていたんだ」

「横柄さにはこと欠かないらしいな。横柄なのは愚かな人間だぞ」

ビヤンネメはまた怒りだしたが、マニュエルが立ち上がって父親の肩に手を置いた。

「再会できたのにうれしくないみたいだね」

「わしがか？　誰がそんなことを言っているんだ」

気が高ぶって老人はどもった。

「いいえ、ビヤンネメ」デリラがなだめて言った。「誰もそんなことは言ってないわ。うれしいし、胸がいっぱいなんでしょう。自分たちの息子がいるのよ。神が祝福と慰めを与えてくれたのよ。ああ感謝します、イエス様、聖母マリア様、感謝します、聖者様たち、わたしは三度感謝します」

デリラは涙を流していた。肩がかすかに震えていた。

ビヤンネメは咳払いをした。

「近所に知らせてこよう」

マニュエルは長くてたくましい腕で母親を抱いた。

「悲しむのはもう十分さ。今日という日から僕はここで残りの人生を送るから。ここ何年間かずっと、僕は根っこが引き抜かれて大きな川に流されているみたいだった。僕は見知らぬ土地に流されていた。不幸に直面したこともあった。生まれた土地へ帰る道に立つため、生きることに必死だった。でもこれからはずっとここにいるよ」

デリラは涙をぬぐった。

「昨日の夕べ、わたしは同じころここに座っていた。日が沈んで、暗闇がもうそこまで来ていた。そうしたら、木にとまっている鳥がひっきりなしに鳴いていた。不幸が訪れるんじゃないかってぞっとして、『わたしはマニュエルにもう会うことなく死んでしまうのかしら?』って思ったの。わたしも歳をとったしね、せがれや。体が痛くて調子もよくないし、頭もはっきりしない。それに生活も厳しい。このあいだも『ビヤンネメ、この先どうしようかしら』って言っていたところだった。日照りで家畜も作物も生けるキリスト教徒もみんな弱らせてしまって。風が雲を運んでこない。いやらしい風がツバメみたいに地面すれすれを吹いて砂埃を舞いあがらせるだけ。ほら見て、サヴァンナに吹くあのつむじ風。日の出から日の入りまで、空には雨が一滴もないのよ。神はわたしたちをお見捨てになったのかしら?」

「神様なんて何も関係ないさ」

「妙なことを口にしないで、せがれや。神を冒瀆するような言葉を口にするものじゃないわ」

デリラは恐れて十字を切った。

「妙なことなんて口にしていないよ、かあさん。天には天のこと、地上には地上のことがそれぞれある。それぞれ別々で、同じではないんだ。天というのは天使のまきばでみんな幸せなのさ。天使たちは飲んだり食べたりすることを心配する必要がない。そりゃあ確かに雲を洗うっていう大仕事をしたり、雨をほうきで掃いたり、夕立のあとにきれいに日に干したりする肌の黒い天使はいるけれど。教会の絵に描かれているように、白人の天使がツグミみたいに日がな歌ったり小さなラッパを吹いたりしているあいだにね」

「でも地上は日々の戦い、休みなき戦いさ。収穫になるまで耕して、植えて、雑草を抜いて、水をまいて、そうしたら朝露の中、実った畑が平らに広がるのを目の前にしてこう言うのさ。『このわたし何々は朝露の主《あるじ》なり』って誇りを持ってね。大地はまっとうな女みたいなもので、扱いがひどいと反発する。ちょっと目にしたんだけど、丘の木を切ってしまったみたいだね。地面が丸裸で守ってやるものが何もない。木の根は地面と仲よしで、根っこが土をとどめているんだ。マンゴやコナラ、アカジュの木が喉を渇かせた土に雨の水をあげて、真昼の熱気を防ぐために木陰を作る。そうでなきゃ駄目で、それ以外は無理なんだ。さもないと雨が地面の肌を削って、太陽がやけどさせてしまう。そうなるとしまいには岩しか残らないことになる」

「僕は本当のことを言っているのさ。人を見捨てたのは神ではなくて、人が大地を見捨てたから罰を受けているのさ。日照り、貧しさ、荒廃っていう罰をね」

「お前の話はこれ以上聞きたくない」首を振りながらデリラが言う。「お前の言葉は真実らしいけれど、真実というのはもしかしたら罪なのかもしれない」

近所の人がやってきた。村人のフルリモンド・フルリ、ディユヴイユ・リシエ、サンジュリアン・ルイ、ロレリアン・ロロル、ジョアシャン・エリアサン、レリソン・セロム、ドレリアン・ジャンジャック、シミドール・アントワヌ、それにデスティヌ、クレルミズ、メリリアだ。

「いとこよ」ひとりが言った。「ずいぶん長いあいだよそにいたもんだな」

「兄弟」別の男が言う。「俺たちはお前にまた会えてうれしいよ」

三人目はマニュエルを義理の弟と呼ぶ。みんながマニュエルの手を、大きなごつごつした百姓の手に取る。

デスティヌがお辞儀をして挨拶する。

「あなたを責めるわけじゃないけど、デリラは心を痛めていたのよ、かわいそうに」

クレルミズがマニュエルを抱きしめる。「わたしたちは家族よ。デリラはわたしのおばちゃんだからね。このあいだ見た夢を話してあげたのよ。夢で黒人の男を見たんだけど、それは歳とった男だった。街道で野宿していて、ラタニアヤシ並木の道が交わるところで、男は『デリラを探しに行け』って言った。他は何を言っているか聞こえなかったけど、ニワトリが鳴いていて、そうしたら目が覚めたの。あれはきっとパパ・レグバ〔原註：ヴードゥー教の神々の中で道をひらく神〕だったのよ」

「それはわしだ」シミドールが言った。「わしは歳をとっていて黒いが、女たちはわしのことが好きでな。女は使い古された杖を使ったほうが道が楽になると知っているからな。わしが夢にされ出てくるほどだ」

「もうたくさん」クレルミズが言った。「あんたはもう片足がお墓の中に入っているくせに、今でも自堕落な生活をして」

シミドールはにやりと笑った。

シミドールは腰が曲がって根が腐った木みたいによろよろだが、舌にだけは世間のうわさ話という研ぎ石で日がな一日磨きをかけており、唾を飛ばすのも気にせず作り話やでたらめを語るのだった。

シミドールが目の端にいたずら心を輝かせてマニュエルを見ると、何本か歯抜けになっている口があらわになった。

「はばかりながら、ピセ・キ・ガイエ、パ・キュミン〔原註：まき散らす小便は泡を立てない。「転がる石に苔むさず」に相当〕とことわざに言うが、雷がわしをふたつに引き裂いたとしても、お前はひとつの場所にじっとしているような奴じゃない」

「人が集まるといつも馬鹿なこと言うんだから」デスティヌがはねつけた。「そうしたらほら、今度はお説教を始める。ずいぶん育ちが悪いこと！」

「そうさ」ビヤンネメは自慢げに言った。「こいつは立派な体をした男さ。うちの家系がよくわかる。わしは歳で腰が曲がってしまったが、若いころはこれより頭一個大きかった」

「デリラ」メリリアが口を挟んだ。「デリラ、気つけにお茶をいれてきてあげようか。あんた、今日はずいぶん気が高ぶったでしょう」

デリラはマニュエルを見つめていた。黒い石のように硬くてつやのある額、ヴェールがかかった表情と遠くを見つめるような目に、際立つ深いしわの入った口元。赤ん坊が動くときのようにわずかに苦しみが混じった喜びが、デリラの心を揺らしていた。

「さて」ロレリアン・ロロルが切り出した。それはずんぐりとした体で、動きも話すものんびりした村人だった。話をするときは、言葉の手綱を引くように拳を握りしめるのだった。「それで、そのキューバの国では連中はまるでわけのわからない、俺たちとは違う言葉でしゃべるらしいな。連中はあんまりにも早口で話をするもんだから、耳を大きく開くけど、それでも何を言っているかちっともわからないから、全力で走るカブルエ〔原註：農産物を運ぶための牛車〕の四つの車輪に言葉をのせたみたいらしい。お前はそんな言葉が話せるのか？」

「もちろん」マニュエルが答える。

「わしもそうさ」シミドールが声をあげた。ちょうどクレランを立て続けに二杯あおってきたところだった。「わしは何度か国境を越えたことがある。あのドミニカ人というのは、わしらみたいな連中さ。ハイチの人間に比べれば多少赤っぽい肌をしているのと、女が大きなたてがみをしたムラートだってことを除けばな。わしはそのうちのひとりと知りあいになったんだが、本当に肉づきがよくて、アントニオ、なんてわしのことを呼んでな、そんなふうにわしを呼んでいたんだ。ここらの女に比べたら、非の打ちどころがなかった。あの女はあらゆる美点を備えていた。わしはこう誓ってもいいが、あとでデスティヌが騒ぐからな。いとしのデスティヌよ、大切なのは言葉じゃない、それ以外のことだから。信じてくれ」

シミドールは陽気な咳払いをして息を詰まらせた。

「わたしはあんたのいとしの人なんかじゃないわよ。あんたはのらくらしてならず者なんだから」

デスティヌが逆上するかたわらでみんな笑い出した。あのアントワヌのことだから、どうせ……

クレランのびんが回される。マニュエルは酒を飲みながらも、村人たちを観察し、容赦ない貧困が彼らの顔にしわを刻んでいるのを読み取る。村人たちは彼の周りにいる。足ははだしで、継ぎを当てたボロ着の裂け目からやせこけて土のついた肌が見える。誰もが脇になたを携えている。おそらく習慣からだろう。やることを失った腕に何の仕事があるというのだろう？　畑の囲いを直すためにわずかばかりの木を切るか、バヤオンドを切り倒して炭にして、女たちがロバの背にのせて町に売りに行くぐらいだ。それにニワトリや、ときおりやせた牝牛をポンブデの市場で言い値のまま売った金を足して、みんな食うや食わずの生活を続けている。

それでもこのときばかりは、村人たちも自らの身の上を忘れているみたいだった。酒が入って陽気になって、アントワヌの尽きることのない与太話で笑っていた。

「みなさん、このわしが言うのだが、わしに嘘をつく癖があると思うか？　その小娘、エロイズ嬢がどんどん丸みを帯びてくる。近所の若い男たちと遊んでいると、そういうものが来るわけだよ。わしの時分には、若い娘たちのこの問題は悩みの種で、難しい問題だった。駆け引きがいるわ、その気にさせるふりがいるわ、フランス語で話さなければならんわ、とにかくいろんな猿真似やら茶番やら。それでしまいには本当にプラセ〔原註：プラサージュ、農民にとっての結婚〕しはじめて、言ってみればカニみたいにひもでがんじがらめだ。小屋は建てねばならんわ、家具は買わねばならんわ、食器がまたこれ必要になって」

「わしはソル・メリを思い出すよ。あの悪魔みたいな女は、聖水盤にさえ火をつけることができただろうな。非の打ちどころのない黒い肌をして、神のおかげでまつげは絹のようで長くて、池に沿って生える葦みたいだったし、歯は日の光で輝くためにできていたし、それに加えてわし好みに体中のどこも丸みを帯びているんだ。あれを見ていると目が冴えたもんだ。歩けば尻があふれんばかりに揺れて、あれは心を失わせる踊りで、本当に骨の髄まで揺さぶられるほどだ」

「ある日の午後、泉から帰るとコンペ・カンジェのトウモロコシ畑の近くでソル・メリに会った。太陽が沈みかけていて、もう夕暮れだった。道には誰もいなかった」

「わしは話しているうちにソル・メリの手を取った。女は目を伏せて『アントワヌ、あなた大胆ね、ええアントワヌ』とだけ言った。当時はお前たち最近の連中に比べて賢くて教養もあったからな、わしはフランスのフランス語でこう言ったもんさ。『お嬢さん、チョウロ教会の回廊の下でわたしがあなたをオメにしたときから、あなたに愛のカンジョウをイダキました。わたしはあなたの家を建てるタメに竿と柱と藁を切り出しました。わたしたちのケコンのヒにはネズミが巣から出てきて、ソル・ミネヌの山羊がわたしたちの家の前でメエメエ鳴くことでしょう。そしてわたしたちの真摯なアイを確かめるタメに、お嬢さん、わずかばかりの厚かましさをお許しください』」〔訳註：気取ってフランス語でプロポーズしているが、訛りが強く滑稽。ハイチにおけるスノッブなフランス語使用をパロディにしている〕

「でもソル・メリは手を引いて目を輝かせ、こう答えた。『いいえ、あなた様、マンゴの花が咲いてコーヒーの実が熟れるころ、クンビットがブラ〔原註：太鼓〕にのってカワを渡ったころに、ソレでもあなたがまじめな殿方なら、わたしのおとうさんとおかあさんにアイに行くといいでしょう』」

「食事をするにはテーブルにつかねばならんように、ソル・メリをわがものにするには結婚せねばならんかった。気立てのいい女だったが、もうずいぶん前に死んでしまったよ。永遠の安らぎを、かくあらしめたまえ」

そしてシミドールはコップのクレランを一気に飲み干した。村人たちはどっと笑い声をあげた。

「ああろくでなし」軽蔑したように口をとがらせてデスティヌがつぶやく。

それでもロレリアン・ロロルは無表情のまま、相変わらずマニュエルに質問する。

「それでまた聞くんだけど、連中のところには水があるのかい？」

「たっぷりあるさ、ビエホ。水はプランテーションの端から端まで流れて、あっちで生えるサトウキビは立派で、ここらのクレオールのサトウキビよりもたくさん収穫できる」

みんなが耳を傾けていた。

「サトウキビ以外何も見ずにここから町まで歩くことができるだろうね。サトウキビがどこにでも生えている。ときどき置き忘れられたほうきみたいに生えている、取るに足らないヤシの木を目にする以外はね」

「だとしたら、水があるって言うんだな」思いにふけったようにロレリアンが言った。

ディユヴイユ・リシエが聞いた。

「それで、その畑と水は誰のものなんだい」

「あるアメリカの白人のものさ。ミスター・ウィルソンっていう名前の。それに工場もその周りも、全部がその人のものだ」

「それでそこに住んでいる人は、俺たちみたいな村人はいるのか？」

「一部の土地と鶏と角のはえた家畜という意味かい？　いいや、サトウキビを切る労働者がたくさんいるだけさ。みんな自分の腕ひとつで、ひと握りの土も、自分の汗を除けば一滴の水ももっていない。みんなミスター・ウィルソンのために働いて、そのあいだミスター・ウィルソンはきれいなお屋敷の庭でパラソルの下に座っているか、他の白人たちと洗濯棒みたいなのを持って白いボールの打ちあいをしているのさ」

「じゃあ」シミドールが苦々しそうに言った。「仕事というものがいい品物だったとしたら、ずいぶん前から金持ち連中は買い占めていることだろうな」

「お見事、シミドール」サンジュリアンが同意した。

「アンティリャのあたりに何千何万というハイチ人を残してきた。彼らは犬みたいな生活をして、犬みたいに死ぬ。マタール・ア・ウン・アイティアーノ・オ・ア・ウン・ペロ。ハイチ人を殺そうが犬を殺そうが同じことだって地方警察の奴らは言うんだ。本当に獰猛なけだものみたいな連中さ」

「それはひどい扱いだな」レリソン・セロムが声をあげた。

　マニュエルはしばらく黙ったままでいた。

彼はあの夜のことを思い出していた。秘密の会合に行く道だった。

ストライキが準備されていた。アルト〔原註：止まれ〕！　叫び声がした。マニュエルは道の脇に身を投じて、暗がりに身を潜めた。サトウキビの中で風が震えるようにざわめいているにもかかわらず、荒い息がさほど遠くないところで聞こえていた。身を隠し、ちぢこまって、拳を握りしめて待っていた。アルト、アルト、アルト！　いら立った声がそう繰り返す。薄い光線が夜を照らす。マニュエルは飛び出すと、拳銃をつかんで警官の手首を折った。ふたりは道に転がった。相手は助けを呼ぼうとした。マニュエルは銃床の一撃で相手の歯を折り、相手が伸びるまで銃で続けざまに殴った。

この記憶に満足して、彼はため息をついた。

「そうさ」シミドールが言った。「物ごとはそんなふうに不公平なのさ。貧乏人は太陽の下で働いて、金持ちは日陰で楽しんでいる。植える者がいれば、収穫する者がいる。実際のところわしら民衆は釜みたいなもんだ。釜が食事を全部準備して、火の上で苦しみを経験するのに、食事ができたら誰もが釜に向かって『お前はテーブルにつけないよ、テーブルクロスが汚れるからね』と言うのさ」

「まさにその通り」ディユヴイユ・リシエが声をあげた。

村人たちに悲しみが重苦しくのしかかっていた。二本目のクレランが空になった。彼らは自分の生活に、頭を抱える思いに引き戻された。日照り、荒れた畑、飢え。

ロレリアン・ロロルはマニュエルに手を差し出した。

「おれは帰るよ、兄弟。長旅から帰ってきたんだから、よく休むんだぞ。また今度キューバの国について一緒に話がしたいよ。じゃあ、さようなら」

「さようなら、コンパドレ」

ひとりずつマニュエルにお別れをしながら、こう繰り返して小屋を出ていく。

「いとこのデリラ、さようなら、兄弟のビヤンネメ、さようなら」

「さようならご近所さん」年老いた親たちは答えた。「わざわざどうも」

戸口でマニュエルは、彼らが林を抜け、小屋に通じる道を通って消えていくのを見ていた。

「ずいぶんお腹が減っているでしょう」母親が言った。「食事を用意してあげるわね。大したものはないけど。わかるでしょう」

デリラはヤシの木の葉でできた屋根の下、黒くなった三ツ石の前にしゃがみこんで火をつける。手のひらであおぎながら、小さな火を辛抱強くあおった。

あの子の額には光が差していると、デリラはうっとりして思った。

太陽が空を傾いていった。お告げの鐘がじきに鳴る。砂埃で厚みを増した陽炎《かげろう》が、バヤオンドの生える地平線にまだ残っていた。

# 第三章

もう明け方に違いないとマニュエルは思った。

かすかな冷気とともに、戸の下から夜明けのおぼろげな光が入りこんでいた。庭からは雄鶏のけたたましい鳴き声、羽をはばたかせる音、雌鶏のピイピイ鳴く声が聞こえていた。

マニュエルは戸を開いた。夜に浸った空は日の出の方角が白んでいたが、まだ眠っている林は大きな影の中で静かなままだった。

小さい犬はマニュエルに食ってかかり、牙をむいてうなるのをやめなかった。

「これこれ、うっとうしい犬ね。憎たらしい」年老いたデリラは叫んで、声と身ぶりで犬を追い払った。

デリラはすでにコーヒーを温めていた。

「ずいぶん早くに起きたのね、坊や、よく寝られたかい？」

「おはよう、かあさん。とうさんもおはよう」

「調子はどうだ、せがれや」ビヤンネメが答えた。

ビヤンネメはカッサヴァ〔原註：マニオク粉のガレット〕のかけらをコーヒーに浸していた。

デリラは手桶に入れた冷たい水をマニュエルに渡した。彼は口をゆすいで目を洗った。

「わしは眠れなかった」ビヤンネメが愚痴をこぼした。「いいや、まともに眠れなかった。真夜中に目が覚めて、夜明け前まで寝返りを打ってばかりだった」

「それは多分うれしくて体がむずむずしたからよ」デリラが指摘した。

「うれしいことがあるものか」年寄りが言い返した。「きっとノミのせいだ」

マニュエルがコーヒーを飲んでいるあいだに、赤みが少しずつのぼって丘の上に広がっていった。サヴァンナとそこに生えるごちゃごちゃした茂みが光とともに浮きあがって、かすんだ境まで広がっていき、夜の薄暗い抱擁からゆっくりと身をほどいていった。

林の中で野生のホロホロチョウが威勢のいい鳴き声を放った。

とはいえ土地は悪くないとマニュエルは思う。丘が駄目になってしまったのは本当だけれど、里ではまだトウモロコシやアワ、ありとあらゆる穀物ができるだろう。必要なのは水をまくことだ。

彼は夢でも見るように、血管の網のようになって水路を流れ、地中深くまでいのちを運ぶ水を思い浮かべていた。絹でなでるように吹く風になびくバナナの木、ひげの生えたトウモロコシの実、畑に長いサツマイモの区画《カロ》。この赤茶けた土地を草木の緑で塗りかえられるだろう。

マニュエルは父親のほうを振り向いた。

「それでファンションの泉は？」

「ファンションの泉とは何のことだ？」

ビヤンネメは昨晩吸った葉巻の吸い殻をパイプに詰めていた。

「水のことだよ」

「わしの手のひらみたいにカラカラになってしまった」

「じゃあロリエの泉は？」

「しつこい奴だな。もう一滴もない。あるのはゾンビ沼だけだが、ありゃ蚊《マラングワン》のすみかだ。腐った水はとぐろを巻いて死んだ蛇みたいにドロドロで、どこにも流れていくことはない」

マニュエルは黙りこくった。深いしわが口元に寄っていた。

ビヤンネメはヒョウタンの木のほうへ椅子を引きずっていき、幹に背をもたせかけて座った。

通りを向くと、農婦たちが重たい荷を運ばせる家畜を連れて歩いていった。

「ハイヨ、ロバ、ハイヨ」朝の静けさの中に農婦たちの甲高い叫び声があがった。

「かあさん、どうやって食べていくつもりなんだい？」

「神のめぐみによって」デリラはつぶやいた。

そして悲しそうにつけ加えた。

「でも貧しい者たちに御慈悲はない」

「あきらめたって何にもならない」

マニュエルはいら立って頭を振った。

「あきらめるなんて裏切りさ。落胆するだけとまるで同じ。そんなのは無駄だ。奇蹟や摂理を待ってロザリオを手にするだけで、何もしやしない。雨を祈って、収穫を祈って、聖人やロア〔原註：アフリカ系ハイチの神々〕の祈りを口にして。神の摂理というのは、言わせてもらうけど、そんなのは貧乏を受け入れず、大地のわがままを手なずけようとしないで、水の気まぐれに都合をまかせるという人間特有の意思のことさ。『ご主人様』と大地が呼ぶ。『ご主人様』と水が呼ぶ。村人がまじめに働くことのほかに摂理なんてないし、自分の手で働いた成果のほかに奇蹟なんてないのさ」

デリラは不安そうな目で優しく息子を見つめた。

「お前は口が達者だし、よその国を旅してきたでしょう。わたしが理解できないことを覚えてきた。わたしは貧しくて愚かな女でしかないからね。でもお前は神様の正義を認めていない。神はあらゆるものの主でいらっしゃるのよ。季節の変化や雨の手綱、生き物のいのちの責任をその御《み》手《て》に担《にな》っている。神が太陽に光を与えて、星々の燭台をともす。神が太陽に息を吹きかけて、夜にする。神が泉や海、木々の精霊を導く。『パパ・ロコ、アグエの主、聞こえているか』と言うのよ。そうしたらロコアティスが『その意思がなされんことを』と答えて、アグエタウォヨが『アーメン』と答える。お前はこういったことを忘れてしまったのかい？」

「そんな話は耳にしなくなってずいぶん経つよ、かあさん」

マニュエルが微笑みかけると、困惑したデリラはため息をついた。

「ああ、せがれや、それが真実ということね」

すでに明るくなっていた。怒ったように赤い太陽が丘の頂を焼いていた。ギラギラとした日の光で侵蝕が深くなり、まるはだかの畑が現れた。サヴァンナでは牛が虻《あぶ》につきまとわれて長々と鳴き声をあげた。炭焼きの煙がバヤオンドの木の上に浮かんでいた。

マニュエルは自分のなたを取りに行った。

「ちょっとひとまわりしてくるよ、かあさん」

「どっちのほうへ？」

「あっちだよ」

彼は漠然と丘のほうを指した。

「帰りを待っているからね。あんまり寄り道しないように、せがれや」

林のほうに視線を向けてビヤンネメが口ごもった。

「帰ってきたと思ったらすぐにほっつき歩くんだな」

マニュエルはまだ暗い林を通り抜けていった。道端にサボテンが生えた野道の上に木の枝がかぶさっていた。しかし彼は覚えていた。いくつか回り道して道を曲がると、道は幅の狭い谷に出て、そこには昔ビヤンネメが綿を植えるために拓いた土地がある。それから丘がえぐれているところを通れば、泉までのぼっていけるだろう。

マニュエルがホロホロチョウの群れに出くわすと、群れは音を立ててカンペシュの木の茂みのあいだを飛び去った。「罠で捕れるかもしれないな。でもホロホロチョウというのはキジバトやホオジロより賢いからな」こんな考えにとらわれながらも、身が軽く感じられた。木々に挨拶の歌を歌いたい気分だった。植物たちよ、おお僕の植物たち、お前たちに名誉《オネ》と言うから、お前たちは僕が通れるように尊敬《レスペ》で返してくれ。お前たちは僕の家、僕の故郷だ。植物たちよ、僕はこの木のつるであって、この土地に植えられ、この土地に結びつけられている。植物たちよ、おお僕の植物たち、お前たちに名誉《オネ》と言うから、お前たちは僕が通れるように尊敬《レスペ》で返してくれ。

マニュエルはこの延々と続く、ほとんど行き当たりばったりの歩みをつづけた。村の人間らしいしっかりした足取りで、ときどきなたを振るって道を切り開きながら。林間の空き地に出たときにも、まだ鼻歌を歌っていた。そこでひとりの村人が炭木を組んでいた。すりこぎでつぶされたみたいにずんぐりした男だった。その大きな手は根っこのかたまりのように腕の先にぶら下がっている。丸く縮れてまばらに生えた茂みのような髪が頑固そうな額の上にかかっていた。

マニュエルは男に挨拶したが、相手は返事もせず、彼のことを見つめている。茂みに覆われた巣穴の中にいる用心深い獣のように、目が張り出た眉の下で動いていた。

とうとう男が口を開いた。

「お前が昨日キューバから帰ってきたという奴か？」

「そうだ」

「ビヤンネメの息子か？」

「そうだ」

燃えあがる煤《すす》でしかなくなるぐらいまで目を細めると、男はマニュエルをまじまじと見た。計算されたかのようにゆっくり向こうを向くと、つばを吐き、炭木の山にまたとりかかった。

マニュエルは驚きと怒りをこらえていた。目の上にあともう少しのあいだ赤い幕がかかっていたなら、なたの背を頭に一撃食らわせて、この見知らぬ男に無礼を返してやっただろう。しかし我慢した。

彼は怒りと不快感を噛み殺して道を歩き続けた。エル・イホ・デ・プタ〔原註：あの野郎〕……いったいどういうわけだ？　マニュエルはアナイズが急に態度を変えたことを思い出していた。〈これには何か腑に落ちないところがある〉

谷間は丘のふもとに広がっていた。高みから下る水が深い溝をえぐり、土が斜面から遠くへ流されてしまっていた。岩盤の骨がやせた肌を突きやぶり、オリヅルランの中でもとげに覆われたカダシュがはびこってしまっていた。

マニュエルは丘の斜面を行った。かんかん照りの中をのぼっていった。里のほうに目を向けると、病んだ色、バヤオンドの灰色がかった毛、日が当たる中を土砂が流れて広がった谷が見えた。彼は野道を曲がって、かつてファンションの泉が流れ出ていた断層へと斜めに下っていった。

水でなめらかになった敷石が足元で音を立てた。覚えているのは湿った苔が生えた敷石だった。彼は澄んだ水、長々とあふれ出る波、始まりも終わりもなく、濡れた洗濯ものをはたいたときのように切れ切れになる風の音を思い出していた。泉が遠くから湧いていることを、マニュエルは思い出していた。丘の腎臓からやってきて、ひっそりと前に進みながら暗闇の中でゆっくりと濾《こ》され、最後に丘の裂け目からあらわれるときには土が取り除かれて、盲人の目のように冷たく澄みきるのだ。

そこには土砂とシバムギの生えた跡しか残っておらず、さらに向こう、谷間の平地が始まっているところには、岩のかたまりが丘から崩れ落ち、穏やかな家畜のようにサブリエの木の周りで眠っていた。

マニュエルは状況を把握しようとした。ああそうだ。彼にはわかっていた。ロリエの泉も同じに違いない。乾いた泥の穴があって、それだけだ。そうなるとあきらめてゆっくりと滅びていくしかないのだろうか。なすすべもなく貧困に陥って、この世に別れを告げるということなのか。あきらめるか。いや、丘のまた向こうに他の丘があった。もし水を見つけるまで、水の湿った舌を手に感じるまで、その谷間の水脈を自らの手で掘り当てることがなければ、雷に打たれてしまいますように。

「コンペ、このあたりで赤毛の雌馬を見かけなかったか？」

ロレリアンの声がした。

「あいつ綱を引きちぎりやがったんだ」

斜面を重たそうにマニュエルのほうへ下ってきた。

「そんなふうにして、この土地を思い出そうとしているのか？」

「聞くのと見るのは違うからね」マニュエルは答えた。「それで朝早くからここに来ているんだ。頭の中で考えて、こんなふうに思っていたのさ。もしかしたら小さな水の流れが隠れているかもしれない。水は砂の中に消えるけれど、岩盤まで滴っていって、地中深くで道を作っているということもあるからとね」

マニュエルは固くなった土くれをなたで掘り出し、石にぶつけて崩した。土は乾いた枝や根の屑でいっぱいで、指でぼろぼろになった。

「見てみな。水分がまったくない。水は丘の中までも涸れてしまっている。これ以上遠くまで探しに行くには及ばない。無駄だから」

急に怒りがこみあげてきた。

「それにしてもどうして木を切ってしまったんだ。コナラやアカジュ、丘の上に生えていた木も。向こう見ずで限度を知らない連中だな」

ロレリアンは一瞬言葉に詰まった。

「どうしろっていうんだ、兄弟……若木のために伐採して、小屋の棟木を組むために切って、畑の囲いを作り直して、そんなことはわからなかったんだ。無知と貧乏は歩みをともにすると言うだろう」

太陽がぎらぎら光る爪で、皮のむけた丘の背中を削っていた。大地は干あがった谷で息を切らし、日照りで窯《かま》に入れられた土地が暑くなり始めたのだ。

「ぐずぐずしちまったな」ロレリアンが言った。「俺の馬は向こうを走っているにちがいない。あいつはさかりがついているから、コンペ・ドリスモンのびっこの栗毛馬とまぐわってしまうといけない」

ふたりは一緒に斜面を登っていった。

「神の思《おぼ》し召しに適うのなら、明日ガゲール〔原註：闘鶏が行われる場所〕に来ないか？」

「気が向いたらね」マニュエルは言った。

マニュエルはひとつのことで頭がいっぱいで、そのせいでいら立っていた。

ロレリアンはそれを漠然と感じて、口をつぐんだ。道がのぼりとくだりのふた手に分かれているところに着いた。マニュエルは立ち止まった。

「ロレリアン」彼は言った。「君には正直に言うよ、コンペ。いいかい、頼むからよく聞いてくれ。水についてだけど、これは僕らにとって生きるか死ぬか、救われるか滅びるかの問題だ。夜になってもしばらく眠れなかった。考えごとをして眠ることも気が鎮まることもなかった。どうしたらこの不幸から抜け出せるだろうかと考えていたんだ。頭の中で物事を整理するにつれて、選ぶべき道はまっすぐひとつだとわかった。水を探さなければならない。人にはそれぞれ信念がある、そうだろう。僕は誓いを立てる。水を見つける。そして里に水を引いてくる。水の首に手綱をかけてね。このマニュエル・ジャンジョゼフはそう誓う」

ロレリアンは目を見開いて彼を見つめていた。

「それで、どうやって見つけるつもりなんだい」

「期待するといいさ、今にわかるから。でも今のところは内緒の内緒、これはふたりだけの秘密だ」

「ひと言でも漏らしたら、慈悲深い聖母が目をつぶしてしまいますように」

「よし、ところでもし君の協力が必要になったら頼ってもいいか？」

「安心しろ」ロレリアンは厳粛に誓った。

ふたりは握手をした。

「大丈夫？」マニュエルが言った。

「大丈夫」

「本当に？」

「本当に本当だ」

ロレリアンが丘を下っていくマニュエルにもう一度叫んだ。

「コンペ・マニュエル、おい」

「何だ、コンペ・ロレリアン？」

「明日俺の雄鶏に賭けるといい。あれより気が強いのはいないから」

マニュエルは林に沿っていった。以前開墾したところが林の端をむしばんでいたが、林はとげを逆立てて、大きな肉厚の葉をして、風の流れにも動じない、カイマンの分厚くて光り輝く皮をしたみたいな木生サボテンが粘り強く生えるおかげで、少しずつ元に戻ってきていた。

家に着くころには空は鉛色に変わっていて、木々の上に焼けた蓋のように重くのしかかっていた。あずまやにもたれかかった小屋は、ずいぶん前から打ち捨てられているように見えた。ビヤンネメはヒョウタンの木の下でまどろんでいた。生活がおかしくなって、流れがよどんでいた。いつもと同じ風が突風となって畑に砂埃を降りかけていた。サヴァンナの向こうでは、いつもと同じ地平線があらゆる希望を見えなくしてしまっていて、ずいぶん着古した服を繕《つくろ》いながら、年老いたデリラは苦しみながら毎日同じことを考えていた。残りの食料が減っていき、もうすでにアワとコンゴマメはあと数握りほどまで減ってしまった。ああ聖母マリア様、デリラの過ちではないのです。するべきことはして、古人の知恵にしたがって慎重を期したのです。トウモロコシの種をまく前、夜明けに、太陽の赤い目が見つめる前で、デリラは日の昇るほうを向いて主イエス・キリストに、南を向いてギニアの天使たちに、日の沈むほうを向いて死者たちに、北を向いて聖人たちに、聖なる四つの方角に種をまきながら言ったのです。「イエス・キリスト、天使たち、死者たち、聖人たち。これが捧げるトウモロコシです。見返りに働く力と収穫する喜びを与えてください。わたしを、そして家族を病からお守りください。夫のビヤンネメを、よその地にいる息子を。この畑を日照りと貪欲な獣からお守りください。これがわたしの願いです。お願いです、奇蹟の聖母にかけて、アーメン、感謝します」

デリラが疲れた目をあげるとマニュエルがいた。

「ああ帰ってきたのね、せがれや」

「ちょっと聞きたいことがあるんだ、かあさん。でも先に体を洗ってくる」

マニュエルはかめに入った水をくんでコップをいっぱいにした。小屋の裏で上半身裸になってごしごし肌を磨くと、つやで光り、筋肉が樹液で膨らんだつるのようにしなやかに伸びた。

さっぱりして戻ってくると、あずまやの下にベンチを引き寄せた。母親はその近くに腰を下ろした。マニュエルは林の中であった妙な出来事の話をした。

「それはどんな奴だった？」目を覚ましたビヤンネメがたずねた。

「真っ黒で、いかつくて手足が太くて、胡椒つぶみたいに毛の縮れた奴だったよ」

「それで目が深くくぼんだ顔か」

「そう」

「そいつはジェルヴィレンだ」ビヤンネメが断言した。「あのろくでなしめ、犬畜生のごろつきだ」

「それに昨日、若い娘と道を歩いたんだ。仲よく話していたんだけど、僕が何者であるかを言ったら背を向けられた」

「どんな感じの女だった？」老人がまたたずねた。

「背が高くて、大きな目をして、歯が白くて、肌がきめ細かくて。名前を聞いた。アナイズというんだ」

「そりゃあロザナと死んだボブランの娘だ。乳牛の目をした、あほうがよくかかる釣り竿だ。肌なんぞわしは気にはせん。歯なんぞあの娘と一緒に笑ったことなどないから知らん」

ビヤンネメは怒りがわいてきて、綿のようなひげの中で舌がもつれた。

「どうして敵同士なんだい？」マニュエルが聞いた。

答えもせずにビヤンネメは椅子を取りに行った。

あずまやの下は、覆いかぶさるように生えたヤシの木の葉でわずかに影になっていた。

「昔の話だ」老人は話し始めた。「忘れられてはいないがな。当時お前はキューバにいた」

ビヤンネメはパイプの吸い口を噛んだ。

「血が流れた」

「話してくれよ、とうさん、さあ」マニュエルが丁寧に言った。

「せがれや、今は亡きジョアンヌ・ロンジャニスが死んだとき――ちなみにカコたち〔原註：農民の革命家たち〕と一緒に戦ったことからロンジャニス将軍などと呼ばれていたんだがな――土地を分けねばならないことになった」

「本当のドン〔原註：大地主、スペイン語由来〕で、もしお前が覚えているとしたら、このロンジャニス将軍は大した男で、家長だった。あれほど体の大きな人間はもう目にすることはない。ロンジャニスによって、言ってみればみんな親族だった。ロンジャニスは数も数えず子供を作った。わしの大おばとのあいだには、あのジェルヴィレンの親父にあたるドリスカができた。疥癬《かいせん》病みの顔に地獄の呪いあれだ。土地というのは何度も話し合いをして分けるものだ。とはいえ家族だから、しまいには話がつくものだ。『わかったかい、何々さん？』と言うと、相手のほうは『わかった』と答えて、それぞれが自分の分け前の土地をもらったのさ。土地というのは織物とは違って、みんなのために場所があるものだ。それでもドリスカは頑固なラバみたいに言うことをきかずに、ある日自分の一族と郎党を連れてきて、全部自分のものにしてしまったんだ。わしら他の者たちは、どうなるか見ていた。ドリスカとその一団は、もう自分たちのクンビットを組んでいて、クレランを用意しなかった。わしの兄弟で今は亡きソヴェ・ジャンジョゼフは、神よ、その魂に憐れみあれ、腰抜けではなかったから、最初に詰め寄ってこう言った。『コンペ・ドリスカ、お前のしていることは正しくない』ドリスカが答えた。『俺の土地から出ていけ、さもないと犬でさえ吐くぐらいバラバラに切り刻んでやるぞ』、『よくもそんなことを』今は亡きソヴェが言った。『くそったれ、お前の母親はああでこうで』ドリスカが答えた。『そいつは言っちゃいけねえ』ソヴェはこう言うと、相手よりも先になたを抜いて、その場で殺してしまった。そこからいさかいが始まった。けが人がたくさん出た。わし自身も……」

ビヤンネメは上着をまくりあげると、白い胸毛のあいだに入った傷痕《きずあと》を指でなぞった。

「そしてソヴェは刑務所で死んでしまった。わしの兄弟で、いい奴だったのに」

ビヤンネメは握りしめた拳で涙をぬぐった。

「そういうことか」マニュエルが言った。

「しまいには、治安判事の助けを借りて土地を分けることになった。それと一緒に憎しみも分けることになった。以前はひとつの家族だったのに。それももう終わりだ。それぞれがうらみを抱えて、怒りを募らせておる。わしらとあいつらがいて、そのあいだを分けるのが流れた血だ。その血を踏み越えることはできない」

「あのジェルヴィレンっていう奴は本当に悪い男だよ」デリラがつぶやく。「クレランを飲むと頭がおかしくなるのよ」

「あれは常識のない人間だからな」ビヤンネメがそれに拍車をかけた。

マニュエルはうなだれて聞いていた。こうやって村の中に新しい敵ができて、はっきりと村が分断されている。その境となるものは怒り、血塗られた過去の記憶、許されざる兄弟殺しである。

「お前、何て言った？」ビヤンネメが言った。

マニュエルは立ち上がっていた。藁葺きの屋根が目の前の木々のあいだに現れた。どの小屋も復讐の黒い毒に浸っていた。

「残念だって言ったんだよ」

「お前の言うことは理解できん、せがれよ」

マニュエルは畑のほうへゆっくりと去っていった。日が照る中を歩き、枯れた草を踏みしめていったが、その背中は重荷を背負ったみたいに少し曲がっていた。

# 第四章

数日後、マニュエルはあずまやを直していた。虫に食われた横木の一本を若いカンペシュの幹に替えた。彼は枝を落として、皮をはいで、乾燥させておいた。木からはまだ少し赤い樹液がしみ出ていた。

「あずまやを直すというのはいいことね」母親が言う。

「腐りきっていたんだ」うわのそらでマニュエルが答える。

母親は間をおいた。

「ドルメウスを呼んだのよ」

「ドルメウス？」

「ウンガン〔原註：ヴードゥー教の祭司〕のことよ」

マニュエルは横木を固定した。

「聞いてるの、せがれや《ピテイト・ムワン》」

「聞いてるよ、もちろん」

マニュエルはカンペシュの木の柔らかい肉に釘を打っていた。

「神の望みにかなえば来るのは明後日になる」デリラが言った。

「神の望みにかなえば」マニュエルは繰り返した。

「ビヤンネメはあずまやにかぶせる新鮮な葉を取りに行ったわ。それはわたしたちがしなければいけない大きな儀式なのよ」

マニュエルはベンチから降りた。終わったのだ。

「あなたに帰り道を開いてくださったのはパパ・レグバよ。クレルミズがそう夢で見たって。アティボン・レグバは四辻の主。お礼をしないといけないわね。もう身内と近所には声をかけておいたわ。明日、町に行ってクレランを五ガロンとラムを二本買ってきてちょうだい」

「わかった」マニュエルは答えた。

翌々日の夕方、村人たちは修理されて新しくなったあずまやの下で待っていた。柱にかけた薄暗いランプがきついにおいを放ちながら燃え、風が翼をはばたかせると、ランプはその煙の舌で影を舐めるのだった。

喧噪が街道から聞こえ、ドルメウスの到着を伝えた。ビヤンネメはすでに柵のところで待っていた。ウンガンがやってきた。それは背が高く赤みがかった肌をした男で、動きのひとつひとつがおごそかだった。ウンシ〔原註：ヴードゥー教の秘儀を受けた女〕の一団は髪をまとめ、純白の衣装を着て、ウンガンについてきた。ウンシたちは火をともした松の木片を掲げていた。彼女たちは儀式の進行役であるラ・プラス、旗もち、太鼓と銅鑼《どら》の奏者の前を歩いてきた。

ビヤンネメはお辞儀をしてドルメウスに水を一杯勧めた。ウンガンは厳粛に受け取って、両手で持って四方に向かってゆっくりと掲げた。その口は秘密の言葉をつぶやいていた。そして土に水をまいて魔法の円を描き、再び立ち上がるとお付きの者たちと歌いだした。

パパ・レグバ、われらのために柵を開きたまえ、われらが通れるように、アゴ・イエ！
アティボン・レグバ、われらのために柵を開きたまえ、われらが通れるように
われらがたどりついたあかつきには神霊に感謝せん
パパ・レグバ、三辻の主、三道の主、三水路の主
われらのために柵を開きたまえ、われらが入れるように
われらがたどりついたあかつきには神霊に感謝せん

「お通りください、パパ、お通りください」ビヤンネメが控えめにウンガンの前からわきに下がって言った。

ドルメウスは先を行き、人々があとに従った。たいまつがウンシたちの白い衣装にときおり光を投げかけ、旗についた金色のスパンコールが輝いていた。残りの人たちは、夜よりも分厚い渦の中へと進んでいく。

年老いたギニアの神レグバはすでに来ていた。レグバはあずまやの下にいたフルリモンドにの

りうつり、フルリモンドは太古からの老齢にふさわしい敬うべき姿になった。肩は落ち、弱って息を切らせながら曲がった枝の杖にすがっていた。

村人らはうやうやしくウンガンに道を開けた。旗もちたちはとりつかれたフルリモンドの頭上に旗で天蓋を作って揺らした。ドルメウスはフルリモンドの足元に魔法のヴェヴェを描き、その真ん中に火をともしたろうそくを立てた。

「あなたの子たちが歓迎します」祭司がレグバに言った。「彼らは恩恵への感謝のしるしとしてこの儀式を捧げます」

祭司は、中央の柱にぶらさげられた籐で編んだ袋を指さした。

「これがあなたに捧げるマクートです。あなたが帰っていくときに必要な食糧が入っております。足りないものはありません。糖蜜とオリーブ油をかけて炒ったトウモロコシ、塩漬け、菓子、喉が渇いたときのための酒も入っています」

「感謝する」ロアが消え入るような声で言った。「食べものと飲みものに感謝する。この日照りでことがよからぬほうに向かっておるのはわかる。しかしそれもうつろい過ぎるだろう。よきことと悪しきことは十字をなす。我レグバはこの十字の主である。我がクレオールの子供たちによき道を取らせよう。彼らは不幸の道から抜け出ることだろう」

祈りの合唱がレグバを囲んだ。

「かくあらしめたまえパパ、ああわれらのパパ、お願いします。罪の償いはあまりに大きすぎ、あなたなくして我々は無力です。恩恵を、恩恵を、慈悲を」

とりつかれた者は老人のような動きで聞き入れる仕草をした。杖にかけた手を震わせ、息を切らしてまたいくつか意味のわからない言葉を発した。

ドルメウスが合図をした。とぎれとぎれに太鼓の音が始まり、一つの大きな低音になって増幅し、夜に砕け散った。歌声があがると、いにしえのリズムにのって声を合わせ、村人たちは膝を曲げ、腕を広げて祈願の踊りを始めた。

レグバ、彼らにこれを見せたまえ
アレグバ・セ、それは我らふたり

先祖たちが苦しみのときにヤンヴァルを踊りながらウィダーの偶像に懇願したことを細かに思い出し、遠い昔からいにしえのダホメの神々の暗黒の力をよみがえらせた。

それは我らふたり、カタルロ
勇敢なレグバ、それは我らふたり

ウンシたちは中心の柱の周りをぐるぐる回り、白い泡のような法衣が、青い服を着た村人たちでかき立てられた波に混ざって、デリラはもの思いにふけったような顔で踊り、マニュエルも太鼓のせいで体の奥底から沸きあがる不思議な衝動には勝てず、他の村人たちと踊って歌っていた。

叫びたまえアボボ、アティボン・レグバ
アボボ・カタルロ、勇敢なレグバ

ドルメウスが、儀式用の中身をくり抜いたヒョウタンにヘビの背骨とガラス玉をつないだ網で飾りつけをされたガラガラ、アソンを振った。太鼓の音がやんだ。ラ・プラスはあらゆる超自然的な力を一か所に、血と羽根で燃える命の結び目に集めるために、ヴェヴェの真ん中、白い布の上に炎の色をした雄鶏を置いた。

ドルメウスが雄鶏をつかむと、生贄《いけにえ》を捧げる者たちの上で扇のように振った。メリリアとクレルミズは気のふれたような顔をし、身じろぎをしてよろめいた。ふたりは体と心にとりついたロアによって絞めつけられ、もがくように肩を振って踊っていた。

サンタ・マリア・グラティア

村人たちは神への感謝を歌った。それはレグバが生贄を受け入れるというしるしが見られたからである。

ドルメウスは雄鶏の頭をぎゅっとひねって引きちぎり、生贄の体を四方に示した。

アボボ

ウンシたちが声をあげた。

祭司はふたたび四方に向けて同じ仕草をすると、血を三滴地面に垂らした。

血を流せ、血を流せ、血を流せ

村人たちは歌った。

そのあいだずっとデリラはビヤンネメの隣でひざまずき、顔の前で手をあわせていた。マニュエルを目で探すと、彼はロレリアンとレリソン・セロムと一緒に家の中でクレランを飲んでいた。

「おい、それはギニアの先祖に捧げないと」ロレリアンが言った。

「俺たちのいのちは先祖たちの手の中にあるんだからな」レリソンが答えた。

マニュエルはグラスを飲み干す。太鼓が低音で響き、高揚する歌を下から押し上げていた。

「さあ《バモス》、どうなっているか見に行こう」マニュエルが言った。

雄鶏の血は滴り、地面にできた赤い円が大きくなっていた。

ウンガンとウンシ、デリラとビヤンネメは指を一本血につけて、額に十字を描いた。

「そこらじゅう捜したのよ」年老いた母親が責めるような声で言った。

マニュエルにはほとんど聞こえなかった。興奮の渦の中、ウンシたちは生贄にされた鶏の周りを踊り歌い、通るごとに羽根を手でむしっていって丸裸にした。

アントワヌが生贄をウンガンの手から受け取った。それはもはや陽気なシミドールではなく、とげの生えたサボテンのように毛が逆立っている。

アントワヌはしかつめらしく大儀そうに年寄りレグバを演じていた。にんにくも豚の脂身もなしの調理をまかされていた。それは普通の雄鶏とは違う、儀式の名を帯びた聖なる生贄としての霊験を授かった、ロアのコクロであった。

「気をつけろ、コンペ」シミドールが急き立てる村人に言った。

その村人はぞっとしてすぐに口をつぐんだ。

顔を引きつらせて激しく飛び回る男は、もはやデュペルヴァル・ジャンルイではなかった。それは恐るべきロア、鍛冶屋と血の気の多い男たちの神オグンであり、雷のような声をあげた。

「我は、我はネグル・オリシャ・バギタ・ワンギタ」

ドルメウスがアソンを振りあげて近づいた。大きな震えが体を走ると、のりうつられた男はわめいていた。

「我は、我は、我はネグル・バタラ、ネグル・アシャデ・ボーコー」

ウンガンの手の中で、アソンがいかめしい音を立てた。

「パパ・オグンよ」ドルメウスが言った。「無理を言うなかれ。あなたを敬いはするが、この儀式はあなたのためではない。一日は来て、一日は去る。またあなたの番になろう。われわれにこの儀式を続けさせ給《たま》え」

とりつかれた男は泡を吹いて、右左に激しくよろめき、周りの村人たちの輪を乱した。

「意地を張り給うな」これ以上打つ手をなくして落ち着かない様子のドルメウスが続けて言った。

オグンは意固地になって去ろうとしなかった。自分にも敬意を示すように求めるので、ラ・プラスがくちづけしたサーベルをオグンに示した。ウンシたちが赤いハンカチを頭に結んでやり、別のハンカチを腕に結んでやった。ドルメウスはロアが入っていけるようにと地面にヴェヴェを描いた。椅子をもってくるとオグンは座り、ラムのびん一本を与えるとがぶ飲みし、葉巻を与えると吸い始めた。

「ああ」オグンが言う。「あのマニュエルが帰ってきたな。マニュエルはどこだ？」

「ここさ」

「はい、パパと答えろ」

「はい、パパ」

「お前は礼儀を知らんらしいな」

「そんなことはない」

「いいえ、パパと答えろ」

「いいえ、パパ」

とりつかれた男は飛び跳ねると、ウンシたちを押しのけて歌いながら踊り出した。

ボラダ・キマラダ、オ・キマラダ

ナ・フイエ・カナル・ラ、アゴ
ナ・フイエ・カナル・ラ、モワン・デイ、アゴ・イエ
ヴエヌ・ルヴリ、サン・クリ
ヴエヌ・ルヴリ、サン・クレ、オ
ボラダ・キマラダ、オ・キマラダ
〔原註：ボラダ・キマラダ、おおキマラダ
お前は水路を掘る、気をつけよ
お前は水路を掘る、言っておくが気をつけよ
血管が開き、血が走り
おお血管が開き、血が流れ、おお
ボラダ・キマラダ、おおキマラダ〕

とりつかれた男は前後に身を揺らし、困惑する村人たちの真ん中でひとりナゴの踊りの中にいて、次に急にびくっとすると動きを緩め、息を切らせながら、相変わらず震えていたが、徐々におさまっていった。神霊が出ていこうとしていたからで、オグンの戦士の顔つきから、だんだんと呆《ほう》けたデュペルヴァルの顔が再び現れてきた。それでもおぼつかない足どりで、痙攣《けいれん》したように頭を震わせて、デュペルヴァルは地面に転げた。神霊は去っていた。マニュエルはディユヴィユ・リシエの手を借りて、男を担ぎあげると、離れたところに運んでいった。デュペルヴァルは

丸太のように重く、無感覚になっていた。

「ビヤンネメ」デリラが言う。「ビヤンネメ、あなた。わたしはパパ・オグンが歌ったことは好きじゃない。気が重くなってしまった。わたしどうしたのかしら」

ドルメウスはアソグウェ〔原註：アソンを飾るガラス細工と蛇の背骨の名前〕の式でレグバの儀式を続けていた。ビヤンネメとデリラとマニュエルはマクートに手を添えてもち、それを四方に向かって続けざまに示した。ウンガンは柱の周りに雄鶏の羽根を立てて、新しいヴェヴェを描き、その中心に置いたろうそくに火を灯した。

旗が揺れ、太鼓の低音が鳴り響くと、歌が新たなはずみをつけてそれに続いた。女たちの声がとても高くあがり、大きな合唱の声にひびを入れた。

レグバ・シ、レグバ、血を流す、血を流す
アボボ
勇敢なレグバ
七人のレグバ・カタルロ
勇敢なレグバ
アレグバ・セ、それは我らふたり
アゴ・イエ

マニュエルは踊りの波に身をまかせていたが、妙な悲しさが心をかすめた。母親と目が合った。マニュエルにはその目が涙で輝くのが見えた気がした。

レグバの供犠は終わっていた。道の主はロアたちが歩く神秘の道を通って、生まれの地であるギニアにたどりついていた。

それでも宴《うたげ》は続いていた。村人は自分たちが不幸であることを忘れていた。踊りとアルコールが彼らを麻痺させて、アフリカの神々の未開の狂気が待つ非現実的で怪しい国へとその意識を連れ去り、沈めていた。

夜明けが来ても、太鼓は疲れを知らぬ心臓のように眠らない里の上に響いていた。

# 第五章

生活がまた始まろうとしていたが、変わりはなかった。残酷なほどの無関心さで同じ道筋、同じ畝をたどっていた。人々は夜明け前に起きていた。おぼろげな空の割れ目からぼんやりとした最初の明るみが差して広がっていった。少しすると、青白い光に縁どられた丘の輪郭が描かれていった。交差した野道を、バヤオンドのあいだを透かして照らすのに十分なだけの日の光が林に当たり始めるとすぐ、マニュエルは家を出るのだった。彼は木を切って林間に炭木の山を組み、弱火で木を燃やした。次に丘の道を行った。汗びっしょりで、手を土だらけにして帰ってくるのだった。デリラは息子にどこにいたのかとたずねた。マニュエルは遠回しの言葉で返事をした。その口の端には深いしわが寄っていた。

毎週土曜日、デリラはロバ二頭に炭をのせて町へ出ていった。暗くなるころにほんのわずかな食料とお金を少し持って帰ってきた。とてつもない疲労の重みのせいで、小屋の中にへたれこむのだった。ビヤンネメはタバコを頼むが、満足のいく強さの代物であることは一度もなかった。

ときどき年老いたデリラは失望を口にすることがあった。市場の視察官が町のはずれに配置されると、農婦たちに狙いを定めて容赦なく巻き上げるのだった。

「視察官が来てお金を払えと言うのよ。もう払ったという証明を見せると、怒り出して罵《ののし》り始めるの。『恥を知らなければ、この白くなった髪を見てみなさい。こんなふうに扱うなんて、あなたにおかあさんはいないの？』って言ってやると、視察官は『黙れ、さもなければ造反と風紀壊乱で刑務所に連れていくぞ』って声を荒らげて怒鳴るのよ。わたしはお金を払わされた。わたしたち貧しい者たちに容赦がない」

マニュエルは拳を握りしめ、骨を鳴らした。

「ろくでなしのならず者め」ビヤンネメがつぶやいた。

少ししてからビヤンネメは言った。

「もう寝なさい、お前。目がねむたそうだ。遠出したからな」

デリラはむしろをほどくと床土に広げた。マニュエルが断ったにもかかわらず、別の部屋にあるアカジュのベッドを息子に使うようにと言った。

……ときどきアントワヌが昼間にやってきた。

彼はビヤンネメのかたわらにしゃがみこんだ。

「ああ、シミドール、シミドール」年老いたビヤンネメが言った。「こうも貧しいのは一体どういったわけだ？」

シミドールは頭を振った。

「そんなものは一度も目に見えたことがないけどな」

そして声を詰まらせて、焼けた畑を見ながら言った。

「シミドールと呼ばないでくれ。アントワヌと呼んでくれ。それがわしの名前だ。わかるか、コンペ。シミドールと呼ばれると遠い昔を思い出すからな。昔の思い出は胆汁みたいに苦々しい」

……午後はマニュエルが縁台でラタニアヤシの麦藁帽を編んだ。近くの町ではひとつ三十サンチームで売れるだろう。ヴードゥーの儀式が、キューバから持ってきたわずかばかりの金を食いつぶしてしまった。ドルメウスひとりに四十ピアストルもかかった。

ロレリアンがマニュエルによく会いに来た。彼はベンチに座って、鍬を扱うためにねじれた大きな両手を膝の上にのせていた。ロレリアンが低い声で言った。

「それで、水は？」

「まだまだ」マニュエルが答えた。「でも流れはたどっている」

マニュエルは器用に指を動かす一方で、アナイズに思いをめぐらせていた。何度かマニュエルは村で彼女のことを見かけた。毎回アナイズは背を向け、ゆったりと、かつ確固とした足取りで遠ざかっていくのだった。

ロレリアンがあらためてたずねた。

「キューバの話をしてくれよ」

「キューバというのはハイチよりも大きい国で、五倍、いや十倍、いやもしかしたら二十倍かもしれない。でもわかるだろう、僕はこいつでできているんだ」

地面に触れて土の粒を手でさすった。

「僕はこれさ、この土さ。この土が血の中に流れている。僕の肌の色を見てみなよ。僕も君も土の色がうつったみたいな色をしているだろう。こいつは肌の黒い人間たちのもので、僕らから大地を取り上げようとするたびに、そんな不正はなたで刈ってきただろう」

「ああ、でもキューバはもっと豊かで、人はもっと楽に暮らせるんだろう。ここじゃ食っていくのに苦労しなければならないけど、そんな苦労が何の役に立つのか。腹を満たすものすらなくて、お上の悪事になすすべもない。治安判事、地方警察、測量士、農産物の投機家、連中はノミみたいに俺たちにくっついて飯を食っている。ひと月のあいだ泥棒や人殺しの連中と一緒くたに刑務所に入れられたこともあった。靴をはかずに町に出たという理由で。でも靴を買う金なんて、なあ、どこにあるというんだ？　俺たちみたいな村人は、見下されて、ひどい扱いを受けて、はだ《ネグ》しの連中《ピエアテ》なんだろうか？」

「僕らが何者なのか。それは重要だから答えてやるよ。ああ、僕らが国であって、僕らなしでは何もなしさ。誰が植えて、水をまいて、収穫するのさ？　コーヒーや綿、米、サトウキビ、カカオ、トウモロコシ、バナナ、穀物やあらゆる果物。もし僕らじゃないとしたら、誰がそういったものを育てるんだ？　そうしていても僕らは確かに貧しくて、不幸で、悲惨さ。でもどうしてだかわかるかい、兄弟？　僕らが無知だからさ。自分たちがひとつの力、たったひとつの力であるってことがわかっていないんだ。村に住むみんな、里や丘の人たちで結束するのさ。いつかこの真実がわかったときに僕らはこの国のあちらこちらで立ち上がって、朝露の主たちの総会を開いて、百姓たちの大きなクンビットを組んで、不幸を根こそぎにして、新しいいのちを植えつけるんだ」

「お前は筋の通った話をするな」ロレリアンが言った。

ロレリアンはマニュエルの話についていくので息が切れたみたいだった。一所懸命に頭を使ったせいで額にしわが一本刻まれていた。ゆっくりなことと我慢することに慣れた彼の頭の一番働かない奥まったところ、あきらめと服従といった観念がいかめしい伝統や運命といったものと一緒になってかたどられているところに、光が昇り始める。その光が突然、ぼんやりとしてまだ遠くにあるものの、兄弟愛のように確固とした真の希望を輝かせた。

ロレリアンは歯のあいだから唾を吐いた。

「お前が言ったことは、日に照らされて流れる水みたいに明らかだ」

彼は立ち上がって、言葉が逃れていくのをとどめようとするかのように手を握りしめた。

「もう行くのか？」

「家畜を見に行く前に寄っただけだからな。お前の言ったことを考えてみるよ。お前の言葉には重みがある。じゃあさようなら、親分」

「何で僕のことを親分なんて呼ぶのさ？」マニュエルが驚いて言った。

「自分でもわからない」ロレリアンが答えた。

ロレリアンが落ち着いてしっかりした足取りで行くのを、木々の中に消えるまでマニュエルは目で追った。

目をくらませるようなただ一筋の光が空と大地の表面を焼きつけていた。クウクウ鳴くキジバトの声が聞こえていた。それがどこから聞こえてくるのかわからなかった。キジバトは静けさの中、押し殺した声で鳴いていた。風がおさまり、渇いた土、たわんで枯れた植物と一緒に日の重みで畑が横たわっていた。バヤオンドがかすむ広がりを見おろす遠くの小丘の上には、ラタニアヤシの葉が破れた羽のように力なく垂れていた。

それぞれの家の前、日照りから逃れたいくつかの木々の陰の中で、村人たちが貧しさを見つめていた。これといった理由もなしに口げんかが起こった。女たちのおしゃべりはとげとげしくなり、すぐに言い争いに変わった。子供たちは平手打ちされないように用心して遠くに離れているが、そんなものは何の役にも立たなかった。いら立った声があがるのが聞こえた。

「フィロジェヌ、ねえ？　ムッシュ・フィロジェヌ、呼んでいるのが聞こえないの？」

子供はしょんぼりして近づいていくと、ヒョウタンで殴られ、その音が響くのだった。

物事の様相は悪くなり、飢えが本当に感じられるようになった。町ではグロブル〔原註：ブルージーンズを作る厚手の綿織物〕の値があがり、そうなるとどれだけ服の修繕をしても、はばかりながら申し上げれば、雲のあいだからのぞく黒い月のように、ズボンが大きく口を開けたところから尻が見えてしまっている者もいて、誇らしいとは言えない上に、そのふりさえできない。

毎週日曜、闘鶏場ではシナモンやレモン、アニスで香りをつけたクレランが村人たち、とりわけ負けた者たちの頭にのぼり、勝負について棒に手がかかる場合もあった。神のおかげでそれ以上に及んでなたに手を伸ばすようなことはなく、幸いにも数日後には仲直りするのだが、心の奥にしつこくうらみを残していないかどうかは定かでなかった……

「マニュエル」ビヤンネメが言った。「白ぶち《パントレ》の雌牛を見に行ったらどうだ、聞こえたか？」

マニュエルは仕事の手を止め、杭に掛かっている綱をほどいて結び具合を確かめた。

「そいつを杭にくくりつけるんだ。脚がからまない、ちょうどいい長さで」

「どうして十分に大きくなるまで待たないの？」デリラが言った。「子牛を生ませて、あとからその子牛を代わりに売ればいいじゃない？」

「それじゃあ、今からどうやって食っていくんだ？　わしらは自分の歯茎まで食うことになるぞ」年老いたビヤンネメが答えた。

畑の仕切りが沿うようにあって、林の日の沈む側を閉ざしていることから、サヴァンナは家畜の囲い《バレ》の役目を果たしていた。村人たちが雌牛から質の悪い乳をわずかばかり搾《しぼ》っていた。それでも普段、家畜は野放しにして飼われており、赤く焼けた鉄で焼印を入れるか、必要に迫られてお金が手元にいるとき、ポンブデの市場に売りに行く以外、捕らえられることはなかった。

短くて乾燥したイネ科の植物がいぼに生えた毛のような小さな茂みを作って生えており、まばらに生えているカンペシュの木陰を除いて、太陽はその限りない支配を及ぼしていた。〈水をまけば茂ったギニア草を目にするようになるだろう〉とマニュエルは考えていた。

彼は若い雌牛を見つけた。野原の中、赤と白の入った毛並みで目立っていた。牛を一番簡単に捕まえるために鉤《かぎ》をかけ、逃げ道をなくし、サンジュリアンの畑の端に生える燭台の形をしたサボテンの囲いに追いこんだ。

牛はこの方法に勘づいて、開けた場所に向かい始めた。マニュエルは大股で、そして駆け足で近寄り、牛を疲れさせた。牛がマニュエルを引きずったが、彼はたしなめる口調で牛をなだめ、動く綱をぐいぐい引きながらしっかり踏ん張った。

「おい、うるさい子だ、おい、悪い子だ、おい、僕のかわいい牛、おい」

彼は綱の端を投げて、うまく切り株に掛けた。雌牛は暴れて角をいろいろな方向に振ったが、ついには負けを認めざるをえなかった。マニュエルは少し待ってから牛をカンペシュの木まで連れていき、木陰につないだ。「主人が変わるんだ」鼻をなでながらマニュエルは言った。「大きなサヴァンナを離れるんだ。人生というのはこんなもんさ。しようがない」

雌牛はマニュエルを涙まじりの大きな目で見て鳴いた。マニュエルは手のひらで背中と脇腹をなでてやった。「あまり肥えていないな。目をつぶってなでるだけで骨が出ているのがわかるみたいだ。お前にいい値段はつかない。間違いない」

太陽は今や空の斜面を滑り、空は雲が溶けて透明になった蒸気の下、石鹸の泡を立てた水にインディゴを入れた色になっていた。しかし向こうの林の上では、炎の高い柵が、血のように真っ赤に沈む太陽の中で硫黄の矢を放っていた。

マニュエルは街道に戻って村を横切った。ごちゃごちゃした小道の中、無作為に作られた庭に向かって小屋が並んでいた。木々や菜園、柵以上の何かが小屋と小屋を分けていた。言葉には出されない抑えこんだ怒りが、ちょっとした火花で暴発しかねず、貧しさでさらに悪化して、それぞれの村人が隣人に対して口を堅く閉ざし、目をあわせず、手を出す準備ができていた。

ドリスカとソヴェの過去は、何年を経ても葬られていないようだった。村人たちはまだ閉じっていない傷口を爪でまた開くかのように、相変わらず過去を蒸し返すのだった。

女たちがいちばん激しくいら立っていた。まさに抑えがきかなくなっていた。というのも、火にかけるものがないことや、子供たちが腹をすかせて泣き、手足が細って乾いた木のように節くれ立ち、腹が膨れて衰弱していくのを最初に知るのは女たちだからだ。そんなことでときどき頭を狂わせ、お互いを罵り、場合によっては口にするのが許されない言葉を使うこともあった。しかし女たちの罵倒は尾を引くこともなく、風で鳴る音でしかなかった。それよりも深刻なのは男たちの沈黙だった。

マニュエルは村の中を歩きながら、こういったことのすべてについて考えていた。挨拶してくる人間がいる。「さようなら、兄弟」とマニュエルが言う。「おお、さようならマニュエル」と相手が言う。「頑張っているかい？」とマニュエルが聞く。「俺たちはどうにかやっているよ」と相手が答える。しかし彼が通り過ぎると顔を背け、あるいは彼がそこにいないかのように正面から見すえてくる者たちもいる。

それでも彼は村人たちのことはよく知っていた。あれはピエリリス、シミリアン、モレオン、イスマエル、テルモンフィス、ジョザファじゃないか？　マニュエルは彼らと一緒にこの林の中で育ち、一緒に遊び、野原でホオジロの罠を仕掛け、トウモロコシの穂を一緒に盗んだ。のちに彼らはクンビットに混じって、元気な若い男たちに声と力をあわせた。ああ、彼らはかつてこのミルヴィル兄弟の畑をどれほど耕してきれいにしたことか。しかもその日はクレランを少々飲みすぎた。ああそうさ、全部覚えていて、何も忘れていなかった。

前に進み出てこう言いたい気分になった。「おお、いとこたち、僕のことがわからないのかい。僕だ。マニュエル、他ならぬマニュエル・ジャンジョゼフ本人だ」

しかし彼らの表情は壁のように無表情で暗く、輝きがなかった。

いや、この話には正義も道理もなかった。死者たちはフランジパニエの木の下にある墓で静かに寝かせておかねばならなかった。この真昼の亡霊たち、血だらけの頑固な幽霊たちは、生きている者たちの生活にまったく関係がなかった。

それにもし水が見つかったら全員の協力が必要だろう。水を村まで引いてくるというのは並大抵の仕事ではなかった。村人全員の大きなクンビットを組まねばならないだろう。そして水が彼らを再び結びつけることだろう。そのさわやかな息吹が、うらみと憎しみの邪悪なにおいを吹き飛ばすだろう。仲のいい共同体が、新たな草木、果物と穂の実った畑、質素で豊かな生活とともに息を吹き返すだろう。

そうだ、マニュエルが行って彼らに話をつけることになるだろう。彼らはものわかりよく、マニュエルの言うことを聞き入れるだろう。

戸口では地方警察のイラリオンが補佐とトロワセットをやっていた。

イラリオンがトランプのうしろからマニュエルにやぶにらみの目を向けた。

「おう」イラリオンが言った。「ちょうどお前に用があった、しばらく待ってな。お前にちょっと言うことがある」

そしてトランプの相手に向かって言った。

「ダイヤの十だ。エースを出せ」

「エースは持っていません」

「そのエースを出せ」脅すようにイラリオンが声をあげた。

補佐がエースを置いた。

「いかさま野郎め、お前という奴は生意気だな」イラリオンが勝ち誇って言った。

彼はカードを手の中でひとつにまとめてマニュエルのほうを振り返った。

「それで、お前は村の連中と話をしているらしいな」

マニュエルは待っていた。

「お前はいろんなことをしゃべってるらしいな」

細めた目の中に悪意の稲妻が走った。

「いいか、そういったことを当局は好まんので、反逆的言動ということになる」

イラリオンはカードを扇状に広げた。

「俺が警告してやらなかったなんて言うなよ」

マニュエルは笑みを見せた。

「それだけかい？」

「それだけだ」カードに顔を突っこんでイラリオンは答えた。「クローバーの十、クローバーの九、持っているエースを出せ」

「エースは持っていませんよ」相手がうんざりしてうめくように言った。

「エースを出せ、すぐに」

補佐がクローバーのエースを出した。

「ああ、間抜けめ」イラリオンが大喜びした。「お前はイラリオン・イレール様に力で勝負するつもりか。わかったか、ろくでなしめ」

マニュエルが遠ざかっていくにつれて、イラリオンの高笑いはさらに大きくなっていった。しばしばマニュエルは、ロレリアンやサンジュリアン、リシエ、他の村人たちとも話をした。彼らがそのことを知らせたわけでないのは確かで、マニュエルの言ったことをお互いに話して繰り返していたのが、ハエがクモの巣に引っかかるように、このイラリオンの毛の生えた耳に届いたのだ。それは実際いい兆しだった。噂が広がっていたのだ。

子供たちは目を輝かせて背の高い彼のあとを追った。子供たちにとってマニュエルは海を渡り、見知らぬ国キューバに住んだ人なのだ。マニュエルには神秘と伝説で後光が差していた。

マニュエルはひとりの腕をつかんだ。それは肌の真っ黒な子供で、目はビー玉のように丸くてきらきらしていた。びんの底で剃った坊主頭をなでてやった。

「名前は何ていうんだい？」

「モンプルミエ」

しかし女の声が邪険に呼んだ。

「モンプルミエ、こっちへ来なさい」

子供は急いで小屋のほうへ行った。走っていくとき、かかとが丸出しの尻を打っていた。

マニュエルはきまりが悪くなって立ち去った。彼は最後の小屋をあとにした。金色のアザミが道の斜面を小さな花々で覆っていた。里の上に傾いた光が差しているが、すでに木々の中には影が宿り、薄紫色の斑点が丘の中腹に広がっていた。光の中にある荒さやきつさが和《やわ》らぎ、一日の終わりと折り合わさっていった。

マニュエルは道の先に、彼女がやってくるのを見た。暗い色のドレスと白いマドラス織のスカーフですぐにそうだとわかった。なぜなら背が高く、足取りによどみのない滑らかな歩み、あの柔らかい腰の揺れは彼女特有のもので、それにマニュエルは彼女を待っていたからだ。

彼はゆっくりとアナイズに向かって歩いていった。

「こんばんは、アナイズ」

ふたりは数歩離れていた。

「そこをどいて」

彼女の息は荒く、胸が持ち上がっていた。

「僕が君に何をしたのか、それにどうして僕らが敵同士なのか教えてくれないか」

アナイズは顔を背けた。

「あなたに説明するつもりなんてないわ。急いでいるの。どいて」

「まずは答えてほしい。手荒なことをするつもりはない、アナイズ。僕は君に好意を持っているんだ。いいから僕を信じてくれ」

彼女はため息をついた。

「ああもう、しつこい男。聞く耳を持っていないみたいね。わたしはあなたに通らせてと言っているの」

彼女はしびれを切らして、機嫌を損ねたふりをしているのが見てとれた。

「君をそこらじゅう捜したんだ。でもまるで僕が狼男であるかのように君は隠れていた。話があるんだ。君が助けてくれるって僕は知っているからね」

「わたしがあなたを助けるって、どういうこと？」彼女は驚いて言った。

初めて彼女は彼をまともに見た。マニュエルは彼女の目にあるのが怒りではなく、ただ大きな悲しみだけなのを見てとった。

「聞くつもりがあるなら、教えてあげるよ」

「人に見られるわ」小さく彼女はつぶやいた。

「誰も来ないさ、それにたとえ……アナイズ、君はこんなことになってもまだ、僕らのあいだにあるこの憎しみにうんざりしていないのかい」

「生きていくことでこんなふうに苦しむなんてうんざりよ、確かに。ああ、何て生活が厳しくなったものかしら、マニュエル」

彼女はふと我に返った。

「いいから行かせて、お願いだから」

「じゃあ君は、僕の名前を忘れていなかったわけだ」

アナイズは消え入りそうな声で答えた。

「お願いだから、困らせないで」

マニュエルは彼女の手を取った。アナイズは手を引こうとしたが、その力はなかった。

「君は働き者みたいだね」

「ええ」アナイズは自信を持って言った。「わたしの手はボロボロよ」

「君に大事な話があるんだ、わかるだろう」

「そんな時間はないわ。夜になる。見て」

道は消え、木々は黒くなって影の中に溶けていた。空は暗くなって、遠くにあるほのかな光でしかなかった。たったひとつ、地平線のいちばん低いところで赤と黒の雲が黄昏《たそがれ》のめまいの中に溶けていた。

「僕のことが怖いのかい、アナイズ？」

「わからない」彼女は息苦しそうに言った。

「明日の午後遅く、太陽が丘のふもとに来るころ、ラタニアヤシの丘の上で待ってるよ。来てくれるかい？」

「いいえ、駄目よ」

声は小さく、おびえているようだった。

「アナ」彼は言った。

自分の手の中でアナイズの手が震えているのを感じた。

「君は来てくれる。そうだろう、アナ？」

「ああ、あなたはわたしを困らせるのね。わたしはまるで善天使《ボナンジュ》を失ってしまったみたいだわ。どうしてわたしを困らせるの、マニュエル？」

アナイズの目が涙でいっぱいになり、その哀願する唇のあいだから彼女の歯の濡れた輝きが見えた。

彼は手を離した。

「ほら夜になったよ、アナ。気をつけて行って、よく休むといい」

彼女はもうその場にいなかった。はだしの足は音もたてずに行ってしまった。

マニュエルはもう一度言った。

「君を待つことにするよ、アナ」

# 第六章

ラタニアヤシの木の下には、見せかけだけの涼しさのようなものがあった。風のため息がかすかに吹いて、葉の上を滑ってカサカサといつまでもささやき、銀色のわずかな光がほどかれた髪のように軽く震えながら葉につやを与えていた。

街道では農婦たちがくたびれたロバを連れていた。農婦たちはロバに声をかけて励まし、ロバの単調な鳴き声が力のないこだまとなってマニュエルのところまで届いてきた。農婦とロバはバヤオンドの幕の向こうで姿が見えなくなるが、遠くでまた姿を現した。その日は市の立つ日で、農婦たちは日が沈まないうちにまだ先の長い道のりを帰ってくるのだった。そこからの距離だと彼は顔を見分けることはできなかったが、それが自分の村フォンルージュの女たち、さらに遠くモルヌ・クロシュのくぼんだところにあるラヴィヌセッシュ、ベルヴュ高原の集落であるマオテイエールとブカンコライユの女たちだとわかっていた。

農婦たちは砂埃が舞い上がる中を列になって、ほとんど途切れることはなく、ときどきそのうちのひとりが列から離れていく家畜のあとを追い、たっぷり悪態をつきながら鞭をたくさん打って列に戻すのだった。

他の女たちから離れて、ひとりの農婦が栗毛の馬に乗ってやってきた。マニュエルは血が心臓になだれこみ、鼓動が小刻みになって焼けるように熱くなった。農婦は立ち止まると何度かうしろを振り返って、斜めに交差した野道に入った。〈谷間の道をとるんだな。小丘を迂回してここにたどりつくだろう〉耳をすませると、砂利の上に響く乾いた音、小石が坂を転げていく音が聞こえた。押し殺したようなひづめの音は砂地に入ると消えて、歩みが速くなった。地面は育ちの悪い低木の茂みとなって、谷間のほうへ下っていった。〈通るのはあの楡《にれ》の木のあいだだな。出ていってやればあっちから見えるだろう〉土砂の上を跳ねる乾いた音、石が斜面を転がり落ちていく音が聞こえた。彼女は狭い野道に姿を現した。馬は首を伸ばし、大きく鼻を鳴らした。彼女は花柄のインドふうのワンピースを着て、大きな麦藁帽子をかぶって顎ひもを結んでいた。「ハイヨ！」かかとで馬を打って言った。「ハイヨ！」

マニュエルが自分の隠れていた場所から姿を現すと、彼女は彼を目にした。彼女は止まり、勢いをつけて腰ではねると、馬から飛び降りた。

栗毛の馬は泡を吹いて、腹で息をしており、岩があって登り坂なのに、かなりの勢いでアナイズが馬を走らせたことが見てとれた。手綱を取って馬を引いてくると、二叉に分かれた木につないだ。

彼女は一定の歩幅で足取り軽く彼に近づいた。胸が膨らみ、ワンピースの広がったすそから優雅に進む脚、その若い体が見事に成熟した姿をあらわしていた。

　彼女はマニュエルの前で深くお辞儀をした。

「ごきげんよう、マニュエル」

「ごきげんよう、アナ」

　彼女はマニュエルが差し出した手の先を指で触れた。帽子の影の下、青い絹のマドラス織が額に結ばれていた。銀の輪が耳元に輝いていた。

「来てくれたんだね」

「来たわよ。わかるでしょう。そうすべきではなかったけど」

　彼女は目を伏せて顔を背けた。

「一晩中悩んで、一晩中『いけない』って言い続けたわ。でも朝になったら鶏の鳴くころに服を着て、出かける理由を作るために町に出たの」

「市場ではよく売れたかい？」

「ああ神様。いいえ、トウモロコシがいくらか。それだけ」

　彼女は口をつぐんだ。

「マニュエル、ねえ？」

「聞いているよ、アナ」

「わたしは身持ちの固い女、わかるでしょう。男たちは誰もわたしに手を触れたことはない。あなたが人につけこむような人じゃないって思ったから来たの」

彼女はうっとりとして、自分に問いかけるように言った。

「どうしてわたしはあなたのことを信じたのかしら、どうしてあなたの言うことを聞いているのかしら？」

「人を信じるというのは不思議なものさ。お金じゃ買えないし、値段もつけられない。信用をたくさん売ってくれ、なんて言えないだろう。心から心へ伝わるようなものだからさ。そいつがまったく自然と本当になって、目とか、あるいは声の調子とかで本当か嘘か十分にわかる。最初の日から、わかるかいアナ、最初の日から君の心には裏表がないってわかった。君の心はその目の輝きと同じで、泉のように澄んでいるってことは明らかだった」

「お世辞を言うのはやめて。そんなもの何の役にも立たないし、必要もない。わたしもそう。街道で会ったあとで自分にこう言ったの。『他の男と違って誠実そう。でも何のことを話しているのかしら、イエス様マリア様ヨセフ様、わたしみたいな貧しい者が理解するには難しすぎるわ』ってね」

「お世辞を言うのはやめなよ、そんなもの何の役にも立たないし、必要もない」

ふたりは笑った。アナイズが頭をのけぞらせて笑うと、歯が白く輝いた。

「君の笑い声はキジバトの鳴き声みたいだ」

「それでキジバトみたいに飛び去るのよ。もしあなたがお世辞をやめないのならね」

黒い顔が美しい笑みで輝いていた。

「座ったらどうだい。ここなら服も汚れないから」

アナイズはマニュエルの隣に腰を下ろし、ラタニアヤシにもたれかかって、服のすそは周りに広がり、手を膝の上で合わせた。

丘に縁どられた里がふたりの前に広がっていた。そこからはからみあったバヤオンド、林間にばらばらに建つ小屋、日照りで荒れた畑、サヴァンナはきらきら輝き、家畜が動いているのが見える。この痛々しい景色の上をカラスが飛んでいた。カラスたちは同じことを繰り返し、サボテンにとまって、何におびえているのかわからないが、しわがれた声でカアカア鳴いて、沈黙を破るのだった。

「わたしに伝えたい大事な話って何なの？　それにどうすればこのアナイズにあなたみたいな人の手助けができるのか知りたいものだわ」

マニュエルはしばらく答えないままでいた。張りつめた、遠くを見るような表情で目の前を見ていた。

「里の色が見えるだろう」マニュエルは言った。「火のついたかまどの口に入れられた藁みたいだ。収穫が駄目になって、もう希望はない。君たちはどうやって生きていくつもりだい？　もし生きていけるとしたら奇蹟だろうけど、ゆっくりと死んでいくのさ。それに対して何かしたかい？　たったひとつだけだ。ロアに不幸を訴えて、雨を降らせてくれるようにと儀式をささげた。でもそんなのは愚かで馬鹿げている。そういったものはすべてあてにならないし、無意味で、無駄使いさ」

「じゃあ何があてになるの、マニュエル？　それにあなたはギニアの先祖たちを冒瀆することを恐れないの？」

「いや、先祖たちのならわしに対する配慮はあるさ。でも鶏や山羊の血で季節を変えたり、雲の流れを変えたり、雲を水で膀胱《ぼうこう》みたいに膨らませたりすることなんてできやしない。先日の夜、レグバの儀式をやったとき、僕はうれしい気持ちで歌ったり踊ったりした。僕は黒人だし、そうだろ？　真の黒人として楽しんだ。太鼓が鳴ると空っぽのお腹に響く。腰がむずむずして脚の中に流れを感じて、輪の中に入らずはいられない。でもただそれだけさ」

「そんな考えをするようになったのはキューバの国でなの？」

「経験はめくらにとっての杖みたいなものだってことと、何が大切なのかってことを学んだ。君がたずねるから言うけど、大切なのは反抗さ。人間は人生というパンをこねると知ったんだ」

「ああ、人生がわたしたちをこねているわ」

「だって君たちはふにゃふにゃのパン生地みたいなものだからね。それが君たちだ」

「でもどうしたらいいの？　何ができるのかしら。貧しさを前にして、よりどころもなすすべもないのかしら？　それが定めで、どうしようもないわ」

「いや、腕が切り落とされない限り、逆境に立ち向かう意志がある限りはそうじゃない。アナ、君は何て言うだろう？　もしこの里が新しく塗りかえられて、サヴァンナにギニア草が増水した川みたいに高く生えたとしたら」

「その慰めに感謝するわ」

「もしトウモロコシがみずみずしく生えたとしたら？」

「その祝福に感謝するわ」

「アワの房や、房をついばみに来るから追い払わなきゃならないツグミが見える？　穂が見える？」

「ええ、見える」

アナイズは目を閉じた。

「実の重みでたわんだバナナの木は見える？」

「ええ」

「穀物や熟れた果物は見える？」

「ええ、ええ」

「豊かさは見える？」

彼女は目を開けた。

「わたしに夢を見させたのね。貧しさが見える」

「でもそうなるかもしれない。何があったらだい、アナ？」

「雨よ。でも小雨じゃないわ。大きな、雨粒の大きな長続きする雨よ」

「あるいは水をまくこと、そうだろう？」

「でもファンションの泉は涸れてしまったし、ロリエの泉も同じ」

「考えてみて、アナ、もし僕が水を見つけたら、水を里に引いてくるとしたら」

彼女はマニュエルを見上げると目がくらんだ。

「あなたはそうするの、マニュエル？」

アナイズは彼の顔立ちひとつひとつに並々ならぬ強さでひきつけられていった。マニュエルが何者であるか、徐々に明らかになっていくというかのように。アナイズが初めてそれを認めていくというかのように。

彼女は胸がいっぱいで、かすれた声で言った。

「ええ、あなたならそうするでしょうね。あなたは水を見つける人。泉の主になって、あなたは朝露の中、作物の真ん中を歩くでしょうね。あなたには力と真実味が感じられる」

「僕だけじゃないさ、アナ。村のみんなに自分の分があって、水のめぐみを受けるだろうよ」

彼女はがっかりして肩を落とした。

「でもマニュエル、ねえ、みんな一日じゅう脅し文句で歯を研いでいるのよ。互いに憎しみあい、家族はバラバラ、昨日の友は今日の敵、ふたりの屍《しかばね》を旗に掲げて、あの死んだふたりの上には血があって、まだ乾いていない」

「わかっているよ、アナ。でもよく聞くんだ。フォンルージュまで水を引くとなると大仕事になる。みんなが力をあわせる必要があるし、和解しないとそれは無理だろう。ひとつ話をしてあげよう。キューバでは初め、何ら抗議することも抵抗することもなかった。ある人は自分を白人だと思っていて、またある人は自分を黒人だと思っていて、両者のあいだにはちょっとした不和があった。砂みたいにバラバラで、主人たちはその砂の上を歩いていた。でも自分たちがみんな似通っているとわかると、ウエルガをするために結束すると……」

「『ウエルガ』って言葉、何？」

「君たちはむしろストライキって言うだろうね」

「それもどういう意味かわからないわ」

　マニュエルは広げた手を見せた。

「この指を見てみなよ、やせっぽちだろ。こいつは弱いし、こいつも元気ではない。この貧弱なのも強くない、この最後のもひとりぼっちで、自分のことでいっぱいだ」

　マニュエルは拳を握りしめた。

「それがこうすると硬くなって、十分に大きくて強いだろ？　そう見えるんだけど、違うかい？ストライキっていうのはこんな感じさ。千人の声がたったひとつの否《ノン》になって、岩の重みで雇い主のテーブルに叩きつけられるのさ。駄目だと言うんだ。駄目と言ったら駄目だ。もし僕らが一所懸命汗水たらしたのに見あう賃金を払わないなら、仕事も、刈り入れ《サフラ》も、草一本さえ刈りはしない。そうなると雇い主には何ができるだろう？　警察を呼ぶのさ。そう、連中は肌とシャツみたいにべったりなんだ。ではこの悪党どもはまかせておけって言う。でも悪党じゃない、仕事をする人間、労働者と呼ばれるものさ。嵐の中で頑固に列を作ったまま、倒れる人間がいる。だけど残った人間は、腹が減っても警察が来ても刑務所に入れられても踏ん張る。そうするあいだにサトウキビは待っているけれど、そのうち立ったまま腐って、製糖所は水車の歯車を遊ばせるままにして待っていて、雇い主は計算して、懐を肥やそうと見こんでいた分を待たされていたせいで、しまいには妥協しなければならなくなる。『それでは』雇い主は言うのさ。『話はできないのか？』ってね。もちろん話はできる。戦いに勝ったということさ。どうしてかって？　山脈のように一列になって肩をあわせて、人間の意志が山のように高くて固くなると、地上にも地獄にもそれを揺らしたり崩したりできるような力はないからさ」

マニュエルは遠く里のほう、光の壁のようにそびえ立つ空のほうを見た。

「わかるかい、人間はみんな兄弟で、貧しさと不正の天秤の上では同じ重さだっていうのは、この世でいちばん大切なことなんだ」

アナイズがへりくだって言った。

「それで、わたしの役目は？」

「僕が水を掘り出したら君に知らせるから、村の女たちと話を始めるのさ。女というのはいらいらしやすくて、自分はそう思うんだけど、でもそれだけ感情のほうに傾いているから、わかるだろ、ときに感情と理屈はそっくりだからね。君は『いとこの誰々さん、話を聞いた？』って言う。『何の話？』って相手が答えるだろうから『ビヤンネメの息子でマニュエルとかいうのが泉を見つけたけど、村に引いてくるのが困りもので、全員でクンビットを組まないといけないって言っているの。仲たがいをしていると泉はそのままで、誰の得にもならない』と言うのさ。そうしたら次に、日照りの具合や悲惨な状態や、どれほど子供が弱って病気になっているか、それでも水まきができれば何から何まで変わるといった話をして、もし相手が耳を傾けるそぶりを見せるなら、君はドリスカとソヴェのあの話はもう終わっていて、今生きている者のほうが以前死んだ者の復讐よりも大切だと言うのさ。そんな話をして女たちのところを回る。でも注意して慎重にやるんだ。『残念だけど、そうね、ええでも、もしかしたら、それでも……』とか言ってね。わかったかい？」

「わかった。あなたの言うとおりにする」

「もしうまくいったら、女たちのせいで男たちもおちおちしていられないだろうね。いちばん強情な連中も日がな、夜も関係なしに女たちが『水、水、水……』って口にするのを聞かされているだろう。耳の中で『水、水、水』って鈴みたいに始終鳴るだろうよ。連中も本当に畑に水が流れて作物が自然に生えるのを見るころには『ああ、お前、わかった、認めよう』っていうことになる。こっちのほうでは、僕がうちの連中を受けもって、しかるべく話をすれば、みんなが受け入れるのはまず間違いない。そうしたらふたつのグループが顔をあわせる日がやってくるのが目に見える。

『なあ、兄弟』こう言う連中もいるだろう『俺たちは兄弟なんだろうか？』

『そうさ、兄弟さ』他の人たちが答える。

『うらみっこなしか？』

『うらみっこなしさ』

『本当か？』

『本当だ』

『クンビットのために？』

『クンビットのために』ってね」

「ああ」感嘆した笑顔でアナイズが言った。「あなたはなんて悪知恵が働くのかしら。わたしは知恵が働かないけれど、わたしにもちょっと考えがあるから、ええ、今にわかるわ」

「君がだって？　君は十分賢いさ。その証拠にひとつ質問に答えてみなよ。なぞなぞだから」

　彼は手を伸ばして村を指さした。

「僕の小屋が見えるかい？　よし《ブエノ》。そのまま左に向かって、丘からあの林の端の場所までまっすぐ線を引いて。そう《ブエノ》。立派な土地だろう？　あそこに小屋を建てられるだろう。手すりをつけて、戸はふたつに窓ふたつ。小さい階段をつけてもいいかもしれない、だろう？　戸、窓、手すり、青くペンキで塗られたのが見える。青だときれいだからね。小屋の前には月桂樹を植えるなんてどうだろう？　月桂樹はあまり役に立たないな。木陰はできないし、実もならないし、飾りとして楽しむだけだろうな」

　マニュエルが肩に腕を回すと、アナイズは身震いした。

「誰に小屋をまかせようか？」

「離して」彼女は喉が詰まったような声で言った。「暑いから」

「誰に畑をまかせよう？」

「離して、離して、寒気がする」

　抱擁から身をほどくと、アナイズは立ち上がった。顔を伏せて、目をあわせずにいた。

「もう行く時間だわ」

「君はまだ僕の質問に答えていない」

アナイズは斜面を下り始め、マニュエルはそのあとを追った。アナイズは馬の手綱を外した。

「君はまだ僕の質問に答えていない」

彼女はマニュエルのほうを振り返った。

アナイズの顔がぱっと光った。それは太陽の光ではなく、大きな喜びのせいだった。

「ああマニュエル」

彼はアナイズの熱くて深い体を抱きしめた。

「受けいれてくれるだろう、アナ？」

「ええそうよ。でも離して、お願い」

マニュエルは言うことを聞いて、アナイズは腕からすり抜けた。

「じゃあ、さようなら」アナイズがお辞儀をして言った。

「さようなら、アナ」

落ち着いて弾みをつけると、彼女は馬に飛び乗った。最後にマニュエルに微笑みかけた。かかとで馬を打つと、彼女は谷間のほうへ下っていった。

# 第七章

　フォンルージュに近づくと、闇がアナイズを包み始めたが、栗毛の馬は何度もこの時間に通ったことがあるので道を知っていた。規則的な馬の歩みがアナイズの思いを優しく揺らした。彼女をとらえたけだるさ、目もくらむような肉体の驚き、困惑したまなざしの前に広がる木々や空がぐるぐると流されていき、彼女はまだ困惑していて、もし漠然とした混乱にしがみついていようとしなければ、アナイズはなすがままマニュエルの腕の中で砕かれ、天を仰いでいたことだろう。〈魂を失ってしまった。ああ神よ、神様、あの魔法の力は何かしら？　呪われた者たちの中には、十字を切ろう、慈悲深き聖母よ御加護を、一瞬にして人を動物や草木や岩に変えてしまう呪術を知っている人間がいる。そうよ、きっと。わたしはもう同じではない。何かしら。ほとんど痛いような心地よさ、氷のように焼ける熱さ。身をまかせたら流されてしまう。ああ、水の主、あなたは悪い魔術を使わないかしら。でもあなたは泉をみんな知っている。わたしの恥じらいの中に隠れて眠っていた泉さえ。あなたが泉の目を覚まし、わたしは流され、抵抗できずに、さようなら、それでこうなった。わたしの手を取ってくれれば、あなたについていく。あなたはわたしの体を腕に抱いて、わたしはこう言う。好きにして。あなたの喜びと意志をかなえてあげるわ。それが定めというもの〉

馬が突然つまずいた。誰かが、あるいは何かが道に飛び出してきたのだ。

「そこにいるのは誰？」おびえてアナイズが叫んだ。

「こんばんは、いとこよ」

「誰？　あなたの名前は？」

「俺のことがわからないのか？」

「こんな暗がりの中でどうやったらわかるって言うの？」

「俺だ、ジェルヴィレンだ」

闇の中、かろうじて見分けられるぐらい濃い影が彼女の横を歩いており、アナイズはその存在に漠然とした威圧を感じた。

「そんなふうにして、町でぐずぐずしていたっていうわけだな？」

「ええ、トウモロコシが売れなくて、それにどうしたわけかこの馬が今日は言うことをきかなくて。この馬ったら厄介なのよ」

「日暮れあとに帰るのは怖くないのか？」

「いいえ、この道には悪さをする人間なんていないから」

「いちばん恐ろしいのは追いはぎじゃないさ」

あいかわらず不吉な笑みを浮かべて言う。

「特に悪霊や鬼、大悪魔、それにあらゆる堕天使《ルシファー》の類《たぐい》がいる」

「神にゆるしを願います。聖ジャック、聖ミシェル、助けたまえ」彼女は怖くなってつぶやいた。

「怖いのか？」

「血の気が引いたわ」

ジェルヴィレンがしばらく黙りこくり、その沈黙の中でアナイズは耐え難い息苦しさを感じた。

「このあたりにひとりいるらしいぞ」

「どこ？」

「知りたいか？」

「ええ、早く言ってよ」

ジェルヴィレンは歯の隙間から口笛を鳴らした。

「ラタニアヤシの丘だ」

彼女にはすぐにわかった。ジェルヴィレンがふたりのことを見たのだ。意地の悪い裏切り者《ユダ》。

彼女は気にしないふりをして言った。

「もしかしたらそうじゃないかもしれない」

「どうにせよお前はあそこを通らない、そうだろ。あれはお前の通る道じゃない」

「そうね」

「嘘だ」

ジェルヴィレンが手綱を強く引いたため、栗毛の馬はうしろ足で立ち上がり、ひづめが空を切った。

彼は怒鳴ったが、怒りで膨らんでかすれ、喉の奥にとどまった。アナイズはクレランで毒された息をかいだ。

「嘘だ、恥知らずめ。俺はお前たちをこの目で見たんだ」

「手綱を放して。あなた酔っ払っているでしょう。急いで帰らなきゃならないのよ」

「酔っ払っているだって？　あいつがお前に手を出して、お前はちっともあいつを止めようとしなかったのを、俺が見なかったと言いたいのか」

「もしそれが本当だったとしても、どういういわれがあってわたしのことに口を出すの？　何の権限があるって言うの？」

「あるさ、ちくしょう。俺たちは同じ家族だ。ロザナは俺の死んだ母親ミラニズと姉妹じゃないのか？」

「酒くさい」嫌そうに彼女が言った。「吐き気がする」

「見さげた奴だ。娼婦《ジュネス》みたいに振る舞いやがって。それに誰と一緒だった？　野良犬みたいに外国をほっつき歩いたろくでなしでビヤンネメのせがれ、ソヴェの甥だろ。言ってみれば敵の中の敵だぞ」

ジェルヴィレンはきつく激しい言葉を口にするのだが、まるで夜が聞き耳を立てているかのように声を潜めた。

ふたりは明かりが揺らめいているところまで行く。犬たちが吠えだした。庭では村人の影が、屋外にある台所の赤く光る周りを動いていた。

「アナイズ、おい？」

彼女は答えなかった。

「お前に話しかけているんだ、おい、アナイズ」

「まだ罵るつもりなの？」

「俺は腹が立っているからな」

「じゃあわたしにごめんと言うのね」

ジェルヴィレンは、言葉のひとつひとつを釘抜きで抜くかのようにつぶやいた。

「言ってやるよ。ごめん」

ジェルヴィレンは馬の手綱をつかんだままでいた。

「アナイズ、先日俺が話したことを忘れたのか？」

「そのことについては忘れていないわ」

「それだけか？」

「それだけ」

「お前のことを頼みに、おじのドリスメをロザナのところにやる必要はないんだな」

「ない、そんなの無駄よ」

ジェルヴィレンは息が詰まっているかのようにしわがれた声で言った。

「心を入れかえるんだな、アナイズ。俺は誓いを立てる。もし俺が復讐をしなかったら、稲妻が俺を灰にして、聖母が俺の目をつぶしてしまいますように」

アナイズは暗闇の中でジェルヴィレンの顔がひきつっているのを見た。

「脅かさないで」

不安が彼女の胸をよぎる。

「俺は言ったことはやる男だ。俺が言ったことをよく心に刻んでおくんだな。あいつはジェルヴィレン・ジェルヴィリスの道を横切ったことを後悔するだろう。奴に災いあれだ」

「どうするつもり？」

「奴に災いを、と繰り返し言っておく。いつかお前にもこの意味がわかるさ。お前は自分の手を骨まで嚙みしめることになる」

「ハイヨ」彼は突然馬に向かって叫び、平手で激しく尻を打った。

栗毛の馬はギャロップで駆け出し、アナイズは馬を制するのに苦労した。

家に着くとロザナが待っていた。ロザナは体が大きく、戸の枠をすっぽり覆っている。

「こんなに帰りが遅いのはどういうわけ？」

アナイズが馬から降りると、兄弟のジルが鞍を外しに来た。

「わたしはこの娘に話をしているのよ、聞こえないのかしらね？」ロザナは腹を立てて言った。

「おかえり」ジルが言った。「どうしてこんなに帰りが遅くなったのか聞いているんだよ」

「ああ」疲れきって彼女はうめき声をあげた。「わたしがどれほど疲れているか知っていたら」

# 第八章



「悩んでいるみたいだけど、わたしにはそう見えない、いいえ、そう見える。どうして返事をしてくれないのか聞いているのよ。そんなのはよくない、せがれや、そんなのはよくない。信用していないの？　小さいときからからそんなふうだった。とらえどころがなくて、近づこうとすると壁みたいに無表情で、それでもときには、ああ神よ、まるで昨日のことみたいだけど、そんなときは過ぎたのね、晩に自分からそばにやってくることもあった。かあさん、あの話をしてよって。わたしが忙しいふりをすると、かあさん、お願いって。日が暮れると同じようにここに座って、わたしが『クリック？　クラック』と始めて、しまいにはわたしの膝に頭をのせて寝た。そんなふうだったのよ、せがれや、歳を取ったかあさんが言っているのよ」

デリラはマニュエルの皿にヤマイモをひとかたまりのせた。今日食べる分はそれだけで、他にアワが少々。

「しつこいぞ、お前」ビヤンネメが言った。

「もしかしたら、もしかしたらしつこいかもしれない。過ぎた時間と今このときとは大した違いはない。年寄りがおかしなこと言ったとしても怒らないでね、マニュエル。わたしにとって、わかるでしょう、お前はいつまでも小さな子供のままで、お前が外国でどこにいるのかわからなくなってわたしがお前のことを待っているあいだ、お前がお腹にいたときみたいな重みを胸の片隅に感じていた。それは悲しみからくる重みで、ああマニュエル、何という悲しみを感じていたのかしら。お前が帰ってきた今も落ち着かなくて、ここしばらく悪い夢を見るのよ」

マニュエルは黙って口を動かしていた。デリラは腰掛けの上にしゃがんでマニュエルを見つめており、その目は悲しみに浸っていた。

「何でもない、かあさん。病気じゃないよ。心配しないで」

「お前が病気じゃないのは確かだ」ビヤンネメが口を挟んだ。「こいつよりも元気な男を今までに見たことあるか？　デリラ、いい加減そっとしておいてやれないのか。じゃあわしは、わしが話すべきことがあるとすれば、こう聞きたい。誰がこいつに鍬と鎌の使い方、除草をして植えつけをして、鳥を捕まえるための罠《カラバン》を仕掛けたりすることまで教えたのかとな。たくさんあってきりがない」

ビヤンネメは燠火でパイプに火をつけた。

「もういいの？」デリラが聞く。

「ああ、腹いっぱいだ」

ビヤンネメは嘘をついていた。空腹で腹がへこんでいた。年老いたデリラはまだ一口も食べていないのに、鍋にたいしたものは残っていなかった。

いつものようにヒョウタンの木へ椅子を引きずっていって、街道に向かってもたれかかった。日の光が足元まで這《は》い寄ってきていたが、頭は涼しい木陰に入っていた。

デリラは遠慮がちにマニュエルの腕に触れた。

「ごめんね、せがれや。ごめんね、愚痴ばかりこぼして。理由なんてないのよ。でもお前のことで気をもんだせいで頭が空回りして、ぐるぐる、ぐるぐると回ってね。まさに回る心配の車ね。お前が丘の中を駆け巡りに出ていくときに、それにしても何を探しに行っているの？　不思議ね、お前の姿がバヤオンドの向こうにふっと消えていくのが見えると、心臓が止まるの。もし帰ってこなかったら、あのまま行ったきりになってしまったらってね。そんなことはありえないとわかっているけど、お前の身の上に危険があるみたいに、天使と聖人に祈るの。夜に目が覚めて、お前の部屋の戸を開けて、寝ているのを見て、寝ている、息もしている、そこにいる、奇蹟の聖母よ感謝しますと祈るのよ」

「というのも、せがれや、お前はわたしと年老いたあの人、ずいぶんひねくれた哀れなビヤンネメのこの世でたったひとつの財産だから」

「僕のことで苦しまないで、聞いている、かあさん？　それに近いうちに大きな知らせをあげるよ、聞いてるかい？　悩んでいるように見えるのも、その出来事を待っていて、我慢できないからさ」

「何の知らせで、何の出来事？　何の話をしているの、マニュエル？」

「それを言うにはまだ早すぎるんだ。でもお祝いになるだろうね。そのうちわかるから」

デリラは呆然として息子を見つめた。顔に残っていた不安が微笑みで消えた。

「お前、誰か相手を決めたの？　ああ、マニュエル、まじめで働き者の娘と一緒になって身を固めるころよ。町にいる若い娘じゃなくてね。わたしは何度自分に『もう長生きすることはない、わたしの子供の子供を見ないで死ぬのかしら？』って問いかけたことかしら。相手の名前を教えなさい、わたしには見当がついているんだからね。ちょっと待った。マリエル、違う？　じゃあセリナ、コメ・クレルミズの娘、あの娘は正直者よ」

「どっちでもないよ、かあさん。それに知らせはそういうことじゃない。つまり……」

「つまり？」

「いや、同じかもしれない、確かに。ふたつのことがつると枝みたいに結ばれているんだ。でも僕に聞かないで。かあさんに払うべき敬意をもってしても、それはまだ内緒。ちょっとした状況のせいでね」

「ほら、この期におよんで自分の母親に隠しごとをする」

デリラはがっかりして少し傷ついた。

「それでその娘はどんなふうなんだい。少なくても高慢な女たちの中の誰かじゃないだろうね」

「国中にもふたりといない女だね」

「色はどうだい？　黒の黒かい、それともいってみれば赤みがかっているのかい？」

「黒、黒さ。でももっと目は大きいか小さいか、鼻はああなのかこうなのかとか聞きなよ。背はどうか、太っているかほっそりしているか、髪は長くて編んでいるか短いか、そうすれば目の前にいるかのように姿がわかるんだから」

マニュエルは笑った。

「ああ、かあさんは笑い上戸だな」

「はいはい」デリラは怒ったような作り顔をした。「こう言っておくわね。口を閉じる。何も知りたくない、首も突っこまない。ふたりでどこかに行ってしまいなさい、旦那さん、わたしはこのお皿を洗わないといけないから」

それでもデリラはこの話が気になって、喜んでいるのは目に見えていた。マニュエルは母親の首に腕を回すと、ふたりで一緒になって笑った。デリラの笑い声は驚くほど若かった。そんな笑い声を聞かせることは普段なかった。生活はそれほど浮かれたものではなかった。いや、そんなふうに笑う機会がちっともなかったのだ。デリラは、昔から住んでいる巣にいる鳥の歌のように、笑いを新鮮なままとっておいたのだった。

「恋人同士みたいじゃないか」ビヤンネメが声をあげた。

ビヤンネメは両手を挙げて天を証人に立てた。

「さっきまで泣き言ばかり言っていたのが笑っておる。この茶番はどういう始末だ。女というのは天気のように変わると言うが。間違っておるのはことわざのほうだ。日照りのあとには雨が降ってほしいものだからな」

ビヤンネメはパイプを吸った。

「こんなふうに呪われた季節は一度も見たことがない」

空はスレートで塗られて、厳しい太陽の光でぼやけたむき出しの表面を見せていた。打ちひしがれた雌鶏は日陰を探していた。小犬は前足のあいだに頭を置いて寝ていた。その脇腹の骨を数えることができた。もし生けるキリスト教徒に食べ物がなくなったら、次は犬ということになる。

ビヤンネメは目を閉じた。火の消えたパイプは手に持ったままで、頭は横に傾いていた。今となっては昼間いつでもやってくる眠気にまどろみ、しばしば同じ夢を繰り返し見るのだった。無限に広がるトウモロコシ畑、葉から朝露が流れ落ち、実が膨らみすぎて皮がはち切れ、並んだ粒が笑っているようにあらわれていた。

デリラのほうは皿を洗っていた。そして歌を歌っていて、それは人生に似た歌、つまり悲しい歌だった。それでも他に知らなかった。デリラは声に出して歌わなかった。それは歌詞のない歌で、口は閉じられ、嗚咽のように喉にとどまっていた。心はマニュエルと話をしたことで落ち着いたが、この苦しげな嘆きしか知らなかった、でもどうしろと言うのか。彼女は黒人女の歌い方で歌っていた。生活が女たちにむせび泣きを抑えるように歌うことを教えたのであり、それはいつも始まりと同じように終わる。なぜならその歌は不幸の写し絵で、不幸というのは終わることがないのだろうか？　もしマニュエルがデリラの思いを聞いていたら、それがわかるだろう。彼は物事を喜びの光、赤い光に照らして見る。彼は、人生は人間が、すべての黒人が満たされるためにあると言う。もしかしたらマニュエルは正しいのかもしれない。一日が過ぎていき、別の一日がこの真実をもたらすだろう。しかし今のところ、人生は罪の償いであり、人生とはつまりそういうものだ。

長いあいだすべてのものが眠りに落ちていたようで、ただ歌だけが音の眠りである沈黙を優しく揺らしていた。

しかし、シミドールの興奮した声がビヤンネメの目を覚ました。

「ビヤンネメ、おい、ビヤンネメ、大変だ」シミドールが言った。

年老いたビヤンネメはあくびをし、目をこすり、パイプの灰を振るい落とした。

「またくだらない話をしに来たんだな。もし足が舌と同じくらい速く回るとしたら、ここからポルトープランスまでまばたきひとつのあいだに行けるだろうな」

「いいや、神様の真実を伝えに来たんだ。サンジュリアンが出ていった。コンペ・ロクタマも一緒だ」

「ああ、それで帰ってくるんだろうよ。馬は綱の長さを知っているものだ」

「本気で出ていったんだ。サンジュリアンのかみさんのエルジュリが、連中はドミニカで仕事を見つけるためにグランボワの側の国境を越えるつもりだと繰り返し言っている。あの哀れな女は泣いて嘆いていたよ。そのうち体から一滴の水もなくなるだろうな。サンジュリアンはまだ小さい子供を六人も残していったからな。どうしたらいいというんだ。この日照りで気が滅入っても、死ぬのを黙って受け入れない奴がいる。連中は先祖の土地を捨てて、見知らぬ国で生きるのを選ぶのさ。コメ・シルヴィアの娘のシャリテも出ていった」

「本当か？」

「ああ、こんな具合で、他の奴らも続くだろうな。シャリテは町に行った。どうやって死ぬかわかるか？　罪の中でひどい病気になって死ぬのさ。でもことわざで、死ぬよりは醜くあったほうがましと言うだろう。これが続けばわしらはみんな死んでしまうことになる。わしは他に望むことなどない。もう年だし、十分に生きた。それに太鼓の革紐を肩にかけて、歌を歌いながらクンビットを指揮して、そのあとで自分の分のクレランを飲めないのだとしたら、なんのために生きるんだ？　わしは太鼓のばちみたいな指をしていて、脳みそのかわりに歌を歌う鳥の巣があって、そのために生まれた。それなのにどうしてまだ生きているんだろうと不思議に思う。わしの役目は終わったんだ」

シミドールは少し酒を飲んできていて、今では悪酔いしていた。

「イエス様、聖母様」デリラがため息をついた。「若い者たちが行ってしまうなら、審判の日にサタンと永遠の神のあいだに集められるとき、誰がわたしたち年寄りを土に埋めるのでしょう」

「わしをいら立たせるんじゃない、デリラ」ビヤンネメが叱りつけた。「人間が是か非か問うのにいちいち自分の名前が口にされるのを聞いて、神様もうんざりするぞ」

ビヤンネメはアントワヌのほうを向いた。

「出ていくのを止めなければならん。この土地はわしらを何世代も養ってきた。土地はまだ悪くない、ただ水が少しばかりいるだけだ。雨が降るからもう少し我慢するようにと連中に言うんだ。いや、わしが話をつけに行こう」

村人たちはビヤンネメの言うことを聞くかどうか。彼らは貧しさをたっぷり腹に詰めこまれて、もう我慢できなかった。最も分別のある者が気を狂わせ、最も力強い者たちが萎えていった。弱い者たちはといえば、あきらめきってしまって、どうにでもなれと口にしていた。やる気を失ってしまい、たわごとを繰り返しては、小屋の前にむしろをひいてぐったりと黙って寝ているのが見えた。他の連中は残った小銭で、地方警察の妻であるフロレンティヌのところでクレランを買ったり、あるいは遅かれ早かれ自業自得となるつけで買ったりしていた。アルコールは偽の活力を呼び覚まし、少しのあいだだけ希望を感じさせたり、しばし物を忘れさせたりするような感覚を与える。しかし頭がひどく鳴り、口を乾かせて目覚めるのだった。生きることに吐き気を感じても、胃の調子を整えるひとかけの塩漬け肉すらなかった。

　フォンルージュは残骸になっていき、その残骸とはよき村人であり、ひたむきに頑張って野良仕事をする男たちであって、やはりこれは残念なことではないだろうか？

「マニュエル、あのマニュエルはどこへ行った」ビヤンネメが声をあげた。

「出かけていったわ」デリラが答えた。

「いつも出かけて、いつも外で、いつも丘の中を回っとる。お前の子は本当にろくでなし《ネグ・マロン》だな、デリラ」

「あれはあなたの子でもあるのよ、ビヤンネメ」

「口答えするんじゃない。あの性格はお前に似たんだ」

「ええ、あなたは非の打ちどころがないですからね」

「そうは言っておらん。それでは自慢話になるからな」

「中には」シミドールが言った。「腰が凧《たこ》みたいに軽い奴がいて、同じ場所にいられないのであって、本人たちが悪いわけじゃない」

デリラは怒っていた。怒ることはまれだったが、やせた体の背筋を伸ばすのだった。背が高くなったみたいで、声を荒らげることはなく、静かに落ち着いた様子でいるが、言葉がよく切れる刀になった。

「そのとおり、わたしはろくでなしで、日が昇ってから夜は暗くなるまで毎日あなたのために働かなかった。することと言えば笑って踊ってばかりだった。貧しさで顔がゆがむことはなかった。この皺を見なさい。不幸で傷つけられたことはなかった。この手を見なさい。不幸で血が流れたことはなかった。もしもあなたがこの心の中を見ることができたらね。あなたは欠点のない、ふたりといない、比べようもない男だわ。神よ、わたしのような取柄のない女にこのような男を与えてくださって感謝します」

「ああ、もういい、もういいと言っているんだ、お前、もう聞き飽きた。コンペ・アントワヌ、どうなっているか見に行こう」

デリラは男たちが遠ざかっていくのを見て、頭を振って微笑んだ。怒りはおさまっていた。

「ああビヤンネメ、かわいそうな人」デリラはつぶやいた。

すぐにマニュエルのことを思った。〈丘の中で何を探しているというのかしら。もしかして財宝かしら？〉デリラはふと思った。〈フランスの白人がこのあたりに住んでいたから、そこらじゅうにインディゴ畑の跡があるし。それにブカンコライユの住民が畑を掘っていたら、銀貨でいっぱいのかめを偶然見つけたって言ってなかったかしら。あの村人は何ていう名前だったかしら？　ああ、もう忘れてしまった、けれどそんなことはどうでもいい。本当のことだし、ビヤンネメがカロルス銀貨を目にした。こんなふうに大きくて重くて、町にいたイタリア人が全部いい値段で買い取った。それにしてもあの村人の名前はなんていったかしら？　シリアク、そうだ、シリアクはミルバレの土地を買って大地主になった。
でも財宝を見つけるには悪魔と関わらないといけないと言うけれど。マニュエルにはそんなことはできない。そんなこと、そうでないことに間違いはない〉
……マニュエルのいるシャンブランの高台は周りの丘の隆起に囲まれ、島のように孤立した平野の真ん中に立っていた。そこからは国全体がぐるりと一望できた。日の昇る方角では岬が下っていき、煙が昇るところ、そこはベルヴュで、その下に小屋があるのはブカンコライユで、さらに向こう、遠くで青くなっているのは緩やかな斜面が段々畑になったマオティエールと、マンゴやアボカドの木陰で立派に育った穀物の畑。そこの村人たちには運よく泉があって、水を飲むこともできれば、洗濯をするのにも十分だった。泉は峡谷で湧いて、そこにはカリブキャベツやクレソン、ミントさえ生えていた。フォンルージュの人たちはここから水を調達していたのだが、遠く離れていて、水でいっぱいにしたヒョウタンが帰りの道に重くのしかかるのだった。
そこは里とは対照的に、寒い土地と呼ばれていた。村人はわたしたちと違ってずんぐりした体型で、尻が重たいかのようにのろのろ歩くのだった。わたしたちはネグ・コンゴと呼んでいたが、彼らと仲よく暮らしていた。

マオティエールの上を、馬で一日行くと、ヴィルフランシュの丘にたどり着くのだった。松の林が中腹から始まり、長い霞《かすみ》がかかっていて、その湿った霧のボロ着は雨よりもひどくて骨の髄までしみる。それは切り立った山で、底が見えない谷に切り裂かれ、荒れた空の中に消える険しい峰に囲まれて、木々が黒くていかめしい。風が昼も夜も木々の枝の中でうめきをあげる。というのも、松という木は敏感で歌を歌うからだ。

「この台地はいい牧草地で、角のある家畜は好きなだけ太らせることができると聞いたことがある。今まで一度もフィネリアという代母の住むレ・ゾランジエより高いところに来たことはなかったけれど、あそこでさえ自分たちみたいな里の人間には耐えられない寒さだからな」

マニュエルの目の前には、日の沈む方向まで山並みが目に優しいひとつのくすんだ青い波となって流れていた。シャンブランの高台のように谷のくぼみでときどき分かれていても、丘の波はすぐに、赤いゴムの木、コナラ、そしてところどころにラタニアヤシの木が生える鬱蒼《うつそう》とした茂みで新たなうねりを取り戻していた。

突然、さっとやわらかく空気が揺れたので顔をあげると、モリバトの群れが渡っていった。〈ミレだな〉マニュエルは、モリバトの群れが灰の色をした航跡をつくって、となりの丘にバラバラに下降していくところまで目で追った。

ふと考えついて、彼は立ち上がった。〈モリバトというのは涼しさを好む。おお、もしあれが天《カランバ》の知らせみたいなものだとしたら?〉彼はほとんど走るように丘を下った。胸が高鳴っていた。「何が起こったと言うんだ、おい、マニュエル?」彼はひとりごとを言っていた。「まるで女に初めて会いに行くみたいじゃないか。血が沸き立つ」不思議な苦しみがマニュエルの喉を締めつけていた。〈またこれまでと同じだと思うと怖いな。勘違いでがっかりして、今度これで見つからなかったら、やる気も失せそうだ。もしかしたら、ああそうだったか、残念ということになるかもしれない。いやそんなことはありえない。そこで生きる理由も、手を使って生きたいという気持ちもある以上、土地を捨てたり、背を向けたり、別れたりすることができるだろうか。いいや、また探し始めるだろう。そうだとわかっている。それが使命で義務だからだ。フォンルージュの連中は頭が固くて、岩の頭《カベセ》だから、兄弟同士友情を取り戻して、しかるべき生活を取り戻すためには水を見つけてやらなければいけない。必要と定めにおいてお互い似た者の無償の助け合いだ〉

マニュエルは平地の道を横切り、走って、焦っていて、いてもたってもいられず、血が首を切って、胸いっぱいに広がる音もない鼓動によって噴き出そうとしているような気がした。

「モリバトがとまっ《ジュケ》たのはあそこだ。木がたくさん生えている丘、アカジュだってある。太陽で銀色に輝くあの葉っぱなら見間違えることはない。ラッパの木、そしてゴムの木が当然あるはずだが、どこから入っていこう？」

目よりも耳にたよって進んでいった。草木やつるがからみあって生えているところを、なたで切り開いて歩みを進めるたびに、モリバトがおびえて飛び立つのが聞こえるのを待っていた。

マニュエルは丘のいちばん鬱蒼とした場所に向かって斜めに切り開いた。奥まっているところ、薄暗がりの中、木々の連なる影が重なったところにすでに気づいていた。

切り立った断層が目の前にあらわれた。マニュエルは低木にしがみつきながら断層を下った。小石が足元で転がると、すぐにそこらじゅうで羽がバタバタ音を立てた。モリバトが枝から飛び立ち、木の葉のあいだからあらゆる方向に散っていくのを見た。

「もっと上にいたんだな、あの呪われたイチジクの木に」

マニュエルは、かたまりがほどけて木からぶら下がったつるで結ばれた、細い谷のようなものの下にいた。涼しい風が流れていて、もしかしたらそのせいで乱雑なつる性植物がこんなにも鬱蒼と密に生えているのかもしれなかった。マニュエルは呪われたイチジクの木に向かって登り、汗を乾かす心地よいそよ風を感じながら、大きな静けさの中を歩いていき、緑色をした薄暗がりの中に入って、なたで最後の一撃を加えると、丘に周りを取り囲まれた平地があらわれ、ぐっと力強くねじれた巨大なイチジクの木がそこに立っていた。漂うような苔をのせた枝が荘厳な陰で空間を覆っており、化け物のように大きい根はがっちりとした手を広げてこの一角を占有し、その秘密を握っていた。

マニュエルは立ち止まった。自分の目がほとんど信じられず、どこか弱気になって膝が震えた。彼はマランガを見つけ、滑らかで凍るように冷たい葉一枚に触れてみた。マランガというのは水と離れることなく生える植物だ。

なたを地面に突き刺し、必死に穴を掘ると、穴がまだ浅く掘り広げられてもいないチョークの粉のように白い土の層で、もうすでに水が湧き始めた。

彼はもう少し離れたところで穴を掘り始め、夢中になってマランガに切りつけ、束にして引っ張り、爪を立ててひと握り抜いた。そうするたびに水がふつふつと湧き、小さな水たまりが広がって、落ち着いたところで目のように澄んだ水になるのだった。

マニュエルは大地に寝そべった。大地を全身で抱きしめた。

「甘くておいしく、流れるような、歌うような冷たい水があるんだ。祝福だ。いのちだ」

彼は大地にくちづけをして笑っていた。

# 第九章

「わたしたちのマニュエルの様子に気がついた？　ここ二日、あの子はまるでアリの巣に落ちたみたいなの。こっちにいて、あっちにいて、同じ場所に留まることがない。街道に行ったり、縁台に座っていたり、そうしたらまた立ち上がって。名前を呼んでも聞いていなくて、もう一度呼ぶと夢から覚めるみたい。『ああ、何？』と言うけれど、聞いていないことがわかる。夜には自分の床に帰ってくるけど、動き回ってもがいているらしくて。眠ろうとしているけれど眠れないみたい。今朝早く小屋の裏で体を洗いながら、ひとりで笑っているのが聞こえたわ。わたしたちの息子は気が狂ったんじゃないかしら？　ビヤンネメ、あなた、答えてビヤンネメ」

「わしに何と言ってほしいんだ？」年老いたビヤンネメは機嫌を悪くして言った。「わしはあいつ本人じゃないし、頭の中がわかるわけでもない。じっとしていられないんだよ、あのマニュエルは。落ち着きがないんだ。それだけのこと。生まれつきおっとりした人間もおれば、稲妻みたいに活発なのもおる。それのどこがおかしくて心配だというんだ？　お前はあれをいつでもキャラコの折り目の中に入れておきたいのかもしれんがな。『かあさん、僕はこれであれで』と話しかけてくる小さな子供としてな。まるで成長せずに良心も分別もなしで、立派な大人になっていないみたいにな。いいから好きにさせておくんだ。若い馬というものは、サヴァンナを駆け回るためにできている。タバコに火をつけるから炭を持ってきてくれ」

「あの子がいつもほっつき歩いているのに文句を言ったのはあなたじゃなかったかしら？」

「わしが？　いつだ？」

　老人は驚いたふりをした。

「口喧嘩をしようというのか、デリラ？」

「昨日マニュエルが町で買ってきたこのシャベル、どうしてこんなものが必要なのかしら？　それにどうしてこんなものをもって丘に入っていったのかしら？　帰ってくると、シャベルにはこのあたりにはない白い土がいっぱいついていたのよ」

「どうやってその質問全部に答えろと言うんだ？　一度わしにどうして月はときどき切ったスペインメロンそっくりで、また別の日には皿みたいにまん丸なのかと聞いてみな。そりゃあ、お前が気の短い女からだよ、デリラ。どうしてお前は一日じゅうそんな質問でわしを困らせるんだ？若かったときのお前はどちらかと言えば口数が少なくて、話をさせるのに苦労したほどなのに。本当にあのころが懐かしく思える」

　ビヤンネメは椅子の上に縮こまると、ぶつぶつ文句を言いながらへそを曲げ、パイプをくわえて口をすぼめた。

心配がつのっていった。人は不運に見舞われ始めると、固まった牛乳にさえ頭を痛める。白ブチの牛は綱にからまって脚を一本折ってしまった。ドルメウスの恥知らずは三ピアストルで治療をしたが牛はなかなか治らず、ビヤンネメは売りに行くのを待たねばならなかった。レリソンはラ・クロワデブケのほうへ公共工事の一団で行ってしまった。他にも彼の例にならおうと考えたり、フォンルージュをこれっきり捨ててしまおうとしたりする者がいた。てんかん《マル・カデュク》にでもなろうとするかのように振る舞うあのマニュエルはいつになったら、聖霊のひげにかけて、神よ許したまえ、冒瀆を口にしてしまった、もうしません、わが過ち《メア・クルパ》によりて、いつになったらあんなくだらんことをやめるんだろう。

そこにコメ・デスティヌがやってくる。どうやってあの脂肪を保つのかとビヤンネメは不思議に思う。彼女の大きくて黒い顔はワックスでよく磨いた革のように光っている。

「ちょっと挨拶に寄ったのよ、コメ・デリラ。コンペ・ビヤンネメ、こんにちは」

「こんにちは」年老いたビヤンネメが答える。

そして寝たふりをする。ビヤンネメは話がしたくない。

デリラがデスティヌに腰掛けを差し出した。デリラは立ったままでいる。デスティヌが腰をおろすと、肉が四方八方にあふれる。

「生活はどう？」デスティヌが言った。

「罪の償いが続いているわ」デリラがため息をつく。

首を振って、デリラは畑のほうを向き、容赦ない空に向けて顔をあげる。

「一日でいちばん暑いときね。正午じゃなくて、だいたい二時にかけて地面から蒸気が出始めて、蒸気があがると空に舞って、まぶたに皺が寄る。本当にまぶしい」

バヤオンドの中でキジバトの悲しそうな鳴き声が聞こえる。雄がしわがれた鳴き声を返して呼ぶ。キジバトたちの会話で沈黙が途切れることはない。キジバトの声が伴って、沈黙をさらに重く、その存在をなおさら重く、強く感じさせる。

「わたしも出ていこうと思うの」デスティヌが打ち明ける。

「そんなこと言わないで……」恐ろしくなってデリラは声をあげる。

「ええ、でも、もう決まったことなの。夫のジョアシャンとわたしは先祖の土地を離れるわ。ブカンコライユのほうに親戚がいる。遠い親戚だけど、もしかしたら土地を少しくれて、小屋《アジュパ》を建てて畑を作るためのものをくれるかもしれない。神の恩恵を、デリラ、でも何てつらいことかしら……」

デスティヌは泣いていた。頬に涙で汚れた跡がついていた。

フォンルージュではいのちが涸れていた。死を耳にするには沈黙に耳を傾け、無気力に身をまかせてうずもれているように感じるだけで十分だった。すり鉢の中で規則正しく繰り返されるすりこぎの音はしなくなった。もう一粒のアワもなかった。クンビット、男たちの元気で陽気な歌声、太陽で輝く鍬が振られたとき、あずまやの下でメヌエットを踊り、若い女たちののんきな声が夜の中、泉のように湧いていたころと別れ、わたしはさらばと言う。さらば恩恵と慈悲の時代、さらば、さらば、わたしたちは出ていく。これで終わり。おおロア、ギニアのロア、あなたたちはわたしたちの仕事と苦労をちゃんと量らなかった。あなたたちの天秤は狂っていて、そのせいでわたしたちはなすすべも希望もなく死んでいく。これで正しいのだろうか、答えてくれ、いいや、実にこれは正しくない。

デリラが言う。その口調は落ち着いている。

「万聖節のとき、わたしは先祖の墓を掃除した。みんなここに埋められている。わたしの番を待っている。わたしの日も暮れ始め、夜が近づいている。出ていくことなんてできない」

デスティヌはまだ泣いている。

「わたしも墓に息子がふたりいる」

デリラが彼女の肩に触れた。

「元気を出して。いとこのデスティヌ、雨といい季節はまたやってくるから」

デスティヌは太っていてやわらかい、骨がないような手の甲で涙を拭いた。

「今朝、小屋の棟木のところに巻きついた毒なし蛇がいたのよ。ジョアシャンがテーブルの上にのって鎌で首を飛ばしたの。『ジョアシャン』わたしは言ったわ。『不幸を呼ぶものじゃなければ、聞いてるの、ジョアシャン？』でもあの人はひと言も言わず肩をすぼめた。こんな状況がジョアシャンを病気みたいに中からむしばんで、今では口を開くこともほとんどないわ。それにフロレンティヌが手荒い脅し文句で、二度と口になんてできないようなひどい言葉なんだけど、クレランのお金を返せと迫ってくるのよ、あの恥知らずの警察の雌」

デスティヌは立ち上がった。

「また会いましょう。デリラ、今週末までは出ていかないから。来る途中マニュエルに会ったわ。とても立派な男ね。いとこのあなたは運がいい。うちは息子がふたりともお墓だから、でもこれが人生というもので、貧しさには歯向かえないのだからあきらめないとね」

デスティヌが立ち去ると、ビヤンネメは目を開いた。椅子を前に傾けて、怒って地団駄を踏んだ。

「ああ、お前らは恩知らずだ」声を荒らげて言った。「この土地が日々、何年ものあいだ食べ物を与えてくれたのに、こうやってお前らは上っ面だけちょっと嘆いて、罪悪感と悔いを洗い流すために目に少し涙をためて土地を離れる。偽善者たちめ。わしらは残るぞ。そうだろう、デリラ？　そうだろう、ばあさん？」

「どこに行く場所があるっていうの？」デリラが答えた。

＊＊＊

二日我慢したあと、とうとうマニュエルは彼女に会うことができた。彼女は街道を歩いていて、小屋から見えるところにいた。彼女が通りかかったところですれ違うとき、マニュエルは足を止めず、こんなふうに歯の隙間からささやいた。「コンペ・ロリストンの囲いの前、タマリンドの木の下で待っていて」

マニュエルは彼女を泉に連れていった。彼女は早足のマニュエルになんとかついていった。人に見られるのを恐れたが、マニュエルがそんなことはないと断言した。その場所は長いあいだうち捨てられていて、むかし綿の畑があったところ、バヤオンドの生える丘の中腹にある。見るがいい、今では草やとげでいっぱいだ。

ふたりは林の中に入った。太陽の光は木々のふるいにかけられ、高い枝の中に吹く風の動きにあわせて、野道の上で揺れていた。

「水は十分にあると思う？」アナイズがたずねた。

「ここまで掘ったんだ」

彼は手で自分の腰の位置に線を引いた。

「穴はひとつだけじゃない。いくつかある。平地に沿ってね。たっぷりある。大きな池だと言っておくよ」

マニュエルは早足で歩いたことよりも水について思い出したせいで息を切らしていた。

「もし穴を埋めなかったら、水があふれたんじゃないかと思えるぐらいある」

「あなたって強いのね、マニュエル」

「いいや、そう信じていたからさ」

「何を信じていたの？」

「生きるということを信じていたのさ、アナ、人が死ぬわけにはいかないと信じていたのさ」

アナイズはしばらくのあいだ考えた。

「どういう意味なの？　あなたの言葉の意味を見つけるには、水みたいに深く掘らないと駄目ね」

「ああ、確かにいつか人は土に戻る。それでもいのちは切れることのない糸で、失われはしない。どうしてだかわかるかい？　それぞれが生きているあいだに結び目を作るからさ。生きているあいだに成し遂げた仕事が、何世紀ものあいだその人の人生を永らえさせる。この世における人間の意義なのさ」

アナイズが熱いまなざしを向けた。

「イエス様、聖母マリア様、なんてあなたは物知りで賢いのかしら。全部自分で思いついたの？」

彼女は笑い出した。

「ときどき頭が痛くならない？」

「からかっているんだな、そうだろ……」

マニュエルが腕をつかむとアナイズの表情が急に変わり、目には光が揺れ、心臓が喉で鳴るせいで声を詰まらせて答えた。

「泉に連れていって」

雑木林は明るくなり、木々もまばらになっていった。野道の行き止まりには何もない平地が広がっていた。

「あの丘が見えるかい？」マニュエルが言う。「あっちじゃなくて、もうひとつのほう、木が生えている雲のちょうど下で濃い青になっているあれ。あそこさ。待った、誰も来ないか見てくる」

マニュエルは林から出て、周りを見回した。彼が合図をするとアナイズが追いついた。

「急いで行きましょう、マニュエル。人に見られるといけない」

彼女は、ラタニアヤシの木の丘で会って以来、ジェルヴィレンに見張られていることをマニュエルには言わなかった。道の曲がり角でジェルヴィレンが急に姿をあらわした。ジェルヴィレンは何も言わないが、赤く充血した目が不吉に輝いていた。今日、ジェルヴィレンは町に行ったはずだ。盗まれたのか迷ったかのかよく思い出せないが、ラバのことで治安裁判所に証人としてジルが一緒に行っているはずだった。

ジルにこうたずねられた。

「いとこのジェルヴィレンについて思い当たることはない？　おとといの夕べ僕に会いに来たとき、妙な顔つきでそっちを見ていたぞ」

アナイズはそれに答えはしなかった。

「君は夢を見ているみたいだね」マニュエルが言った。「黙ったままで」

「早く着くといいのに。この平地は通り抜けるのにずいぶんかかるわね。うしろから見られている感じがする。ナイフを突きつけられているみたい」

マニュエルはあたりを見渡した。

「怖がらないで、誰もいないから。じきに隠れる必要もなくなる。みんな誰のために僕がこの小屋を建てるつもりかわかるだろうな。部屋が三つあって、三つだよ。もう計算に入れておいたんだ。ここらには立派なアカジュがあるから、家具は自分で作って、僕は少しばかり指物ができるんだ。日陰をつくるためにつる植物を植えたあずまやがひとつあるといい。試しにブドウの木を植えようと思うんだけど、どう思う？　根元にコーヒーの殻をたくさん埋めるとよく育つだろうから。そう思わないかい？」

「あなたの望む通りになるでしょうね」アナイズはつぶやいた。

〈ええ、わたしがこの家の女主人になる。畑に種をまいて収穫を手伝う。朝露の中、日の出の時間にわたしたちの土地の実りを摘むために外に出る。夜露がおりるころには木の枝で鶏が休んでいるかどうか、貪欲な野生動物がさらっていってしまっていないかどうかを見に出る。市場にわたしたちのトウモロコシと穀物を持っていく。あなたは戸口でわたしの帰りを待っている。ランプがテーブルの上にあって、それを背にしたあなたが「お前、よく売れたかい？」と言うのが聞こえる。わたしはその日売れたか売れなかったかを答える。あなたのために食事を作って、あなたが食べているあいだ立ったままでいて、あなたが「ありがとう」と言う。「どういたしまして、ご主人様」とわたしが答える。なぜならわたしはあなたの家の召使いだから。夜、あなたの隣に横になるけど、あなたは何も言わない。あなたの沈黙、あなたの手に応じる。「ええ、あなた、わたしはあなたの望みをかなえる召使いですから」わたしたちの菜園には水路があって、葦と月桂樹がそれに沿って生えている。あなたがそう約束したから。わたしが産んだ子供たちがいることでしょうね。この世にいる聖人の名にかけて、星々にいる聖人の名にかけてそう約束する〉

アナイズは深刻な顔になって、その心の中をあらわしていた。

「眉間に皺が寄っているよ」マニュエルは驚いた。「目は遠くを見つめている。どうしたのか言いなよ」

　アナイズは微笑んだが、口もとが震えていた。

「泉はどこ、マニュエル？」

「着いたよ。手をかして。急なのぼりだから」

　ふたりは草木が鬱蒼と茂る中、マニュエルがなたで切り開いた道を行った。

　マニュエルが先に断層の中に下りた。アナイズがおじけづいて足を少し滑らせると、マニュエルが腕で抱き止めた。彼はアナイズの体の重みと温かさを感じた。しかし彼女は身をほどいた。

「涼しさを感じる」彼女が言った。「風と湿り気のにおいがする」

　モリバトが羽ばたき、木々の枝の中に道を開き、空に向かって飛び去った。

　沈黙の上に覆いかぶさる木々の枝のほうに彼女は顔をあげた。

「暗い、何て暗いのかしら。この向こうに太陽があるとは思えないほど。ここでは太陽の光が一滴一滴濾過されているみたいね。耳を澄ませても何も聞こえない、遠く離れた小島にいるみたい。マニュエル、わたしたちは世界の果てにいるのね」

「世界の始まりって言いたいんだろ。始まりの始まりには君と僕がいるみたいにひとりの女とひとりの男がいて、ふたりの足元には始まりの泉が流れていて、その女と男は水の中に入っていのちの水を浴びる」

　マニュエルは彼女の手を取った。

「おいで」

彼はつるを開いた。アナイズは呪われたイチジクの秘密の中に入った。

「あれは水の番人ね」ある種の畏《おそ》れを感じて彼女はつぶやいた。

「あれは水の番人さ」

彼女は風に銀色に輝いてふわふわした苔が生えた枝を見つめた。

「とても古い木ね」

「とても古い木さ」

「てっぺんが見えないわ」

「てっぺんは空の中」

「根っこは足みたい」

「水をつかんでいるんだ」

「水を見せて、マニュエル」

彼は地面を掘った。

「見て」

彼女はひざまずくと、たまった水に指を濡らして十字を切った。

「こんにちは、聖なる水」アナイズが言った。

「それに向こうも、見てみなよ。そこらじゅうにある」

「見えるわ」彼女は言った。

アナイズは地面に耳を当てた。

「聞こえる」

物思いにふけった、無限の喜びに輝く顔でアナイズは聞いていた。

マニュエルは彼女の近くにいた。

「アナ」

ふたりの唇が触れた。

「あなた」彼女はため息をついた。

アナイズは目を閉じ、マニュエルは彼女を押した。アナイズは大地の上に横たわると、水の深いつぶやきがひとつの声を運んできた。それは彼女の血のざわめきだった。アナイズは抵抗しなかった。彼の重たい手が抗し難い心地よさをもぎとる。死んでしまう。あらわになった体は燃えていた。彼が彼女の膝を解くと、彼女は開かれた。マニュエルは引き裂くように彼女の中に入り、アナイズは傷ついたうめき声をあげた。駄目、離さないで、死んでしまう。熱い波の中、アナイズの体はマニュエルの体を迎えに行った。言い難い苦しみが彼女の中に生じ、すさまじい歓喜が肉体を動かしていた。嘆くような吐息が口をつき、彼女はその長い嗚咽を発する中で雷を感じ、男の抱擁の中に消えていった。

# 第十章

「太陽が昇る」デリラが言った。

「丘の上にな」ビヤンネメが答えた。

雌鶏たちが不安げにコッコと鳴いていた。雌鶏たちはトウモロコシがまかれるのを待っていた。しかし村人たちにはもう何も食べるものがない、あるいはほとんどそれに近い状態だった。彼らは残しておいた最後の粒まですりこぎでつぶして、どろどろした重たい粥を作った。胃は満たされ、腹がもつのだった。

雄鶏たちはいがみあって、首の周りの羽根を逆立てていた。雄鶏たちは何度かくちばしと蹴爪を交わしていた。

「シー」ビヤンネメが手を叩いた。ニワトリはお互いに離れると、遠いところで立ち上がって、のどいっぱいに挑発のけたたましい鳴き声をあげた。

どこの庭でも似たようなものだった。一日がこのようにして始まる。おぼろげな光、しびれたような木々、小屋の裏から煙がのぼるのはコーヒーの時間だからで、しけったビスケットを浸して食べるのも悪くない。もしコーヒーが甘くしてあればのことで、入れるのはもちろんサトウキビのシロップで、砂糖は値段の安い黒糖さえ今ここにはない。

「マニュエルはロレリアンを捜しに行くって言ったわ」

「そう言ったな」

「でもどうしたんでしょうね、ビヤンネメ?」

「たずねられてもわしは答えんからな」

「あなたの口から好ましい言葉をここしばらく聞いてないわ」

ビヤンネメはコーヒーを一口飲みこんだ。自分のことをはずかしく感じた。

「そりゃあ、わしのリューマチがまた痛み出したからだ」言い訳するように言った。「少し油を塗ってくれないか? 関節が痛むんだ」

「油に塩を入れて温めるわ。そうすれば痛いところに届くから」

年老いたビヤンネメはパイプに火をつけ、白いひげをなでた。

「デリラ、おい?」

「ええ、ビヤンネメ」

「お前にちょっと言うことがあるんだ」

「聞いてるわ、ビヤンネメ」

「お前は良妻だ、デリラ」

ビヤンネメは目をそらし、咳払いをした。

「わしはまだお前に言うことがある」

「ええ、あなた」

「わしは嫌な奴だろう」

「いいえ、ビヤンネメ、そんなことはないわ。ただ毎日が大変で、それはすべてこの貧しさのせいよ。でもわたしたちが人生を一緒に歩んでからずいぶん経つし、ああ神よ、悪い出来事や心配事が山ほどあったけど、あなたはいつも守ってくれて、支えてくれて、救ってくれた。わたしはあなたに寄り添って、安全なところにいた」

それでも年老いたビヤンネメは言い張った。

「わしは嫌な奴だろうと言っているんだ」

「わたしにはあなたの心の底を知っている。あなたよりいい人はいない」

「口ごたえの多い奴だな、デリラ。誓って、わしはお前より頑固な女を見たことがない」

「そう、ビヤンネメ、それはいいことじゃない」

「何がいいんだ?」

「あなたが嫌な奴だってことよ」

「わしが?」ビヤンネメはあっけにとられ、腹を立てて言った。

デリラは快活に笑った。

「あなたがそう言ったんでしょう」

「繰り返さなくてもいいだろう。近所に聞こえる。ビヤンネメは嫌な奴で、ビヤンネメは……と。ああだからそれで何だ？」

唯一怒りだけがビヤンネメの血管の中に残る樹液だった。本人はそれを重宝していた。

マニュエルとロレリアンは急ぎ足で向かっていった。彼らは林を出てきた。ふたりは笑っており、普段穏やかなロレリアンは牛を不具にできるぐらい強くマニュエルの肩を叩いていた。

「見つかったぞ」ロレリアンが遠くから叫ぶ。「見つかったぞ」

「何を言っているんだ、あのロレリアンは。気でも狂ったのか？」ビヤンネメが口ごもった。

「とげの上でも歩いているみたいにそわそわして。朝早くから酒でも飲んだんじゃないだろうな？」

デリラは椅子を取りに行った。

「かたじけない」手を額に当てながらロレリアンは言った。

「おはよう」年老いたビヤンネメが答えた。

ビヤンネメはロレリアンを疑うような目で見た。

「アブサントなんてな」ビヤンネメが言った。「飲みすぎるもんじゃないぞ。一杯で胃が目を覚ます。まったくいかんとは言わんが、それ以上は飲んだら駄目だ」

「酔っているというのは確かにそうだ」ロレリアンが言った。

彼は大きな手をひねりながら笑っている。

「とはいっても一滴も飲んでいないんだ。酒じゃない。デリラ、生活はどうだい？　ああコメ、生活が変わるよ、今日という日からね。変わるんだ」

彼はマニュエルのほうを振り向いた。その顔が真剣になった。

「言いな、親分。事情を説明してやれよ」

「水のことなんだ」マニュエルが言った。

彼は深く息をついた。言葉のひとつひとつが感動で重みを帯びていた。

「フォンルージュに帰ってきてからというもの、ずっと探してきた」

彼は腕を広げ、顔に日が差して、ほとんど叫ぶように言った。

「見つけたんだ。大きな泉、あふれるぐらいの水がめを、村に水をまけるほどの。みんな必要なだけ十分に使える」

ビヤンネメは飛びあがった。震える手でマニュエルのシャツをつかんだ。「お前がやったのか？　お前が水を見つけたのか？　本当か？」

ビヤンネメは妙な苦笑いの顔で笑い、声がかすれ、涙が白いひげの中を流れていた。

「尊敬するぞ、せがれや。お前の父親が言っているんだ。尊敬する。なぜならお前は立派な男だからな。ああ、お前には頭が下がる、マニュエル・ジャンジョゼフ。デリラ、聞いているか、わしのせがれが水を見つけた。自分ひとりで、自分の手で。わしの血筋らしい、わしの家系らしい。わしらの家族はこうなんだ。大胆な人間で、賢さにはこと欠かない」

ビヤンネメはマニュエルを離さなかった。どもって目は涙でいっぱいだった。

「ああ、せがれ、せがれが……」

デリラは胸に手を当てていた。マニュエルのほうを見ていた。何も言わなかった。デリラはマニュエルが生まれた日と同じぐらい、自分に弱さを感じていた。苦痛にとらわれたのは、彼女が畑で草を刈っているときで、急に陣痛が起こった。小屋まで身を引きずっていって、腕の肉を噛んで叫び声を殺すと、デリラを大きく裂くようにしてマニュエルは生まれた。自分でへその緒を切り、赤ん坊を洗ってきれいな布にくるんで寝かせてやり、暗い井戸の奥へ自分が飲みこまれてしまい、あとになってビヤンネメの声や女たちのおしゃべりで意識を取り戻したのだった。そして今日、その息子が目の前にいる。この大きくてたくましい、額に光が差した、丘の血管の中で眠る水の秘密を知る男。

マニュエルはデリラの近くにいた。その腕が彼女の肩を抱いていた。彼はこうたずねた。

「うれしいかい、かあさん？」

デリラは遠く、遠くで返事をするような声を聞いたが、実際にはそれは自分の声だった。

「わたしたちにとってうれしいこと、土地にとっても、作物にとってもうれしいことよ」

自分の周りで世界が崩れていった。家も、木々も、空も。デリラは腰を下ろさねばならなかった。

ビヤンネメは必死でマニュエルに質問した。

「教えてくれ、せがれや。その水はどこだ？　どんな水だ？」

そして急に不安になった。

「ほんのわずかな水ということはないだろうな？　取るに足らないような流れで、飲むだけしかないような」

「いいや」マニュエルが言った。「水はちゃんとある。場所を見ないとね。そこはチョークみたいな白い土の大きな平地さ。そこの土質は水をすぐに吸収するけど、水はもっと遠くで固くて水を通さない地盤を見つけるはずで、そこで大きくたまっているんだ。あと数年もすれば自分ではちきれたに違いない。それでやることといえば、まず初めに杭を並べて、地面にしっかりと隙間なく打つ。水がめを目いっぱい掘ったら、かめがひび割れするみたいに、水がそこらじゅうに流れ出て失われてしまうからさ。そのあとで、里とバヤオンドを横切って、各人がそれぞれの畑で水まきするための水路を引く。大きな水路と他の水路が準備できたら、水がめを開く。村全体の信頼を得て、みんながそれぞれ必要な分だけの水を分けられるように、誰かを代表者にするのもいい。つまり、わかるだろう、これは大変な仕事なんだ」

「代表者はお前だろうね、親分」ロレリアンが言った。「決まってるよ」

「聞いたか、デリラ?」ビヤンネメがひどく自慢げに声を乱した。「こいつは全部頭の中で計算していて、言うことといえばまさに理にかなっているじゃないか」

しかし、ひとつの考えが影を差した様子だった。

「ところで、村全体と言ったな。数に入っていないよな……連中は」

マニュエルはその質問を待っていた。

「はっきりと真実にもとづいてものを言っていいかな」彼は言った。「そっちも聞いているかい、かあさん? コンペ・ロレリアン?」

「聞いてるよ、マニュエル」

「よし。こちら側には働ける人間が何人いる？　ちょっと待った」

彼は指折り数えた。

「十四人だ。それで、死んだドリスカの後継者やその仲間のあっちも、ほとんど同じぐらいの人数だろう。とうさん、かあさん、よく考えて。コンペ・ロレリアンもよく考えて。僕らだけではこの仕事は成し遂げられないだろう。杭を切り出して、運んで、地面に打つ。里に結構な長さの水路を通して、その水路のために林の木を切る。次に水。水は誰かのものじゃないし、測量できるものではないし、公証人の書類に記されることもない。水というのは共有の財産で大地のめぐみさ。僕らに何の権利があるだろう？」

ビヤンネメは、それで言い終わらせようとはしなかった。

「お前が水を見つけたという権利がある」ビヤンネメは声をあげた。「敵には権利をやらない権利だ」

ビヤンネメは懸命に自制しようとした。

「何をしたいのか、正直に言ってくれ」

「連中のところに行くのさ。僕はこう言うだろうね。みんな、人が繰り返し言っていることは本当だ。里にある畑全部に水をまける泉を見つけた。でもここまで引いてくるにはみんなの協力が必要だ。必要なのは総出のクンビットだ。手がひとつでできないこともふたつあればできる。力を合わせよう。僕は和平と和解を提案しに来た。敵同士であっても得することは何かあるだろうか？　もし答えが必要なら、自分たちの子供や作物を見ればいい。死が迫っていて、貧しさと嘆きがフォンルージュを荒らしている。そうしたら道理に耳を傾けないといけない。僕らのあいだで血は流された。それはわかっている。でも水が血を洗い流して、新しい収穫が過去の上に芽生えて、忘れ去られたあとで実ることだろう。自分たちを救う方法はたったひとつだけでふたつとない。それはもう一度僕ら自身のために村人のよりを戻して、百姓の兄弟と兄弟のあいだの集まりをまた始めて、仲間と仲間のあいだで苦労と仕事を分かちあうんだ……」

「そのへらず口を閉じなさい、おしゃべりな奴だ」ビヤンネメがうなった。「お前の言うことはもう聞いておられん。もしそれ以上続けるなら、すっかり背中の皮を棒でなめしてやるからな」

パイプを激しく地面に叩きつけて壊すと、風に当たって怒りを鎮めるために、畑を通り抜けて去ってしまった。

ビヤンネメの怒りはにわか雨のように他の者を驚かせた。三人とも黙ったままでいた。デリラがため息をつき、ロレリアンは重い手を持ちあげて、見慣れない道具であるかのように見つめ、マニュエルの口の端には深いしわが寄っていた。

「かあさん」彼はようやく言った。「このことについてどう思う？」

「ああ、せがれや、それはわたしにお前かビヤンネメのどちらかを選べということだよ」

「いや、道理か理不尽か、生きるか死ぬかの問題だよ」

デリラは迷っていて、それは煮え切らない表情や、言葉が口元で止まり、指が上着の紐をいじっていることからわかる。

しかし、マニュエルにはちゃんと答えねばならなかった。

「ドリスカとソヴェはもう灰と塵《ちり》になっている。安らかに眠ってもう何年にもなる。時は過ぎ、生活は続く。ソヴェために喪には服した。わたしの義弟で善人だったからね。でもデリラ・デリヴランスの心にうらみが宿ったことなんて決してなかった。神様がわたしをわかってくれる」

「それで君は、ロレリアン？」

「俺はお前と一緒だよ、親方。和解がこの状況から抜け出るたったひとつの方法だ。お前がちゃんと話をすれば他の連中も受け入れるだろう。それにお前みたいに弁の立つ奴は見たことがない。そのことは確かだ」

ビヤンネメは柵にもたれかかり、背中を向けて、拒否を示していた。

マニュエルは言った。

「フォンルージュはときどき腐ったにおいがしていた。憎しみというのは毒が入った息を魂に吹きかける、緑の泥と煮詰まった胆汁と腐敗して混ざった体液の底なし沼みたいなものさ。村に水がまかれ、畑を流れることになる今、かつての敵はまた友となり、引き離されていた者はまた結ばれ、村人は他の村人にとって狂犬病にかかった犬ではなくなる。それぞれの人が自分と似た者、同類の人間や隣人を認めて、畑仕事に力がいるとするなら、ここに手がある。『名誉《オネ》』とドアを叩けば、僕は『尊敬《レスペ》。兄弟、中に入って座ってくれ。食事ができているから食べていってくれ。喜んで』と答えるさ」

わかりあうことがなければ人生に意味はない。

「それが真実の言葉だ」ロレリアンが賛同した。

「僕はうちの連中も知っている」マニュエルは続けた。「すりこぎの下のアワよりも強情で頑固な頭をした連中だけれど、人は頭で考えられないときは腹で考えるもの、特に腹が空っぽのときにはね。僕はそこに触れるんだ。彼らの関心事で一番感じやすいところを。みんなに会って、ひとりひとりに話をしに行く。ブドウの房が一口で飲みこめないのだとしたら、一粒一粒食べれば簡単だ」

「でも、連中が残っているわ」デリラが心配して言った。

「死んだドリスカの側の人たちかい？」

「そうよ、せがれや」

マニュエルは笑みを浮かべた。

「彼らを悪魔の集まりみたいに『連中』って言うんだね。ああそうだ、かあさん、自信を持って言っておくけど『連中』も『自分たち』もなくなる日は遠くない。いるのは大きな水のクンビットのために集まったよき村人たちだけだろうね」

「わたしにはお前がどうするつもりかわからないけど、用心だけはするように。おとといの夜、庭で物音が聞こえたわ。起きて戸を少し開いてみたら、満月だった。男は鍵が錠にかかったのを聞いたに違いない。そのときにはもう立ち去ってしまっていたから。背中しか見えなかったけど、背格好と足取りからして、あれはジェルヴィレンだった。もし罪でなければ誓ってもいい」

マニュエルは心配する様子もなく肩をすぼめた。

「多分酔っていたか、道に迷ったかだよ。ただそれだけのことさ」

ジェルヴィレンとはバヤオンドの林の中で、フォンルージュに戻ってきた翌日に一度口をきいたきりだった。それからというもの、マニュエルはジェルヴィレンにかかわったことはなかった。ただ、最近闘鶏場で赤く燃え立つ目で変なふうにじっと見つめられた以外は。しかし明らかにジエルヴィレンは、大びんをいっぱいにしたみたいにクレランでいっぱいだった。哀れな愚か者。

「マニュエルの言うとおり」ロレリアンが言った。「あのジェルヴィレンって奴は飲んだくれだからな。酒で頭がおかしくなって、鶏泥棒みたいにあんたのところの庭に迷いこんだに違いない」

しかしデリラはあまり納得したようではなかった。彼女が目にした男は足元がふらついていなかったし、早足でまっすぐ柵のほうに向かってきた。

ロレリアンはマニュエルと握手をした。

「知らせは伝えるけど、和解の問題についてしゃべるのはお前だからな」

「よし《ブエノ》」マニュエルは言った。「あとで連中に会うことにする」

「お邪魔しました、デリラ」ロレリアンが挨拶した。

「さようなら、ロレリアン」デリラが答えた。

デリラは頑張って立ち上がろうとした。〈どうしたことかしら。粉挽きにかけられたみたいに力が入らない〉

マニュエルがデリラを引き留めた。

「ちょっと待って」

「何だい、せがれや」

「つい先日、相手の名前を知りたがったよね？　ああ、言っておくよ。アナイズさ」

「ロザナの娘のかい？」デリラは声をあげた。

「その人さ。そう聞いてずいぶん驚いた顔をしているね」

「ありえないことだからよ、マニュエル。考えてみなさい、わたしたちは敵同士なのよ」

「数日のうちにフォンルージュに敵なんてなくなるさ」

「それにビヤンネメが認めると思うの？」

「もちろん。まず最初に怒るのは確かだけど、とうさんがロザナのところに手紙を持っていくことになるはずさ。明日町に買いに行くよ。それに紳士のならいにしたがって、手紙を包むために緑の絹のスカーフも。残るは誰か手紙を書く人だな。僕はそういったことはあまり得意じゃないからね。誰か思い当たる人はいない？」

「町の教会の左脇、市場のところに二階建てでトタン屋根の家があるわ。コメ・デリラの名前でポルマさんにお願いするといい。太ったムラートで金物屋をやっているの。カウンターの奥にいるから。あの人なら書き方を知っているわ」

　デリラはまるで夢見るように微笑んだ。

「ああマニュエル、美しい娘を選んだものね。わたしが聞いたところによると、真面目で働き者よ。わたしはあの娘が大きくなるのを見た。それにドリスカとソヴェの事件の前には、あの娘は水を入れたヒョウタンを運ぶのを手伝ってくれたものよ。おばちゃんって、わたしを呼んでね、ほら、そんなふうにわたしを呼んだものよ。礼儀正しい子だったわ、あのアナイズって娘は。もし必要ならビヤンネメの前でひざまずいて、反対しないようにお願いして、奇蹟の聖母に祈るわ。『奇蹟の聖母よ』こう言うでしょうね。『わたしの子供たちをお救いください、不幸から守り、人生を導くために頭に手をかざしてください。なぜなら生活は楽ではなく、わたしたち哀れな村人には不幸が大きすぎますから』ってね」

「ありがとう、かあさん。いとしいかあさん」マニュエルが言った。

彼は感情を隠すために顔を伏せた。

「そのたくらみが終わったところで、デリラや、わしのために新しいパイプをフロレンティヌのところで買ってきてくれないか」

戻ってきたビヤンネメだった。ビヤンネメは気難しい顔をしている。それは言葉をはっきり言わないものの言い方に出ていた。

「ええ、ビヤンネメ」デリラはすぐに答えた。「ええ、おとうさん、すぐに行ってくるわね」

＊＊＊

正午までには、マニュエルが泉を見つけたといううわさは村じゅうに広がっていた。わたしたちハイチの人間のあいだにはそのための言葉がある。わたしたちが千里口《テレグル》と呼ぶもので、知らせがよかろうが悪かろうが、真実だろうが偽りだろうが、好ましかろうが悪意があろうが、口から口へ、戸から戸へとめぐって、すぐに国じゅうを回り、まったく唖然とするほどそれは速い。

フォンルージュは大きくないことから、知らせは乾いた草にブカンの火をつけるよりも速く広がって、太陽が里にたっぷり日を浴びせる時間には、村人はそのことばかり話しており、本当だと言い張る者がいれば、違うと言う者もおり、マニュエルがキューバから魔法の杖を持ってきて、水どころか財宝さえ見つけたと言う者までいて、しまいにはそれぞれが好き勝手に知らせにちょっと塩を加えたり味をつけたりするのだった。

アナイズは、マニュエルに託された使命をしっかり果たしていた。彼女は小屋から小屋へ行って、女たちとしゃべった。話を聞こうとしない者も何人かいたが、大抵はため息や、ああ神よ神様よという言葉と一緒に、現状の変化や水をまくことでもたらされるめぐみを見積もって、畑にどれだけのトウモロコシが、どれだけのアワと穀物ができるか、市場でいくらで売れるか、必要な生地は何オーヌで自分の服、旦那のズボンと上着、子供については言うまでもなく、恥で罪なことだがほとんどはだか同然で生活しているから、貧乏と病気にもかかわらず雑草みたいに強く育ってしまって（人間というものは死なせるのが難しい。他に比べようがないほどしぶとい）。

男たちについてはわからなかった。年長者でいい助言をすることで評判の名士ラリヴォワールのもとに集まる者たちがいた。その息子のシミリアンがフロレンティヌのところからクレランを一本持って出てくるのが見られた。それというのも、知られていることだが、クレランは舌を滑らかにして、考えを柔軟にするからだ。

アントワヌは足を引きずりながら、できるだけ急いでビヤンネメのところに来ていた。アントワヌは輝いていた。彼はクンビットという言葉しか口にせず、人の記憶にある限り、仕事をするためにはこれ以上美しく、これ以上体を熱くさせるものは聞いたことがないような、マニュエルを歌った曲を作るだろうと言い張った。

しかしアントワヌはビヤンネメにさっさと追い払われてしまった。それでもアントワヌは機嫌を損ねなかった。小屋の戸口に座って、革をしっかりと張り、音が遠くまで届いて、里全体にいい生活がまた始まるという知らせを響かせるため、太鼓のひもを締め直した。

「おい、シミドールよ」ひとりごとを言うのだった。「錆びついていないか、まだ指が萎えてしまっていないか、蜂の巣箱に蜂蜜があるみたいに頭に歌がまだあるか、試してみようじゃないか」

耳を傾けながら太鼓を鳴らしてみた。歯の抜けた口が大きく笑みを浮かべる。すぐに太鼓に革ひもを通して、日の出に村人の一団を率いることになるだろう。歌詞が生まれつつある曲の拍子にのり始めた。

ジェネラル・マニュエル、サリュ・オ、サリュ・オ

声が鍬を振りおろすのを指揮するだろう。

サリュ・オ
サリュ・オ

子供たちがそれを聞きに駆けつけて、アントワヌの周りを囲んだが、アントワヌはこの子供たちを追い払った。自分ひとりでいて、何にも邪魔されたくなかったからで、その一方、太鼓を打つ中で歌が熟していった。

# 第十一章

マニュエルは村人たちをひとりひとり説得した。数年のあいだで、彼らは憎むことに慣れてしまっていた。憎しみが彼らの、自然の力に対するやり場のない怒りの対象と槍玉になっていた。しかしマニュエルは、里が渇き、植物が嘆いているが、水は約束されていると、想像しうるあらゆる光景を厄介な言葉からやさしいクレオール語に置き換えて説明した。マニュエルは収穫の中を想像で歩かせた。彼らは目を輝かせて聞くばかりだった。ただひとつだけ条件があり、それは和解だった。どうすればいいだろう？　それはたったひとつ、橋を渡るように何歩か進み、貧困の悪しき日々をあとに残して、豊かさの中に入ることだ。そうだろう、コンペ、何か言うことはあるかい？　話し相手ははだしで、身にまとうボロ着は破れて、飢えてやせていて、黙って耳を傾けた。確かにあの昔の話にも飽き飽きしている。とどのつまり、あれが何の役に立ったのだろう？　ドリスカとソヴェのため、ふたりの魂が休まるように一緒にミサをあげたらどうだろう？そうしたらふたりも墓の中で和解して、生ける者たちも穏便になれるかもしれない。死者が不満だということは厄介で、危険でさえある。まず確実なのは、このまま滅びるわけにはいかないということだった。そうだとすると？　そうだとすると、こんな状態なんだから賛成だろう。それで誰が向こうの連中に話をつけに行くんだ？　僕さ、とマニュエルは答えるのだった。

……もう一方の者たちはラリヴォワールのところに集まっていた。知らせは重大で、助言が求められた。ラリヴォワールはあごひげを何本かなでていた。その目は落ち着いてずる賢そうで、口は用心深そうだ。目に見えるものを測って、口にされたことはまずは賛成と反対のはかりにかけた。年の功からこの知恵を得たのだった。フォンルージュを分断する血が流された争いの中で、ラリヴォワールは親族関係だけを理由に立場を決めたが、節度をもってそうして、人々の気が高ぶるのを抑え、必要に応じて彼らをなだめた。ラリヴォワールの言葉には耳が傾けられ、尊重された。彼の意見は判決に値した。

「そういうわけで、連中は水を得ることになる」モレオンが言った。

モレオンはそれ以上言おうとはしなかった。彼の視線は街道を越えて、日の光に打ちひしがれた自分の畑に向けられた。フロレンティヌに十五ピアストルのつけがあった。イラリオンに支払いとして鹿毛の雌馬を要求されていた。いい家畜で、その四倍の価値はあった。それに妻のシアは熱で寝こんでこじらせており、いかなる薬も彼女の熱を下げることができなかった。ドルメウスは悪意を持った人間が呪いをかけたのだと言い、人を食いものにするあの男は呪いを払うため金をたくさん要求していた。そうだ、それぞれが悩みを抱えていて、状況を理解していた。

日の光がヤシの木の葉を突き抜けてあずまやを覆い、縞《しま》のむしろを地面に描いている。がたがたするテーブルに、クレランのびんとほうろうのコップが置かれていた。

ピエリリスが手ずからコップに注いで、地面に数滴垂らし、なみなみ入った残りを飲んだ。

「それは本当だろうか？」ピエリリスが聞いた。

ピエリリスは手の甲で口を拭いた。

「それが問題だ」彼は繰り返した。「知らせは本当だろうか」

ラリヴォワールは椅子をうしろに傾け、あずまやの柱に椅子の背をもたせかけた。彼は眼を細めた。サヴァンナでは、光が白く焼けた針の踊りを踊っていた。それは耐えられないものだった。

「嘘というのは」ラリヴォワールは言った。「投資の掛け金みたいなものだ。見返りがなければならない。あのマニュエルに嘘をついて何の得がある？　何の利益がもたらされる？」

「連中は自分たちの畑に水をまくことができる」テルモンフィスがため息をついた。

「俺たちはのどを涸らしてそれを見るだけだ」イスマエルが言った。

しゃがんだままのジェルヴィレンは何も言わなかった。眉毛の下に奥まったその小さな目は、気味の悪い炎を抱いていた。

「あいつらは運がいいな、いまいましい連中め」ジョザファがつぶやいた。

ジョザファはマオティエールの若い女と暮らし始めたところだった。ここ二日は、固くなったビスケットをわずかばかりのシロップにつけてしのいでいた。マリアナは文句を言わなかったが、影のように黙っていた。それはどんな叱責よりもつらかった。

「駄目だ」ネレスタンが声をあげた。

全力をこめて拳をテーブルにたたきつけた。

「駄目だと言ってるんだ!」

分厚い胸板が喘《あえ》ぎ、顔が汗で濡れていた。

「何が駄目なんだ?」あごひげを引っ張りながらラリヴォワールがたずねた。

ネレスタンは再び腰を下ろした。ネレスタンは弁が立つわけではなかった。そのせいで彼は野生の雄牛のように荒々しい。言葉で説明できることは、相手の鼻の下に拳で打ちこんだ。その手は洗濯棒みたいで、インディゴなしで人に青あざをつけられた。

沈黙がやってきた。ラリヴォワールの闘鶏がシナモンの色をした羽をばたつかせて鳴いた。庭の奥にいる他の雄鶏たちがそれに応じた。

「フォンルージュを離れる」ジョザファが言った。「連中が生活を楽しむそばで、俺たちが貧しさを噛みしめ続けるぐらいなら」

「お前は家から家へと施しを求めて道を行くつもりか?」ルイジメ・ジャンピエールがあざ笑った。

「俺の畑では、トウモロコシが三十袋いっぱいに取れたもんだ」イスマエルが言った。「サツマイモときたら、豚を太らせるのに十分なぐらいできた。土地は相変わらずそこにあって、いい土は少しばかりの水を待っているだけ。どれだけ長いあいだ雨が降っていないんだろう」

「そんなのはみんな無駄口だ」モレオンが口を挟んだ。「俺たちはどうするんだ?」

「なすすべがない」がっかりと肩を落としてジョザファが言った。

「お前たちは人間か犬か、どっちなんだ？」

ジェルヴィレンが飛び上がった。大きな怒りに震えていた。目が顔の上で炭火のように赤く光っている。口角から泡を吹いて少し白くなっている。

「不幸のロザリオの玉を拾う女みたいにそこにしゃがみこんでいればいいさ。お前らの中にはひとりも肝の据わった男はいないんだな」

ジェルヴィレンは軽蔑するようにつばを吐いた。

「腰抜け連中め」

ネレスタンが立ち上がった。ジェルヴィレンの腰を押さえていた。

「それは言ったら駄目だ、駄目だ」

「座れ《シタ》」ジェルヴィレンが声を荒らげた。

他の男たちが驚いたことに、ネレスタンは従った。首をすくめて、ネレスタンは椅子の上でクマのように身をゆするのだった。

「俺たちが何をすべきか教えてやるよ」

ジェルヴィレンの声はかんなのようにきつく軋《きし》んでいた。嚙みしめた歯のあいだから言葉を絞り出そうとしていた。

「俺たちが水を取る、力ずくで取るんだ」

「そう来ないとな」ネレスタンは歓喜した。

どよめきが起こった。おのおのが口を開こうとする。女たちは柵のところまで出てきて、何が起こっているか様子を見ていた。

　ラリヴォワールが両手を挙げた。

「聞きなさい」ラリヴォワールが言った。

　彼はざわめきが収まるのを待った。

「聞きなさい。もし災いを避けるつもりならわしの言うことをよく聞きなさい。ジェルヴィレン、お前は死んだドリスカから血の気の多い性格を引き継いだな。お前を責めるつもりはない。だがわしはお前が若いときからその性格を知っている。お前の母親コメ・ミラニズはお前のことを鞭で打つべきだったが、猿は自分の子猿を醜いと思わないもの、お前の気分を害さないためにそう言っておく。力ずくで水を取ると言うが、力というものは常に決まりに従うものだ。みんなしまいには刑務所行きになるぞ。もうひとつ知らせがある。重要な知らせだ。アナイズがうちのかみさんに今朝会いに来た」

　アナイズの名前を聞いて、ジェルヴィレンは全身を震わせ、黒い岩に刻まれたように表情がこわばった。

「アナイズが来て言うには、あの娘が聞いたところによると、水は村まで引いてこなければならないが、それにはフォンルージュ全住民のクンビットが必要らしい。というのも、それはかなりの骨折りで、マニュエルのところの人間たちだけで成し遂げるには難しすぎる仕事らしい。そうなると和解しなければ水は今ある場所にとどまったままになる。必然的にな」

　ジェルヴィレンは噴き出した。聞くだに恐ろしい笑い声だった。錆びたトタンを引き裂くようだった。

「お前らにはわからないのか」ジェルヴィレンは声をあげた。「マニュエルとアナイズがグルだってことが」

「言葉に気をつけろ」ジルが言う。「俺の妹だぞ」

「黙れ、馬鹿野郎」ジェルヴィレンが吠えた。

「いとこ……」ゆっくりとはっきりとしない声でジルが言った。

突然その手がなたの柄にかかった。

「お前たち、気が狂ったのか？」

ラリヴォワールがあいだに入った。

「礼儀を知らん奴らだ、ああいまいましい。わしの白髪に敬意も払わず、この家で血を流そうと言うのか」

「申し訳ない」ジルが言った。「妹を侮辱したのはあっちだ」

「俺は本当のことを言ったのさ」ジェルヴィレンが答えた。「もしアナイズが血を好むんだったら、まったく残念、残念至極だ」

「ジェルヴィレン、向こうに行きなさい。ジル、ここに座りなさい」ラリヴォワールが命じた。

ラリヴォワールは村人たちのほうを向いた。

「聞いただろう。お前たちはどうする？」

「兄弟たち」ジェルヴィレンが声をあげた。「連中はお前らを買収して、わずかばかりの水とお前らの良心を交換しようって魂胆だ」

「いいから静かに」ラリヴォワールが言った。「他の者にも話をさせなさい」

しかし村人たちは口をつぐんでいた。頭の奥まで食いこんでくるようなジェルヴィレンの視線を顔の上に感じる。

水。太陽に照らされて里を流れる水。畑の水路に流れるせせらぎ、草の髪に当たると立つざわめき。空からの光が反射してやわらぎ、葦を映した揺れる水面に溶けていく。泉で濡れたヒョウタンや、赤土のつぼに水を汲む女たち。洗濯をする女たちの歌。水を飲んだ土地、高く実る穀物。

村人たちは誘惑と戦っていた。

「よく考える時間が必要だな」イスマエルがつぶやいた。

「犬みたいに気持ちというものがない人間がいるようだな」ジェルヴィレンが苦々しそうに言った。

イスマエルは答えなかった。〈トウモロコシが三十袋〉彼は考えた。〈それにサツマイモと穀物〉

他の村人たちも自分の畑でどれだけ収穫できるか考え、計画を立て、将来の見込みをつけていた。それでも何も口にしようとはしなかった。ジェルヴィレンがいることが気になった。ジェルヴィレンが自分たちの真ん中にいた。その視線が、怒り狂ったネズミのようにひとりひとりの上を走っていた。

ラリヴォワールはみんなが決めかねていることに気づいた。

「では、急ぐこともない。むしろ頭を冷やしてこの問題をよく考える必要がある。もし神の思し召しにかなえば明日、決定を下すためにまた集まろう」

村人たちは立ち上がった。どうしようもないジェルヴィレンは誰にも、ラリヴォワールにさえ挨拶をせず最初に立ち去った。

柵のところでネレスタンが追いつき、体の大きな男がそうしろと言われて子供に話しかけるような控えめな調子で言った。

「コンペ・ジェルヴィレン、お前に言うことがある」

「クソったれ」相手は振り返りもせずに答えた。

# 第十二章

ビヤンネメのほうでは、強情な態度を見せていた。

かろうじてマニュエルに話しかけるが、それでも何かを言いつけるだけだった。「これをしろ、あれをしろ。白ブチの雌牛を連れてこい。自分でポンブデに売りに行く」

マニュエルはアナイズから、ラリヴォワールのところで何があったかを聞いていた。ジルがジェルヴィレンに対する怒りで息を詰まらせながら帰ってきて、あの横柄な態度を治すには尻のところから頭を切ってやらないといけないと言うばかりだった。自分の息子が警官に捕まる姿が見えて、太ったロザナは寒気がした。ロザナが気を失ったことで、ジルは本当に怖くなって、それで気を鎮めた。しかし彼は和解に賛成だと宣言した。ジルは他の村人を説得する動きを始めて、多かれ少なかれモレオンにイスマエル、テルモンフィスとピエリリスを引き入れることに成功した。ラリヴォワールは無言のまま彼らを励ました。本当に反対なのは、ジェルヴィレンとネレスタンだけだった。他はまだ迷っているが、どんどん弱気になっていた。というのも、マニュエルが予想したことが始まったからである。女たちが彼らの生活を不可能にしはじめたのだ。女たちは男たちの耳に何千という質問とたくさんの文句をぶつぶつ言って、休むことなく困らせた。それはスズメバチよりもひどかった。たとえ外に出て空気を吸ったり、フロレンティヌの店に酒を飲みに逃げたりしても、帰ってくれば女たちが柵のところや戸口で待っていて、不平はますますひどくなった。

ルイジメ・ジャンピエールは我慢できなくなって、口火を切った妻を黙らせるため狙いすまして平手打ちを食らわせる仕草さえしたが、妻が「人殺し」と叫んで脅し、醜聞を恐れたルイジメが家を出た結果、その手のひらにはむずがゆさだけが残った。

そうなると妻は勝利を目にして、ルイジメをあらゆる種類のことわざで困らせ始めた。腐った歯は熟れたバナナにしか歯が立たない、つまりルイジメは力なく抵抗もしない女をそんなふうに扱うという意味だった。妻がしばらくのあいだこの調子で続けたため、しまいにはルイジメは自分を抑えきれなくなって、その口からまっすぐにあふれ出てきた言葉をまとめて伝えた。すると近所の人間を集めてくるかわりに、妻が泣き崩れたので、ルイジメは心がくじけて、恥ずかしく思い、後悔した。

ジョザファの嫁であるマリアナまでが沈黙を破っていた。

「マオティエールでは」マリアナは言う。「水がある、うちではね。畑には水をまく必要すらない。冷気で朝に露がおりるだけで十分。目が覚めると一面が朝露に濡れて輝く。一度はその光景を見ないとね。日の光の泡みたいだから」

マリアナはため息をついた。

「ああそうよ、マオティエールは神のおかげで生活が楽だった」

ジョザファがたずねた。

「あの和解の話をどう思う？」

「男たちが主人でしょう。あなたたちが決めるのよ」

ふたりは小屋の中にいた。ジョザファは妻を引き寄せて腕に抱きしめた。

「ジョザファ、あなた」マリアナが言った。「何日か前からあなたに言いたかったの。子供ができたのよ。でもこんな貧しさの中で生活を続けるなら、最後までこの子を宿しておける力はないでしょうね」

「じゃあ、お前……」

ジョザファは彼女を離した。額にしわが寄っていた。

「ええ」マリアナははっきりと答えた。

ジョザファは考えこんでいるようだったが、顔が晴れやかになった。

「赤ん坊がそう命じているんだ。ジルに賛成だと言おう」

「命じているのはいのちよ」マリアナは言った。「それに水も、それがいのちの答えよ」

……こんなふうにして物事はうまく進み、折りあいがついていく様子だった。ジェルヴィレンはそれをちゃんと感じとっていて、思う存分に呪いの言葉をぶちまけた。ところで、ラリヴォワールのところでの会合以来、ジェルヴィレンが酔いから覚めることはなかった。ネレスタンがそれにつきあっていた。しかしジェルヴィレンとは逆で、ネレスタンは酒を飲むと陽気になった。乱暴さは少しも残らなかった。ネレスタンは大樽のように扱いやすくなった。斜面まで押していくだけで、口を大きく開けた酩酊の底まで転がっていった。ジェルヴィレンはネレスタンをたきつけようとした。なすすべがなかった。相手は口を大きく開けて笑っていた。何を笑っているのだろう？　以前人から聞いた話で笑っているのだ。ネレスタンはその話を忘れてしまっていたが、おかしかったことだけは覚えていた。しまいにはジェルヴィレンが罵ったため、ネレスタンは気を悪くして、グロッグのせいで突風に吹かれたヨットのマストみたいに傾きながら、道で会う人間にこう繰り返しながら帰っていった。このネストール・ネレスタンは、性格がいいからジェルヴィレンをノミのようにつぶしてしまわなかったんだ……

当然のことながら、こうした出来事すべてがイラリオンの耳に届いていた。それを耳にしても、ちっともうれしくなかった。あのマニュエルが自分の計画を邪魔する。でもなぜだろう？　もし村人たちが自分たちの土地に水をまけるようになったら、借金やフロレンティヌのところでたまった高利貸しへの返済に土地を明け渡すのを拒《こば》むことになるだろう。あのマニュエルを捕まえて町の刑務所にぶちこみ、どこに泉があるのか聞き出さねばならなかった。口を割らせる方法はある。そうしたら村人たちを待たせたままで干上がらせて、元気も希望も失ったところでイラリオンが畑を取り上げて、ちゃんと水のまかれた土地数区画分の地主になれるだろう。面倒なのは、大尉と治安判事と分けあわねばならなくなることだった。彼らはがめつい連中だった。でもイラリオンがいちばんいい場所を取れるように、何とかできるだろう。

まずすべきは、マニュエルを確保することだった。どうにせよあれは不穏分子で、反逆的な言葉で村人たちに語りかける危険人物だった。

「あなたは自分の務めをするまでよ」イラリオンがどぶから拾ってきたラ・クロワデブケの娼婦あがりで、たちの悪い熱のように金にとりつかれたフロレンティヌが言った。「マニュエルは法と既成の秩序に逆らって、政府にも逆らっている」

「良心にかけて」イラリオンは誓った。毛の生えた大きな手を、胸に輝く地方警察巡査の記章の上に置いた。「良心と神の真実にかけて、これは俺の義務だ」

……誰が、フォンルージュでいのちが息を吹きかえすと思うだろう？

燃え盛る昼下がり、中腹から疲弊した丘がそびえていた。パンの木は日照りで病気にかかり、カラスたちの宿り木になっていた。激しくカアカアと鳴く声がしばらく静まるころ、バヤオンドの中でホロホロチョウの押し殺したような鳴き声が聞こえた。ゾンビ沼が風で蚊の大群とともに村に降りかかる、熱くて腐った臭気を放っていた。

「馬に腹帯はちゃんとついているか？」ビヤンネメが声をあげた。

「ああ」革ひもを最後にもう一度引きながらマニュエルが答えた。

デリラは太陽に向かって顔をあげた。

「日が暮れるまでに帰ってくるのよ」

デリラはため息をついた。この旅をやめさせるために、ありとあらゆることをした。

ドリスモンがこのときのために貸してくれたびっこの栗毛の馬が、ヒョウタンの木の下で待っていた。ビヤンネメはあぶみに足を掛け、多少無理をして鞍にのぼった。この鞍はビヤンネメに残された最後の栄光だった。しかしシャブラク〔原註：鞍を覆う布〕が欠けていた。袋で代用されていた。

「行ってくるぞ、デリラ」ビヤンネメが言った。

そしてマニュエルに向かって言った。

「馬を外せ。手綱を渡せ。柵を開きに行ってこい」

「いってらっしゃい、あなた」デリラが答えた。

ビヤンネメは舌を鳴らし、かかとで打って栗毛馬を進めた。牝牛はおとなしくついていった。

マニュエルが柵に使われている竹をどかした。

「道中気をつけて、いいかい、とうさん」マニュエルは言った。

「わかっておる」ビヤンネメは顔を背けたまますっけなく答えた。

マニュエルは小屋のほうに戻ってきた。アザミが生えるままにしてある畑の中、サボテンの柵の下でマブヤ〔原註：熱帯の小さなトカゲ〕たちが膨れたやわらかい腹を小道の砂埃の上に引きずって、追いかけあい、飛びつきあっていた。

「頑固者の中の頑固者ね」年老いたデリラが不平をこぼした。「お前では自分のかわりに牛を売りに行く役目が果たせないだろうというみたいにね。自分の歳のことがわかっていないのかしら？　そうやって、ブデの軒下かどこかで夜を過ごさなければならなくなるんだから。夜の冷気なんて、リューマチにちっともいいことはない。明日同じだけ長い道を戻ってこなけりゃならないことも考えないで。本当にあのビヤンネメは聞きわけのない人なんだから」

マニュエルは遠出で父親が疲れてしまわないようにと望んだが、行くのをやめさせるためにくどくど言いはしなかった。マニュエルは父親がいない機会を、同日の夜にラリヴォワールのところで開かれる会合に行くために利用しようと思っていた。思ってもみない訪問があちらの村人たちを驚かせるだろうから、躊躇する間も与えず、現状から抜け出すには和解しかないと説得しようと考えていた。

はやる気持ちを抑えるため、マニュエルはラタニアヤシの帽子を編み始めた。軒下で母親が近くに腰を下ろした。

「今朝早く」デリラは言った。「アナイズに会った。あの娘は明らかに、洗濯をしにマオティエールに行くところだった。ボロ着でいっぱいになったかごを抱えていた。あの娘がこんにちはと言ってきた。『こんにちはおかあさん』って言ったのよ」

マニュエルは指をてきぱき働かして藁を結び、編みあわせていった。

「それでわたしがあの娘になんて返事をしたかわかる？　こんにちはお嫁さんって答えたの。あの娘は歯を見せて微笑んだわ。歯が白くてきれいで、目が大きくて、肌が絹のように肌理《きめ》こまやかで、それに髪の毛を長く編んでいるのね。頭に巻いたスカーフの下まで髪の房が見えた。本当に神様が自らの手であの娘を飾ったのね」

「でもわかるかい、本当に大切なのは見た目の美しさじゃなくて身持ちのよさで、あのアナイズはしかるべき節度で、正反対を装うことなんてできないだろう。近ごろじゃあそういった娘を見つけるのも簡単じゃない。最近の若い女は先祖からのならわしを大切にしないからね。町に目がくらんでいるのさ。唐辛子で足の裏をこすられたみたいに。放蕩女たちは自分のいるべき場所にいない。野良仕事は若い女にとっては楽じゃないから、金持ちのムラートのところで料理女として働きたがる。そうしなければならないというかのように」

年老いたデリラは、けしからんというふうに口をとがらせた。

「罪よ。それは罪だとわたしは思う。このわたしはそう言うからね」

＊＊＊

……コンペ、マオティエールの泉を知らないのかい？　そりゃああんたがそこの人間じゃないってことだよ、兄弟。丘のくぼみにその泉が流れている。小屋と畑から離れて、ゆるい斜面を通っていくと谷間に着く。そいつは切り立った断崖とモンバンの木の枝でできた影で涼しい谷間さ。シダがそこらじゅうに生えていて、湿り気がしみ出してクレソンやミントが流れの穏やかなところで水に濡れているのさ。岩の下ではザリガニがとれて、あまり大きくはないけれど、人の目につかないように日が当たった水の色をして、頭のいい生き物なのに、かご何杯分もとれて、米を添えれば結構な食事だ、信じてもらってもいい。

日の光が土砂の上で戯れ、水は洗濯をする女たちが濡れた衣類に打つ洗濯棒のパンパンいう音に混じって、終わることのないおしゃべりを続けているみたいで、それは涸れることのないざわめき、女たちの歌の伴奏をする陽気なつぶやきとなる。

いいや、マオティエールに住んでいる人間は文句を言えない。彼らにはすべて必要なものがある。段々畑にされた赤くて肥えた土はあらゆる穀物に適している。アボカドの木、マンゴの木が小屋を日中の厳しさから守って、囲いには赤い鈴の房が伸びていて、あれは何と呼ぶのだったろうか？　ベル・メキシケヌ、そうだ、そう呼ぶのだった。

しかしマオティエールの村人たちが恵まれているのは、泉があることだ。周りのどこにもこれほど飲んでおいしくて澄んだ水はなく、そしてプレザンスに向かって谷間に開いた湾曲の中を通って、里の平地にたどり着き、そこの人間が稲田に水を広げたんだ……

マオティエールの年寄りたちは、水の精はムラートの女だという話をする。真夜中に水の精が泉から出て歌い、流れるその長い髪に櫛を入れると、ヴァイオリンよりも優しい音楽が奏でられる。それは聴く者が身を滅ぼす歌で、そこから救い出すための十字の印も「父の名において」もないし、呪いにかかって、簗《やな》に捕らえられた魚みたいになり、水の精は泉のほとりで待っていて、歌を歌うと微笑みかけて、水の底についてくるようにというしぐさをし、その人はそこから二度と戻ってくることはない。

アナイズは身にまとったボロ着を砂利の上で乾かすために広げた。彼女の服や、青や紫や赤のマドラス織、その他のものも広げた。兄のジルのズボンは、それがないと恥ずかしい場所に大きな継ぎが当てられていた。レースの裾飾りがあるロザナのスカートは高齢の女がはくようなもので、白いハンカチはしっかり糊づけをしなければならず、母親が町に行くときに黒いショールと一緒にかぶるものだった。

アナイズは洗濯ものの上にかがみこみ、その働き者の手が衣類をねじると石鹸が噴き出る。反った腰、硬くピンと張った胸、とても黒く滑らかな肌をしたアナイズは、ギニアの女王に似ている。

いとこのロズリアがその横で洗濯をしている。ロズリアはとめどもなく話しに話し、フォンルージュに関する本当の話や作り話をする。このロズリアは口さがない。それでもアナイズには聞こえているが聞いていない。アナイズの思いはマニュエルにある。

〈いとしのマニュエル〉アナイズは思い浮かべると、漠然とした熱い波が彼女の中に忍び込み、目を閉じたくなるような心地よいめまいを感じる。昨日の夜は、マニュエルが優しく触れ、波が自分の体の震えとなり、燃える流れの偏流に流され、波のひとつひとつが彼女の体の震えであり、彼はアナイズの全身を覆い、彼女と交わり、アナイズは肉体の奥深くからほとばしり、幸福で解き放たれたようなうめきで広がった血が裂けるような歌を叫んだときにしか、マニュエルから口を離さなかった。

〈わたしはあの人の妻〉と彼女は考え、笑みを浮かべる。〈ここでわたしに出会うため、あなたはキューバからここまで長い道を歩まなければならなかったのね。それは童話みたいに「むかしむかし」で始まる話、でもそれは幸せな結末で終わる話、わたしはあなたの妻、だけど、ああ神よ、死や不幸だらけの話もあるものだから〉

「手が動いていないようだけど、疲れたの？」ロズリアがたずねる。

アナイズは夢から覚めたかのように頭を振る。

「そうじゃないわ」彼女は答える。

アナイズは洗濯棒をつかんで衣類を叩く。藍が落ちて流れ、水に線が入る。

ロゼリアにはすでに子供が四人いる。胸はやせてしぼんでいる。ロズリアは羨ましそうにアナイズの膨らんだ胸、ブドウのように薄紫色の乳首を見る。

「あなた、結婚しないといけないわね」

「わたしが？」アナイズが言う。「まだこの先、十分時間があるわ」

アナイズは笑いで息が詰まり、ロズリアはそれを若い女に特有の内気さのせいだと思う。しかしそれは、こういう意味の笑いである。「びっくりさせるためよ。あなたたちがわたしの小屋にマニュエルと一緒にいるのを見たら驚くでしょうね。畑には月桂樹、水路沿いには葦が生えているでしょう」

＊＊＊

……その日は夕暮れとなって終わり、空はかすみ、丘は姿を消し、林は影に飲みこまれ、細い鎌のような月は雲の中を旅し始めて、夜が来た。

次から次へと台所のかまどの火が消えていった。狼男が怖いくせに、ぐずぐず庭で用を足している子供を呼ぶ、女の不満げな声が聞こえる。一匹の犬が鳴き、もう一匹が応じ、戸から戸へと遠吠えの合唱が起こる。

休息のときが訪れ、それぞれがむしろの上に横たわりに行き、目を閉じて、眠りの中で身の不幸を忘れようとする。

フォンルージュは闇の中で眠りにつく。ラリヴォワールのところを除けば、ひとつも光はない。あずまやの下、小さいランプがテーブルの真ん中に置かれており、すでに何人かの村人がそこにいる。家の主《あるじ》、息子のシミリアン、ジル、ジョザファ、イスマエル、ルイジメ。他も遅れることなく来るだろう。

マニュエルはそれを知っていて待つ。

「マニュエル、寝ているの、マニュエル？」隣の部屋から母親がたずねる。

ベッドに座り、マニュエルは返事をしない。寝たふりをしている。たったひとつ、聖人の像の前でひまし油に濡れた常夜灯の芯が燃えている。たてつけの悪い窓の下から風が吹きこみ、炎を揺らして、あせた色を輝かせる。それは聖ジャックの像であると同時に、ダホメの神オグンでもある。聖像は逆立ったひげ、振りあげたサーベルのせいで凶暴な姿に見え、炎が色とりどりの赤色をしたその衣を舐める。まるで新鮮な血を舐めているようだ。

静けさの中、母親が眠るのにふさわしい場所を探し、藁布団に戻るのがマニュエルには聞こえる。デリラが言葉をつぶやくがマニュエルには聞こえず、それはもしかしたら祈禱、最後の祈りかもしれない。デリラは天使たちとごく親しい間柄の人である。

時間が過ぎ、マニュエルはついにじっとしていられなくなる。彼は扉のところへ言って聞き耳を立てる。

「かあさん」小声で呼びかける。

穏やかな寝息が聞こえてくる。年老いたデリラは眠っている。

マニュエルは細心の注意をはらって窓を開ける。錆びた蝶番《ちようつがい》が少し軋む。彼は闇の中に抜け出す。小さな犬はそれに気づくが、吠えずにしばらくのあいだ彼のすぐうしろを歩く。悪魔の巣にいるかのような真っ暗闇である。幸いなことに、小道の上にはわずかに一筋の光が差している。サボテンが畑に沿って暗闇の壁をなしている。コオロギが草の中で鳴いている。マニュエルはむしろ状の柵をまたぐ。街道に出た。

ラリヴォワールの小屋までは遠くない。あかりがしるべとなってマニュエルを導く。アナイズの家の前を通り過ぎる。〈こんばんは〉と心の中で言う。マニュエルは折り曲げた腕に顔をうずめて眠るアナイズを想像すると、大きな欲望にとらわれる。今週ビヤンネメとデリラが求婚の手紙を持っていくだろう。あのポルマ氏は、何と見事な言葉で書いてくれたことか。彼はまるで口からシロップがしたたり落ちるかのように舌で唇を舐めて満足しながら、マニュエルのために声をあげて読んでくれた。その後マニュエルにラム酒を一杯勧めてくれて、それは本当に上等な酒だった。マニュエルは読み書きができないことをいつも後悔していた。だから、水をまいたおかげで生活がよくなったら、町の司政官に、フォンルージュに学校を建てるよう要請するだろう。村人たちに有志で学校のための小屋を建てようと提案するだろう。教育は大切で、生きることを理解するのに役立つ。その証拠にストライキのとき、キューバでの彼の同志《コンパニエロ》が政治の話をしてくれた。政治を知っていて、あのちくしょう《エル・イホ・デ・ス・マドレ》、とりわけこみいった状況を解きほぐして説明してくれ、目が覚めるようだった。陽光にあてて乾かすためにすすいだ洗濯物を干すように、個々の問題がその理屈の線上に並べられ、手に取るように見えた。彼は手でパンのかけらをつかむぐらい明らかに出来事を説明してくれた。相手の手が届く範囲で説明してくれるのだ。もし村人が学校に通うようになれば、簡単にだまされたり、都合よく使われたり、ロバみたいに扱われたりしなくなるのは確かだ。

マニュエルはラリヴォワールの家の柵の前にたどり着く。闇夜が彼を包んでいる。村人たちはあずまやの下で車座になっている。ジェルヴィレンが話をする。他はそれを聞く。ラリヴォワールが頭を振り、話をやめさせる仕草をするが、ジェルヴィレンは続ける。ジェルヴィレンは腕を振りあげ、地団駄を踏む。

「名誉《オネ》」マニュエルが声をかける。

「尊敬《レスペ》」ラリヴォワールが答える。

マニュエルは足早に前に進む。村人たちは彼が明かりに照らされた中に入ってくると、それが誰だかわかった。立ち上がる者もいれば、口をぽかんと開け、あっけにとられ固まって椅子に釘づけになったままの者もいる。

「お邪魔するよ、兄弟たち」マニュエルが言う。

「尊敬をもって」ラリヴォワールが答える。「入りなさい」

「こんばんは、兄弟たち」

しぶしぶ返事をする者もいれば、しない者もいる。

ラリヴォワールが椅子を勧める。

「もしよろしければ」マニュエルが言う。「あなたの白髪を前に立ったままで」

ラリヴォワールが口の端で微笑む。ならわしを知っているな、マニュエルの奴。

マニュエルはあずまやの柱に肩でもたれかかる。

「僕は平和と和解のために来ました」

「話しなさい」ラリヴォワールが言う。「みんな聞いているから」

「確かにみんなが言うように、うちの年老いた母親の頭にかけて誓うのですが、大きな泉を見つけたのです」

「嘘だ」ネレスタンがうなった。

「僕は誓いを立てた、コンペ・ネレスタン。偽りを言う習慣はない。思い出してほしい。僕らの背丈がまだこれぐらいで幼かったころを。いつかドリスモンの畑でトウモロコシを盗んだと君が訴えられたとき、僕は自分がやったと認めるために名のり出て、父親に背中の皮がはがれるほど鞭で打たれたことを」

「そうだったな」ネレスタンが声をあげた。「ああ、お前はよく憶えているな」

ネレスタンは大きな口をいっぱいに開けて笑い、キリスト教徒の頭をつぶすぐらいに自分の太腿を叩く。

「口を閉じろ」怒ったジェルヴィレンが軋むような声で言った。

「そのトウモロコシは林の中でジョザファとピエリリスと一緒に焼くために盗んだんだ」

〈悪知恵の働く奴だな〉とラリヴォワールは感心して思う。〈嵐をそらした〉

「僕は外国に出ていった」マニュエルは続けた。「そして帰ってきたら、フォンルージュが日照りで荒れ、比べるものもないほどの貧しさに陥っていた」

マニュエルは間を置いた。

「そして村人たちが不和でバラバラになっているのがわかった」

再び気まずい空気が流れる。村人たちの顔がこわばる。

マニュエルは本題に入った。

「日照りと貧しさから抜け出す方法がひとつある。この不和を終わらせることだ」

「終わらせることなんてできない」ジェルヴィレンが叫んだ。「血が流れたんだ、ドリスカの血が。俺の父親だ。お前たち、忘れたのか？」

「そしてソヴェは刑務所で死んだ」ラリヴォワールが言った。「復讐は果たされた」

「違う。なぜなら俺がこの手でそれを果たしたわけじゃないからだ、俺自身の手で」

激しいしかめ面でジェルヴィレンの顔はゆがんでいた。ジェルヴィレンは手を大きなクモのように動かしていた。

「コンペ・ジェルヴィレン……」マニュエルが話し始めた。

「なれなれしく呼ぶんじゃねえ。俺はお前と何の縁もない」

「村に住む者はみんな似た者同士で」マニュエルは言った。「みんなたったひとつの家族だ。それだからお互い兄弟、コンペ、いとこ、義理の兄弟と呼びあうんだ。お互いがお互いを必要としている。お互いに頼れなければ滅びる。それがクンビットの真実さ。僕が見つけた泉は、フォンルージュ村に住む全員の協力を必要としている。無理だと言わないでほしい。いのちがそう命じている。いのちが命じるときには、手を挙げて答えなければならない」

「お見事」ジルが言う。

〈いのちが命じる〉マリアナが言ったのはそれではなかっただろうか？

ジョザファが立ち上がる。

「手を挙げよう。賛成だ」彼は言う。

「おい、水は十分にあるのか？」イスマエルがたずねる。「俺の畑は昔、トウモロコシ三十袋がしっかりできたもんだが」

「それぞれが必要な分、満足できるだけある」

「ならず者め」ジェルヴィレンがつばを吐き出した。その振り返る動作があまりに荒々しかったため、イスマエルは手でなたを探った。

「ああ、コンペ・ジェルヴィレン」イスマエルはゆっくり頭を振りながら、それでも用心した目つきで言う。「身内に対する礼儀がなってないな。いつか後悔することになるぞ」

「厄介な奴だ」モレオンがつぶやいた。

「わかった、お前らはみんな俺に反対なんだな」

べたべたする胆汁のよだれをたらすようにジェルヴィレンが言う。

「お前らはほんのわずかな水のために、魂を売っちまったんだな」

「お前はクレランのために魂を売るんだろう」

ジルの言ったことがジェルヴィレンには聞こえなかったようだった。

「あんたに関して言えば、ラリヴォワール、よく家族を守ってくれた。ありがとう。礼を言う。あんたの歳に配慮して、あんたについて思うことは、こいつらクズの集まりに対するのと同じく、言わないでおこう」

「しかしだな」ラリヴォワールはしびれを切らして口にした。「少し考え直すことはできないのか、お前の頭の中に道理が入りこむ余地はないのか？」

「ないさ、ちくしょう、そのつもりはない」

ジェルヴィレンはマニュエルのほうに向かっていった。そして、二歩離れたところで立ち止まった。ジェルヴィレンは測るように長々とマニュエルを見て、口が裂けたようににやついて言った。

「お前は二度もジェルヴィレン・ジェルヴィリスの道を横切った。一度だけでもすでに過ぎることだ」

そしてジェルヴィレンは闇夜の中に消えた。

村人たちはジェルヴィレンが立ち去ったことで解放された気分になった。彼らは落ち着いて息をついた。

「悪霊がジェルヴィレンを苦しめているみたいだな」ルイジメ・ジャンピエールが言った。

「ありゃあ厄介者だ」ピエリリスがつけ加えた。

マニュエルはその場から動かなかった。蚊を追い払うように、ジェルヴィレンを頭から遠ざけた。彼は村人たちの決断を待っていた。

当然村人たちは賛成だが、おいそれとすぐに答えることはできなかった。焦っているように見えてしまうからだ。それでもやはり、このマニュエルが簡単に勝負に勝ったと思わせてはならないだろう。誇りというものがある、そうじゃないか。

知恵が働くことから、ラリヴォワールは事態の流れがどうなっているか理解した。

「お前は礼儀をわきまえてやってきて、わしらはお前の話を聞いた。だが、賛成するか反対するかを決めるには時期尚早だ。もし神の思し召しに適うのであれば、明日まで待とう。わし自身が回答を伝えに行く」

「俺はもう賛成だけどな」ジルが言った。

「俺は手を挙げて答えたからな」ジョザファが言った。

「俺も反対ではない」イスマエルが言った。

しかし他の者は黙ったままでいた。

「わかるだろう」ラリヴォワールが言った。「まだ決めかねている者もいる。お前を追い出すようなことはしたくないし、わしらのあいだだけで検討することもある。来てくれたことに感謝する、兄弟」

「うれしいことを言ってくれますね、ラリヴォワールさん。僕もあなたたちに感謝します、兄弟である村の人たち。あのジェルヴィレンがここに戻ってきたなら、ここに和平と和解のために差し出された手があるように、彼に対して気分を害してはいないと伝えてもらえませんか？」

ネレスタンは立ち上がって、重い足取りでマニュエルに歩み寄った。頭がほとんどあずまやの屋根に当たりそうで、村人四人が隠れるぐらいの肩をしている。ネレスタンがやってくるのを見て、こんな男に切り目を入れて倒すにはどんなきこりが必要になるだろうとマニュエルは思った。

「コンペ・マニュエル」ネレスタンは言った。「あのトウモロコシの話は忘れていた。俺は恩知らずじゃない。神のおかげでネストール・ネレスタンは恩知らずじゃない」

彼はとてつもなく大きな手を差し出した。マニュエルはその手を取った。巨大な力がその太くて樹皮のようにごつごつした指の中には眠っている。

「さようなら」マニュエルが言った。

「さようなら」ネレスタンが答えた。

同じ仕草で彼らは額に手をもっていった。

「それでは」ネレスタンが言った。

「それでは」マニュエルが答えた。

ラリヴォワールがマニュエルの肩に手を置いた。

「さようなら、息子よ。お前はしっかりした男だ。明日の午後会いに行く」

「じゃあ、さようなら、ラリヴォワールさん」マニュエルが言った。

「この松の木片を持っていきなさい。道を照らすために」

ラリヴォワールは火のともった木片を渡した。炎から煙が糸のように立ち、松やにのにおいが広がった。

「ご親切にどうも」マニュエルが答えた。「それでは、いとこたち、さようなら」

今度はみんなが別れの挨拶を言った。声にためらいはなく、親しみの響きがこもっていた。

マニュエルは柵を越え、街道を歩いていった。たいまつのあかりが彼の周りにわずかな光を投げかけていた。囲いの端が闇からあらわれた。アザミの中の巣にいた豚は驚いて、鼻を鳴らしながら逃げていった。マニュエルは心も軽く歩いていった。なんという星空の畑だろう、それに月は星のあいだを進み、あまりにも輝かしく鋭く光るので、星は鎌で刈られた花のように落ちたにちがいない。

「明日ラリヴォワールがいい答えをもってくるのは確かだ。お前は義務を果たし、任務を遂行した。マニュエルよ、フォンルージュにいのちがよみがえるのだ。そうなればあの小屋を建てることもできる。戸が三つ、窓がふたつあって手すりのついた縁台、入り口に小さな階段。道から見えなくなるぐらいにトウモロコシが育つことだろう」

マニュエルは、サボテンでできたアナイズの家の垣根沿いを歩いていた。

「そうなるだろうな、アナイズ、君は自分の夫が怠け者じゃなくて、毎日一番鶏の鳴き声で起きる、しっかりした男で非の打ちどころのない百姓、真の朝露の主だってことを知るだろう」

庭の奥、木々の下で小屋は眠っていた。マニュエルは少々足を止めた。カンペシュの木の花のにおいを嗅ぐと、穏やかで厳粛な喜びを感じた。「おやすみ、アナ、おやすみ。日が昇るまで」

ガサガサという草の音が聞こえて振り返った。一撃をかわす時間はなかった。影が目の前に躍り出て、マニュエルにまた一撃を与えた。血の味が口にのぼった。マニュエルはよろめいて倒れた。たいまつが消えた。

# 第十三章

意識を取り戻すと、遠くにある星のあかりがゆっくりとしためまいの中に落ちてきた。鋭い苦痛で地面に釘づけになっていた。〈ついていないな《エル・デスグラシアード》……死んでしまう〉立ち上がろうとした。顔面から倒れた。〈死んでしまう、野ざらしで犬ころみたいに〉ひじで身を起こすことができて、少し這った。あまりに弱っていて助けを呼ぶ声がでない。静けさと眠りに委ねられたこの闇夜の中で、誰に聞こえるだろうか？　脇と肩を短刀で切り裂かれながらも、力を振りしぼって立ち上がったが、酔っ払いのようにふらつき、膝が震え、足が鉛のように重かった。それに相変わらず空がぐるぐる回り、ひどい吐き気がする。よろめきながら何歩か進んだ。動くごとに傷口から恐ろしいほどの痛みが走った。血が流れ出る口を拭いた。闇の中、手探りで道を進む盲者のように手を前に伸ばし、街道を横切った。しかし、溝で足を踏み外して倒れた。アザミや草に爪をたててしがみつきながら囲いまで這っていき、最後の意志で気を張って再び立ち上がった。喘ぎ声が漏れ、冷や汗で顔が濡れていた。痙攣する指が囲いをたどっていった。頭を揺らし、石につまずきながら、稲妻で目がくらむような夜の中を行った。何かどろどろした固まったものが吐瀉とともに生じ、吐き気のする昏睡で膝が崩れそうになった。杭を腕で抱きかかえたが、もたれかかった重みで杭を引きずって、地面に転がった。目覚めるたびに意識は薄れていくが、自分の小屋の柵までたどり着くという不屈の思いで、最後の力を振りしぼった。腹這いになって進み、柵のところで這いあがった。空が白み、日が昇る方角の地平線が明るんで夜明けを告げるころだろうか、柵にたどり着いた。竹でできた柵の中に滑りこんだ。目の前の野道が月明かりの中に流れていた。嘆くように吠えながら小さい犬が駆け寄ってきたが、四つん這いで小屋に向かって歩いてくるこの男に犬はおびえていた。

彼は全身で戸口に倒れこんだ。

「そこにいるのは誰？」年老いたデリラが叫んだ。

「かあさん」彼はつぶやいた。

犬が吠えていた。

「そこにいるのは誰と聞いてるんだけど？」年老いたデリラは繰り返した。

デリラは立ち上がってランプをともした。死にそうなほどの苦しみで体が震えた。

扉の向こう、暗闇の中、途切れ途切れのうめき声がする。

「頼むから、かあさん、早く」

「マニュエル？　イエス様、マリア様、ヨセフ様」

マニュエルが目の前に倒れていた。デリラはそのやせた腕でこの大きな体を部屋まで引きずっていった。そのときデリラは血を目にして叫び声をあげた。

「わたしにはわかっていた、わかっていたわ。やられた、うちの子が殺された。誰か、助けて。誰か」

「静かに、かあさん、静かに」吐息の中でマニュエルが言った。「ドアを閉めて、横になるのを手伝って、かあさん」

母親はマニュエルをベッドまで運んでいった。この年老いたデリラのどこにそんな力があるのだろう？　マニュエルが死んでしまうという考えで気も狂わんばかりになった。デリラはマニュエルの服を脱がせた。小さな黒い刺し傷が脇腹と背中にあった。シーツを引きちぎって傷口に包帯をし、ヒョウタンの葉を煎じるために火をつけに行った。

マニュエルは横たわり、目を閉じて苦しそうに息をしていた。永遠のランプがオグンの像の下で燃えている。神はサーベルをかざし、赤いマントが血の雲となって神を包んでいた。

デリラはマニュエルの近くに腰を下ろしたが、涙で目が見えなかった。

マニュエルの唇が動いた。

「かあさん、そこにいるかい？　近くにいて、かあさん」

「ええ、せがれや、ええ、ここにいるわ」

デリラはマニュエルの手をさすった。土で汚れた手にくちづけをした。

「どこの悪党にやられたか、名前を言いなさい、イラリオンに通報するから」

マニュエルが動いた。

「駄目だ、駄目だ」

弱々しい声で懇願した。

「そんなのは何の役にも立ちはしない。水を、水を救わないと。モリバトが木の葉の中で羽をばたかせる、モリバトが。アナイズに聞くんだ、呪われたイチジクの木につながる道を、水の道を」

取り乱したマニュエルの目がらんらんと輝いていた。デリラは大きな汗の粒で濡れた額を拭いてやった。胸は押しつぶさんばかりの重りを持ちあげるようだった。

マニュエルは少しずつ鎮まり、眠りに落ちた。デリラは息子をひとりにしようとはしなかった。神様、聖人たち、聖母、天使たちお願いです、お願いです、お願いですから生かしてやってください。もし死んでしまったらこの世でこの年老いたデリラはどうすればいいのでしょう、教えてください、ひとりぼっちで老後の慰めもなく、生きているあいだ続いたあらゆる不幸の報いもなく、どうすればいいのでしょう。十字架の下にいるイエスの母であるあなた、おお奇蹟の聖母、お願いです、お願いですからわたしの息子に慈悲を。それよりもわたしを連れていってください。わたしは十分生きたのに、息子はまだ若い盛りで、哀れな子、生かしてください、聞こえますか、聞こえますか、わたしの母、親愛なるわたしの母よ、聞こえますか、そうでしょう？

デリラは泣き崩れた。腕を十字に広げて膝を落とした。デリラは床にくちづけをした。大地よ、聖なる大地よ、父と御子と聖霊の名にかけて息子の血を飲んでしまわないで。かくあらしめたまえ。デリラは涙を流して祈るが、祈ったり念じたりするのは、聖書が語る最後の時が訪れたことを意味するのだとしたら、何の役に立つだろう。月のあかりが消え、星のあかりが消え、蜜蠟のような雲が太陽を覆うとき、働き者の男は「疲れた」と言う。女も疲れてトウモロコシの皮をむくのをやめる。林の中に錆びたガラガラのような鳴き声で笑う鳥がいる。歌う女たちは言葉もなく円を描いて座り、泣く女たちは町の大通りを走り回りながら「助けて、助けて。今日わたしたちは男を埋葬する、男が墓地に行ってしまう、墓に行ってしまう、土の中に行ってしまうの」と叫ぶとき。

日の光がたてつけの悪い窓の下から漏れていた。雌鶏たちがいつものようにピイピイ鳴いていた。

マニュエルが目を開けた。喘ぐように小さくぱくぱく口を動かして空気を吸っている。

「目が覚めたのね、せがれや」デリラが言った。「具合はどう？　体の調子はどう？」

マニュエルがつぶやいた。

「喉が渇いた」

「少しコーヒーでも飲む？」

彼はまぶたを閉じてその意思を示した。

デリラはコーヒーを火にかけに行き、ぬるいヒョウタンの葉を煎じた湯をもってきた。

デリラは傷口を洗ってやった。血はほんの少ししか流れなかった。

「喉が渇いた」マニュエルが繰り返した。

年老いたデリラはコーヒーを持ってきた。腕で支えてやると、マニュエルはどうにか飲んだ。

マニュエルの頭がまた枕に沈んだ。

「窓を開けて、かあさん」

彼は空に広がっていく林間の光を見つめた。弱々しく微笑んだ。

「日が昇る。毎日、日が昇る。生活がまた始まる」

「言ってちょうだい、マニュエル」デリラはしつこく聞いた。「イラリオンに通報するからそのろくでなしの名前を言って」

マニュエルの手が掛布の上で動いた。爪はうろこのように白かった。マニュエルが口を開くが、あまりにも声が小さいのでデリラは身をかがめねばならなかった。

「手を、かあさん、手を。温めて。手が冷たい感じがするんだ」

デリラは絶望して息子を見つめる。目玉の奥が開いてしまっている。頰は緑色がかって落ちくぼんでいる。行ってしまうとデリラは思った。息子が行ってしまう、死が訪れている。

「聞こえるかい、かあさん」

「聞いているよ、マニュエル」

話をするために力を振りしぼっているのが見てとれる。涙でかすむ中、デリラは息子が懸命になって胸で息をしているのを見る。

「もしイラリオンに通報したら、またソヴェとドリスカと同じ話になる。村人たちのあいだでの憎しみと報復だ。水が失われてしまうことになる。かあさんたちは雨を降らせるためにロアに捧げものをして、雌鶏や子山羊の血を捧げたけれど、結局何の役にも立たなかった。必要なのは人間の生贄《いけにえ》、人間の血なんだ。ラリヴォワールに会いに行って。流された血の意志を伝えて。和解を、生活を立て直すための、日の光が朝露の上に昇るための和解を」

彼は力を使い果たして最後にこうつぶやいた。

「僕の喪を歌って、クンビットの歌で僕の喪を歌って」

「名誉《オネ》」外で声がした。

「尊敬《レスペ》」デリラは機械的に返事をした。

イラリオンの悪意ある顔が窓枠いっぱいにあらわれた。

「やあ、おはようデリラ」

「おはよう」

イラリオンは横たわっている体に気がつく。

「そいつはどうしたんだ？　病気か？」

疑るような目がマニュエルを舐めるように見る。

デリラはためらう。マニュエルの手が自分の手の中で消えていくのを感じる。

「ええ」彼女は言った。「キューーバから悪い風邪をもらってきたのよ」

「寝ているのか？」

「寝ているわ」

「それは困ったな。大尉が呼んでいるのに。起き上がれるようになったら自分から兵舎に行くように」

「わかったわ、そう伝える」

デリラはイラリオンの足音が遠ざかっていくのを聞いて、マニュエルのほうを振り返る。一本の黒い血が彼の口から流れ、その目はデリラのほうを向いているが、もう見えてはいない。その手はまだデリラの手を握っている。マニュエルは約束を持ち去った。

＊＊＊

年老いたデリラは息子の目を閉じてやった。血に濡れた服はベッドの下に埋めた。デリラはやっと傷ついた動物のような大きな泣き声をあげることができる。近所はそれを耳にして、村人たちが駆けつける。男も女も。この出来事が大きな岩のかたまりのように村人たちの頭の上に落ちる。村人たちは肝をつぶす。あれほど元気だった男が。つい昨日まで「コンペ・マニュエル」なんて声をかけていたのに……これは不自然だ、いいや、不自然だ。しかし彼らの質問すべてにデリラは「風邪よ、あのキューーバという国の悪い風邪が」と答える。そしてデリラはひどく泣き声をあげ、腕を広げ、その年老いた体が苦しみにさいなまれて震える。

ロレリアンがやってきた。彼は亡骸《なきがら》を目にする。マニュエルの頭と足元にろうそくをともした。マニュエルの額には光が差し、その口元には死んでも頑固なしわが寄っていた。

「おい親分、行っちまったのか？　親分、行ってしまったのか？」

大きな涙がロレリアンのごつごつした顔を流れる。

「ああひどい」デスティヌが言う。

「ああいのちが」メリリアがため息をつく。

「おばさん」クレルミズが言う。「マニュエルを洗うのを手伝ってあげるわ」

しかしデリラはいいえ、結構と言う。

「わたしは待っているの」デリラが言う。

「誰を待っているの、おばさん？」

「わたしは待っているの」年老いたデリラは繰り返す。

デスティヌがお茶を一杯持ってくる。デリラは断る。椅子に座って、全身で苦しみを和らげようとするかのように体をゆする。他の者は元気づけたり慰めを言ったりするが、そんなものは言葉であって、デリラは聞いてさえおらず、鉄の爪で魂を引きちぎられたみたいに嘆いている。

向こうの連中も知らせを知った。彼らはラリヴォワールのところにこっそり入っていく。ラリヴォワールはあずまやの下に座っている。彼はあごひげを引っ張る。村人たちの質問には答えない。彼らは知らないのだろうか？　いいや、知っている。ジェルヴィレンの小屋の戸は締まっていて、姿がどこにも見あたらない。

女たちがめいめいの柵のところで合流する。ねえ大事件よとひとりの女が言う。他の女は本当はね、本当はねと答える。ルイジメ・ジャンピエールの妻イスメニは水の精の復讐だと言い張る。危ないってことよ、あんた、水の精は。しかし隣の女は、マニュエルはキューバから悪い風邪をもってきたという話で、それが血をむしばんでいたと答える。ああだこうだって、言いたい放題言ってと疑り深い女が言う。

イラリオンは犬が跡をたどるように風を嗅ぐ。イラリオンは秘密を嗅ぎつける。補佐に情報収集を急がせる。しかしどこでも口は堅く閉ざされる。あるいは素直に忌憚なき驚きの声である。しめたとイラリオンは思う。あのマニュエルは厄介者で反逆的な奴だったから、こうなれば村の豚どもの土地を手に入れることができる。これは強欲なフロレンティヌの意見でもある。

デリラが待っていたものが到着する。アナイズは気にしなかった。アナイズは走ってきて、正気を失った。人は好き勝手にな言うだろうが、そんなことをアナイズは気にしなかった。みんなわかるだろうから、そう、みんなわかるだろうから。じゃあそのあとは？　マニュエル、マニュエル、わたしの夫、わたしの恋人。君は僕の小屋の女主人になるだろうと彼は言った。それにわたしの兄弟、わたしのは葦と月桂樹があるはず。泉で彼女を奪って、水のざわめきが豊かないのちの流れのように彼女に流れこんだ。風がろうそくを消すみたいに、鎌が草を刈るみたいに、実が木から落ちて腐るみたいに、あんなにも強くてたくましい男がこんなふうに死ぬものかしら。収穫が実るのも目にすることなく、水路で水が歌うのも耳にすることなく、このわたし、あなたの妻アナイズがあなたを呼んでももう返事をしないのだろうか？　そんなことはない、神よ、いいえそんなのは嘘、そんなことはありえない。それは正しくない。

アナイズが通り過ぎるのを見た村人たちは肩をすくめる。「おい」彼らは驚く。「ロザナの娘は善天使《ボナンジュ》を失ったのか？」

アナイズが庭に入ると、村人たちは呆気にとられて彼女を見た。ちょうどそこへたどり着いたアントワヌは驚きでぽかんと口を開けたままで、ジャンジャックは「どういうつもりなんだ、あの礼儀知らずは」と口ごもった。デスティヌは腰に拳を当ててつっけんどんな態度で前に出た。しかしデリラが立ち上がった。彼女はアナイズの手を取って腕に抱き、大きなうめき声をあげてふたりは一緒に泣く。みんなは事情を察して、親切なクレルミズは「かわいそうに、かわいそうな娘」とつぶやいた。アントワヌは「人生というのは喜劇、これが人生というものだ」と口にした。

アントワヌは「そして、嫌なことというのは苦い味がする」と吐き捨てた。

アナイズはマニュエルの前に膝をついた。すでに冷たくなった手を取った。彼女は「マニュエル、マニュエル、ねえ？」と優しく涙で濡れた声で呼んだ。そして大きな泣き声をあげて、両手を挙げたまま苦しみで顔を引きつらせ、うしろにのけぞった。「いいえ、神よ、あなたは正しくない、いいえ、あなたが正しいというのは真実じゃない、嘘よ。わたしたちが救いを求めているのに、あなたは耳を傾けない。わたしたちの苦しみを見なさい、わたしたちの大きな痛みを見なさい、わたしたちの悩みを見なさい。あなたは寝ているのですか、神よ、耳が聞こえないのですか、心はないのですか。あなたの正義はどこ、憐れみはどこ、慈悲はどこ？」

「黙りなさい、アナイズ」デリラが言った。「あなたは罪を口にしている」

しかしアナイズには聞こえていなかった。「たとえわたしたち貧しい人間がいくら祈って、恩恵を乞うて、ゆるしを乞うても、あなたはすりこぎの下のアワみたいに潰す。あなたはわたしたちを砂埃みたいに潰して、めちゃくちゃにして、破滅させる」

「そうだ、兄弟たち」アントワヌがため息をついた。「こんなものなのさ。ギニアのときから黒人は嵐や暴風、苦しみの中を歩んできた。神様は正しいと言う。神様は白人であるということも言わねばならんかもな。もしかしたらまったくその反対かもしれんが」

「もうたくさん、アントワヌ。呪いの言葉はもうこの小屋ではたくさんよ」

デリラはアナイズを起こした。

「元気を出して、娘や。マニュエルを洗ってあげましょう」

村人たちが部屋を出ると、デリラは戸を閉ざした。

デリラは口へ指を持っていった。

「声をあげないように」

マニュエルの体をゆっくりとひっくり返した。

「声をあげないでと言っているでしょう」

シャツをめくると肌よりも黒い小さな傷がふたつ、血の固まった小さな唇のようにあらわれた。

「主よ」アナイズは嗚咽した。

デリラはひとつ目の傷の上で十字を切った。

「あなたは何も見なかった」

ふたつ目の傷の上でも十字を切った。

「あなたは何も知らない」

デリラは真剣な顔でアナイズを見た。

「これがマニュエルの最後の意志よ。わたしの手を取って、わたしの約束を持ち去った。秘密を守ると誓いなさい」

「誓います、おかあさん」

「慈悲深い聖母の名にかけて？」

「慈悲深い聖母の名にかけて」

　この大きな冷たく感覚のないこわばった体はマニュエルではなかった。それは冷たくなった姿形でしかなかった。本物のマニュエルは太陽の下、丘と林の中を歩いていた。彼がアナイズに話しかけた。「お前」と言った。彼はアナイズを腕に抱いて、温もりで包んだ。本当のマニュエルは畑で水の通り道を引いて、日が昇る前の朝露の中、未来の実りの中を歩いていた。

「わたしにはできる気がしない、おかあさん」恐ろしくなってアナイズがつぶやいた。

「あなたの夫だったんでしょ」年老いたデリラは言った。「自分の務めを果たさないと」

　アナイズは顔を伏せた。「ええ、おかあさん、務めを果たすわ」

　ふたりの女が死者を送るための仕事を終え、マニュエルに青い粗布の服を着せたとき、デリラは再びろうそくに火をともした。

「なたを横に置いてあげて」彼女は言った。「よき村人だったから」

＊　＊　＊

午後遅くになってビヤンネメが戻ってきた。売れなかった牝牛をつれて帰ってきた。疲れきった家畜はまたびっこを引いている。

「うちの庭で何の人だかりだ？」農民たちが集まっているのを見て彼は叫んだ。

ロレリアンが柵を開けた。

「せがれがいるというのに」不満げにビヤンネメは言った。「近所の人間が柵を開けねばならんとはな。ありがとう、ロレリアン」

ビヤンネメは歩みを続けようとした。ロレリアンが馬の手綱を取った。

「コンペ・ビヤンネメ」ロレリアンが話し始めた。

そのときデリラが小屋から出てきた。黒い服を着て背筋を張り、やせたデリラはゆっくり前に進み出た。

「おとうさん」彼女は言った。「馬から降りて手を貸してちょうだい」

「どうしたんだ？」老人は声が詰まった。

「手を貸してちょうだい、おとうさん」

しかし力が抜けて、デリラは嗚咽で体を震わせながらビヤンネメの胸に倒れた。

小屋の中では、泣く女たちの合唱があがった。体の大きなデスティヌは片手をもう一方の手に打ち合わせて、正気を失ったかのように叫んでぐるぐる回っている。

「ああ神様よ神様、ビヤンネメが戻ってきたわ。ビヤンネメが来た」

「マニュエル？」はっきりとしない声で老人は言った。デリラはやるせなく夫にしがみついていた。

「ええ、おとうさん、ええビヤンネメ、おとうさん、わたしたちの息子が、わたしたちのひとり息子が、わたしたちの老後の慰めが」

村人たちはふたりの通り道を開けた。女たちがわめいていた。

「不幸は招くのではない」アントワヌが言った。「不幸は自分からやってきて、勝手にテーブルにつくと飯を食って、骨しか残さん」

ビヤンネメは亡骸を見つめた。年老いたビヤンネメは泣かないが、もっとものごとに動じない者たちもビヤンネメの顔から目をそらし、大きな咳ばらいをする。ビヤンネメが急によろめいた。村人たちが駆け寄った。

「離してくれ」老人は近寄ってきた者たちを遠ざけて言った。

ビヤンネメは小屋から出た。縁台の前の踏み台に腰を下ろし、まるで打ち砕かれたかのような肩を落としてかがみこんだ。手が砂埃の中で震えていた。

……日が沈んでいく。一日が終わらねばならない。荒れた雲が地平線上を火をつけた帆のような夕暮れに向かって進んでいく。牛の群れが鉱石のように動かずじっとしている。鶏たちは既にヒョウタンの木に宿って羽をばたつかせている。

村人たちがやってきては帰っていった。家にいる子供たちの世話をし、何か食べに行かねばならない。通夜には戻ってくるだろう。すでに庭には近所から借りてきたテーブルや椅子がいくつか置かれていた。コーヒーとシナモン茶のにおいが広がる。ロレリアンはクレランを買うため、なけなしの二ピアストルを出した。デリラには、祈禱書を読みあげて亡骸の加護を祈るためにやってくる田舎司祭《ペール・サヴァヌ》に払うお金があるだけだった。教会に埋葬するだけの持ちあわせはなかった。お金がかかりすぎるし、教会は貧乏人につけを認めない。商店ではなくて、神の家なのだ。

嘆きの声はおさまった。夜は影と沈黙の重みをもってそこまで来た。ときどき女がため息まじりに言った。「ああ、イエス様、聖母マリア様」しかしその声に確信はない。しまいには悲しむのにさえ疲れる。

デリラはマニュエルの近くに座っている。息子から目を離そうとはせず、ときどき小さな声で話しかけているようだ。何を言っているのかは誰にも聞こえない。

アナイズは帰っていった。ロザナに事情を説明しなければならなかった。それは簡単なことではないだろう。

ビヤンネメはといえば、同じ場所にいた。折り曲げた腕に頭を挟んで膝にのせている。寝ているのだろうか？　わからないが、邪魔してはいけない。

ロレリアンが棺《ひつぎ》をまかされた。家の前でのこぎりを引き、釘を打つ。弟のアンセルムがたいまつの木で照らす。

こんなのはたいした仕事ではない。友人であった者を土に送るための三枚の板と一枚の蓋にすぎない。

何という男だったろうとロレリアンは思う。何という村人だ！　あれよりすごい奴は国じゅう探してもいない。盲者が市場でマンゴを選ぶみたいに死がマニュエルを選んだのだな。死はいいのを見つけるまで手探りして、悪いのを残す。これが真実だけど、正しいことではない。

「釘をくれ」彼はアンセルムに言う。

ロレリアンの動きが壁の上で、小屋の大きなゆがんだ影となって繰り返される。

アンセルムはまだ大人になり始めたばかりだ。たとえロレリアンがマニュエルの言葉を語ったとしても、弟は理解しない可能性がある。俺はマニュエルが帽子を編むのを見ていた。あいつは藁の中で指を走らせながら話していた。「いつかその日が来るだろう……僕らが大きなクンビットを組んで、百姓全員が不幸を根こそぎにして新しいいのちを植える日が」お前がその日を見ることはないんだな、親分、お前はそのときが来る前に行っちまった。でもお前は希望と勇気を残していってくれた。

「釘をもう一本、もう一本、あかりを近づけてくれ、アンセルム。もう一本。棺ができた、蓋もぴったりだ。終わった。本当に、コンペ・マニュエル、こんなのは感謝するに及ばない仕事だ」

ロレリアンは仕上がりを眺めた。ほんの簡素な長い箱。材木は薄いし柔らかすぎるから、すぐに土に食われちまうだろう。もうちょっといいアカジュの板を使うことができたなら、それにポルマさんのところで売られているような金物がいくらかあれば。でも高くて手が出ない。

「賛美歌が始まった」アンセルムが言った。

「聞こえているよ」ロレリアンが言った。

真夜中に歌声が悲しそうにあがる。「いかほどの善意によりて、あなたは我らの罪を背負われるのか。我らを死より救うため、あなたは過酷な死を背負われた」

歌声が弱くなると、少しひび割れて大きく震えるようなひとりの女の声が元気づけた。その声が他の声を集め、賛美歌は再び声をあわせて花開いた。

通夜に行く時間だ。

小屋の最初の部屋にデリラは、白い布の上にキリスト像のついた十字架と、火をともしたろうそくと、この日照りの中でも見つかった花を置いた。つまり、花はあまりなかったということだ。

「主よ、今あなたは下僕《しもべ》を自らの言葉にしたがい安らかに眠らせる」

村人たちが祭壇の前で賛美歌を歌う。村人たちは肩を寄せあい、ろうそくの光が彼らの黒い顔の上にきらきら反射し、汗となって流れる。

幸いなことに喉を潤《うるお》すクレランがあり、アントワヌがすでに度を超して飲んだのがわかる。足元はもうおぼつかないし、声の限り歌っている。大きな力強いガラガラ声をあげると、他の人間の声を覆う。デスティヌが素知らぬ顔をして、腹の真ん中にひじ打ちを食らわすと、アントワヌはしゃっくりで息が詰まりそうになる。

「けしからん女だ」しばらくあとで、アントワヌは庭で言う。「死んだマニュエルに払う敬意すら持ちあわせていない」

そして脅すような声色で言う。

「まあいいか、あとであの女の歌を作ってやる。ちくしょう……」

しかしアントワヌは通夜の席であることを思い出して、口にのぼってきたひどい悪態を飲みこんだ。

各テーブルの上に小さいランプが置かれ、庭に光の小島を作る。村人は周りに座ってトロワセットに興じる。彼らはカードを扇のように広げて、夢中になっている様子だ。マニュエルのことはもう忘れてしまったのだろうか？　ああ違う、そう考えてはいけない。単にわれわれ男たちは、女たちと違って泣き叫ぶことができないのだ。女たちはそうすることで気持ちを楽にする。男には黙ってこらえる強さがある。それに、通夜の席でトランプに興じるのはならわしだ。ダイヤの九、俺がカードを切ろう。

ビヤンネメは魂の抜け殻みたいになっている。マニュエルが横たわる部屋に入っていく。輝きのないうつろな目でしばらく見つめる。庭に出てテーブルの近くを通ると人に声をかけられるが、返事をしない。

デリラはずいぶん頼み込んでお願いをして、ビヤンネメに少しブイヨンを食べさせた。ビヤンネメはほとんど全部皿に残した。

「うちのめされたな」アントワヌが言った。「どうしようもない」

アナイズが戻ってきた。ロザナに事情を説明した。ロザナは大きな叫び声をあげ、アナイズにありとあらゆる罵りを浴びせた。

「恥ずかしくないの？」ロザナは言った。

「いいえ」アナイズは答える。

「娼婦《ジュネス》じゃないの」ロザナが声をあげた。「良心もない、恥もない」

「そうじゃない」アナイズは答えた。「わたしは彼の妻よ。この世でいちばんの男。正直で、いい人だった。悪知恵や力ずくでわたしを奪ったんじゃない。わたしがそう望んだのよ」

「でもお互いに敵同士なのにどうして会ったの？」

「彼はわたしのことを愛していて、わたしも彼のことを愛していた。わたしたちの道が重なりあったのよ」

アナイズは銀の耳輪を外し、黒い服に袖を通した。白いスカーフで髪をまとめた。

「外に出ては駄目」

ロザナが戸の前に立ちはだかった。

「悲しいのよ、おかあさん」アナイズが言った。

「残念ね。でも外に出ては駄目って言っているのよ」

「苦しいのよ、おかあさん」アナイズが言った。

「聞こえたでしょう。同じことを三度も繰り返さないわよ」

ドアをノックする音がした。ジルだった。何が起こっているのかがわかった。

「ジェルヴィレンが正しかったんだな」ジルが言った。「死んだマニュエルとグルだったんだな」

「今朝、ジェルヴィレンはフォンルージュを出ていった」

ジルは間を置いた。

アナイズは何も言わなかった。彼女はジェルヴィレンの誓いを思い出した。

「どこに水があるのか知っているのか？」ジルがたずねた。

「どこにあるか知ってるわ」アナイズは答えた。

「行かせてあげなよ、かあさん」ジルが言った。

アナイズは外に出た。

寝ずに時を過ごさねばならない。トランプと賛美歌とクレランでは足りない。夜は長い。

台所の近くでアントワヌはコーヒーカップを手になぞなぞをする。その周りを囲むのは、特に子供たちだ。年長の村人たちがなぞなぞを楽しまないというわけではないが、あまり真面目な感じはしないし、彼らは厳粛で威厳のある大人という体面にこだわるからである。アントワヌの思いもよらない冗談に笑ってしまうかもしれない。するとと？　そうすると子供に尊敬されなくなるかもしれない。この小さな猿みたいな連中は、大人をすぐに自分たちと似た者、同輩とみなそうとする。

アントワヌが始める。

「家の中に入ると女がみんな服を脱ぐのは？」

他の者は答えを探す。想像して頭をしぼる。ああ、ううん、答えが見つからない。

「何だろう？」アンセルムは考える。

「港に入ると帆をおろす船さ」アントワヌが答えを言う。

アントワヌはコーヒーを一口飲む。

「王様のところに行く。道はふたつあるが、両方とも通っていかないといけないのは？」

「ズボンだ」ラザールが声をあげる。

「その通り……こいつはどうかな。こいつを当てられるとわしの名前はアントワヌではなくなる。

ちびっ子のマリは腰に片手を当てて『わたしは大きな娘よ』って言うけど何だ？」

「それは難しい、ああ、難しい」

「どいつもこいつも頭がよくないな。頭の固い連中だ」

子供たちが本気で考えても無駄で、誰も当てることができない。

アントワヌは勝ち誇る。

「コーヒーカップだ」

アントワヌはコーヒーカップの取っ手を持ち、彼らに見せて満足げに笑う。

「もう一回、アントワヌおじさん、もう一回お願い」子供たちは声をあわせてお願いする。

「シーッ……やかましい。本当に飽きないな」

アントワヌはもっとお願いさせようとするが、どうにせよ続ける考えしかない。里では物語や歌ができる者ほど人気のある者はいない。

「よし」彼は言う。「簡単なのにしてやろう。まりみたいに丸くて、道みたいに長いものは？」

「毛糸の玉」

「自分の舌を燃やして、人を喜ばせるために自分の血を捧げるのは？」

「ランプ」

「上着は緑でシャツは白、ズボンは赤でネクタイは黒なのは？」

「スイカ」

「アンセルム、おい」アントワヌが言う。「このカップにクレランをたっぷり入れてきてくれ。

すり切りまでだぞ、わかったか？　通夜のクレランはケチってはならない。死んだ人間に敬意を払わにゃならんからな。もしびんを持っているのがコメ・デスティヌだったら、ロレリアンのためだと言うんだぞ。気をつけろ、いいな、気をつけろよ。あのデスティヌとわしは牛乳とレモンみたいな相性だからな。お互いに目があうだけで気分が悪くなる」

こんな具合に通夜は続いた。涙と笑いのあいだで。まるで人生のように、ああそうだ、まるで人生のように。

遠くで小さな集まりができていた。年老いたドレリアン・ジャンジャックとフルリモンド・フルリ、ディユヴイユ・リシエとロレリアン・ロロルがいる。

「わしからしてみれば」ドレリアンが言った。「あれは普通じゃない死に方だな」

「俺もそう考えていたところだ」フルリモンドが同意する。

ロレリアンはそうは思わない。

「デリラは悪い風邪のせいだと言っている。デリラがそう言うんだから、そうに決まっている。嘘なんてつくわけがないだろう。見た目ではわからなくても、体をむしばむ風邪だってある。しっかりしているように見えても、中では木のシラミ〔原註：シロアリ〕が食っていて、ある日突然、粉々になる家具みたいなもんだ」

「もしかしたらそうかもな」フルリモンドはそう言ったが、いまひとつ納得していないようだ。

ディユヴイユが話をする。

「真昼に歩いて川を渡る。川は乾いていて水がない。あるのは土砂と岩だけ。でも丘にたっぷり雨が降って、午後になると水は堰《せき》を切ったように流れ出し、狂ったように流れて通るところすべてを荒らす。死というのはこんなふうに訪れる。前もって知ることもできないし、なすすべもないんだ、兄弟」

「水のことだけど」ロレリアンが言った。「どこに泉があるかマニュエルは誰かに伝えたんだろうか。俺はあいつの友達だったけれど、場所を教えてもらう余裕がなかった」

「デリラなら知っているかな？」

「それよりも確かなのはロザナの娘さ」

「秘密にしたまま逝ってしまったとしたら、これほどの不運もないな」

「そうなったらそこらじゅうを洗いざらいして、丘や谷の隅々まで探さなければならないだろうな」

「それでも見つかるかどうかわからない」

「期待したのになあ。水をまいた畑を想像していたよ。残念だ」

「ついてないにしても本当についていないな。俺なんて、畑の端に豆を植えようかとまで考えていた。今どき豆は市場でいい値がつくからな」

「それにバナナが水路沿いに実を生らすのに」

「俺なんて」ディユヴィユが言った。「自分の土地でナシとエシャロットを試してみようと思ったところだったよ」

年老いたドレリアンがため息をついた。

「そうやってめいめいが計画を立てていたわけだな。『俺はこうする』と言う者もいれば『俺はああする』と言う者もおる。そうしておるあいだに貧乏がひそかに笑う。貧乏はこうやって道を遠回りするあいだに、死と呼ばれるものを待っていたんだ」

「ああ、もう出ていってしまおう。何てことだ、俺は出ていくぞ。この先長くないからな。でももう一度だけトウモロコシと収穫物で畑がいっぱいになるのを見たかった」

「戦いへといざ向かわん、栄光へと……」

賛美歌を歌う人たちには体力がある。簡単には息が切れない。太ったデスティヌは、疲れに打ちのめされて椅子の上でぐったりしている。頭が肩の上で揺れて、目を閉じてはだしの足で拍子を取りながら、哀れっぽく眠りこんだように裏声で歌っている。

「ああ、あの醜い女め！」アントワヌが不機嫌そうにふくれ面をしてつぶやく。

クレランのびんがテーブルに置かれている。アントワヌが手を伸ばすとデスティヌは目を開けて、片目だけしっかり見ているので、アントワヌはろうそくの芯を切るふりをする。

「こうしないとろうそくが無駄だからな」と言う。

そして肩を落として引っこんで、二度と同じことを言えないような罵りの言葉を歯のあいだから漏らす。

「戦いへといざ向かわん、栄光へと……」とデスティヌが急に歌いだす。今度はラッパを吹くような勝ち誇った声で、薪に新たな火をつけるように合唱を活気づける。賛美歌は夜明けの震える羽にのって飛んでいき、フォンルージュの早起きの村人たちがそれを耳にする。「ああそうだ」

彼らは言う。「埋葬は今日だな」額をテーブルにのせ、あずまやの下で眠っていた者は、目を覚ましてコーヒーを求める。デリラは一瞬たりともマニュエルから離れなかった。哀れなアナイズもそうだった。ビヤンネメは隅でうずくまっていた。最後の賛美歌になった。白みがかった空を背に、影になって寒そうな木々とともに日が昇る。村人たちはいとま乞いを始める。彼らはまたあとで来るだろう。村人たちはバヤオンドの下の小道を通って姿を消していく。野生のホロホロチョウが木々の枝に降りてきて林間の明るみに集まる。雄鶏は庭から庭へと声を嗄《か》らして鳴き、若い馬が草原でいら立ったようにいななく。「さようなら、デリラ」ロレリアンが言う。彼はためらいがちに言う。「さようなら、アナイズ」ふたりは弱々しい声でそれに答える。涙を流しすぎたせいで、もう力が残っていない。夜明けの光が窓から差しこんでいるが、マニュエルがそれを目にすることはもうないだろう。彼はいつまでも、永遠に眠る。アーメン。

＊＊＊

十時ごろに田舎司祭《ペール・サヴアヌ》のアリストメヌが庭に入る。小さいロバの背中にのっているが、アリストメヌの体重のせいでロバの背は曲がり、司祭は足を砂埃の中で引きずっている。遅れているのにロバが言うことを聞かない。アリストメヌはロバが飛び上がらんばかりにかかとを脇腹に打ちこむ。

アリストメヌは、かつては黒かったであろう長いコートを着ているが、その古さからか、コートはモリバトの喉のようなてかりを帯びている。

物腰柔らかな仕草で帽子を持ちあげると、禿《は》げてつるつるの頭があらわになる。

「ごきげんよう、みなさん」

村人たちは礼儀正しく挨拶する。

アリストメヌを座らせると、デリラが自分でコーヒーの入ったカップを渡す。

アリストメヌはゆっくりと飲む。自分の存在の重要さがわかっているからだ。その周りではぶつぶつという話し声が賛辞のように聞こえ、疱瘡《とうそう》の痕がある赤ら顔はたっぷりと汗をかいている。

部屋の中では棺にマニュエルが寝かせてある。ろうそくが二本燃えている。ひとつは頭のところに、もうひとつは足元に。ビヤンネメが息子を見つめている。泣いてはいないが、口の震えが止まらない。ビヤンネメがアナイズのことに気づいたかどうか定かではない。アナイズは手で顔を覆い、指のあいだを涙が流れる。彼女は痛みをうったえる子供のようなうめき声をもらす。

ときどきクレルミズやメリリア、デスティヌ、セリナ、イレジル、ジョルジアといった女たちが激しい泣き声をあげ、他の女たちがそれに続く。涙を流す女たちの合唱が耳をつんざくような叫び声で小屋を満たす。

男たちのほうはといえば、庭や縁台にいる。小さい声で話し、パイプの吸い口を噛んでいる。

しかしロレリアンは遺体の置かれた部屋にいる。〈さようなら、親方、俺にはもう決してお前のような友達はできないだろう。さようなら兄弟、さようなら仲間よ〉

ロレリアンは手の甲で涙をぬぐう。男が涙を見せるものではないが、それよりも泣きたい気持ちが強く、恥ずかしいとは思わない。

デリラが自分の場所である棺のそばの席に戻ってきた。マニュエルが昼下がりに縁台で編んでいた藁帽子で顔をあおいでやって、ハエから、埋葬のときにしか見かけない大きなハエから守ってやる。ろうそくの揺れる炎がマニュエルの額を照らす。〈お前がキューバから帰ってきた日にも額に光が差していた。死んでも消えないなんて、光と一緒に暗闇の中に行ってしまうのね。お前の魂の光が永遠に続く夜の中でも導いて、お前がギニアの国に向かう道を見つけ、同族の先祖たちとともに安らかに眠りますように〉

「始めることにしましょう」アリストメヌが言う。

聖書をパラパラめくると、ページを送るたびに指を濡らす。

「故人のための祈りを」

女たちはひざまずく。デリラは両腕を十字に広げて、自分だけに見える何かに向けて顔を上げる。

深き淵より、わたしはあなたに叫んだ、主よ。主よ、この声を聞きたまえ。わたしの祈りの声に御耳を傾けんことを。

アリストメヌは大急ぎで読みあげた。噛みしめることなく言葉を飲みこんで、彼は急いでいた。葬式のあとに一杯《グロッグ》飲みに来ないかとコンペ・イラリオンに誘われていて、この貧しい者たちのために、手にするのは二ピアストル五十サンチーム、そんなものは必要ない。いいや、本当にわずかそれだけのために骨を折る必要などない。

「安らかに眠らんことを。かくあらしめたまえ」

「かくあらしめたまえ」村人たちが唱和する。

アリストメヌは格子柄の大きなスカーフで頭と顔、首の汗を吸い取る。

急いでいるにもかかわらず、汝らとともに《ウオービースクム》、御世《サエクルム》をと主《ドミヌム》をというラテン語の言葉を口にすると喜びを感じる。ラテン語はばちで太鼓を叩くように鳴り、この無知な村人たちは感嘆をもって「ちくしょう、すごいな、あのアリストメヌは」とつぶやく。

　アリストメヌの声が、司祭らしい厳粛で鼻にかかったような悲しい口ずさみとともにあがる。何年ものあいだ、聖具納室係を務めてきたのは無駄ではなかった。それにもしあの「神父様」の家政婦との悔やむべき一件がなければ、今ごろは町の教会でミサをあげていたことだろう。ああ、もし過ちがなければ、神父は彼をこぢんまりとした雌鶏みたいに丸くてふっくらした若い娘のかわりに、年寄りに仕えさせるべきだったのだ。われわれを誘惑に導き給うなと言うではないか。

　アリストメヌは、もし言葉に骨があったら喉に詰まらせるのではないかというほど急ぐ。ページは彼の指で舞いあがり、一度に何ページもめくる。

「ほら見ろ、いかさま野郎だ」近くで見ているアントワヌは思う。

　デリラはこの早口、この聖なる意味不明な言葉を、遠くに聞こえる理解不可能なつぶやき程度にしか聞いていなかった。マニュエルのそばにいて、その姿しか目に入らず、これ以上苦痛の重みに耐えられないというかのように椅子の上で身を揺らす。嵐の中、つらく終わりのない夜に打ち捨てられた木枝のようである。恩寵を、恩寵を。恩寵と解放をお願いします、主よ、わたしを連れていってください、わたしはもう疲れました。年老いたデリラはこんなにも疲れているのです、主よ。死の大きなサヴァンナの中を、息子と一緒に行かせてください。息子と一緒に死者の国の川を渡らせてください。わたしはあの子を九か月お腹に抱えて、生きているあいだ心の中でずっと思ってきました、あの子から離れることなどできません。

マニュエル、ああマニュエル、お前はわたしの両目で、わたしの息で、わたしの血だった。星のおかげで闇夜でも見えるように、お前の目のおかげでわたしはものが見えていた。わたしはお前の口で息をして、お前の血が流れたときにはわたしの血管が口を開いた。お前の傷口がわたしに痛みを与え、お前が死んでわたしも死んだ。もうこの世で何もすることはない。壁のかたわらに置き忘れられたボロ着のように、哀れな貧しい女が手を差し出すように、残りの人生は待つしかない。おめぐみを、お願いですと哀れな女は言う。でも哀れな女が求めるめぐみとは死ぬこと。慈悲深い聖母マリア様、お願いです、その日が来ますように、明日来ますように、今日でもいいから来ますように。ああ聖人たちよ、ああロアたちよ、救いに来てください。パパ・レグバ、聖ジョゼフ、ダルンバラ・シリグエ、オグン・シャンゴ、聖大ジャック、ロコ・アティス、グエデ・ウンス、アグエタ・ロヨ・ドコ・アグエ、わたしはあなたたちを求めます。息子が死んだのです。行ってしまうのです。海を渡って、ギニアに行ってしまうのです。さようなら、さようなら、わたしは息子に別れを告げます。もう帰ってこないことでしょう。永遠に行ってしまった。ああ悲しい、ああつらい、ああみじめ、ああ苦しい。

デリラは空に向けて手をあげ、顔は涙と大きな苦しみでゆがみ、肩はこの絶望的なまじないによって揺れ、女たちがデリラを支えて「元気を出すのよ、デリラ、元気を出して、さあ！」とつぶやくが、デリラは聞いていない。アリストメヌがさらに速く、さらに焦って詩篇を読みあげて、けりをつけるところなのも聞いていない。……聖なる三位《サンクタエ・トリーニターテイス》。我らの主キリストによりて《ペル・クリストゥム・ドミヌム・ノストルム》、アーメン。そう言うとアリストメヌはコートの深き淵から小びんをとり出して、口で栓をあける。亡骸に振りかけると、次にロレリアンが棺の蓋を持って進み出る。クレルミズの腕の中でもがきながら、駄目、駄目とアナイズが叫ぶ。それでもロレリアンは蓋を持って近づく。最後にもう一度だけ見せてとデリラが叫ぶ。それでもロレリアンは金槌で棺に釘を打つ。デリラは自分の魂に釘を打ちこまれるかのように身を震わせる。もう終わった、ああ、もう終わった。ジョアシャンとディユヴイユ、フルリモンドとロレリアンが棺をかつぎあげると、嘆きやすすり泣きが始まり、こう呼ぶ声がする。「助けを、神よ、この男たちは棺を、自分の兄弟を大地に運んでいく。マニュエルがあんなにも愛した大地へ、そのためにマニュエルは死んだ」

　彼らはゆっくりとバヤオンドの林の脇へ歩いていき、それに村人たちの葬列が続く。女たちは泣き、男たちは黙ったまま行く。

　カンペシュの木陰に墓穴が掘ってあった。つがいのキジバトが驚いて、バタバタ羽を震わせながら飛び立ち、畑の上、真昼の光の中に消えていく。

「ゆっくりと下ろして」ロレリアンが言う。

　棺を滑らせ、穴の奥に収める。

「哀れな奴だ」アントワヌが言う。「若くていちばんいいときに死んでしまったな。いい奴だったのに、マニュエルは」

ロレリアンとフルリモンドがシャベルを手に取る。石がひとつ棺の上に転がって音を立てる。土が墓穴の中に流れていく。棺が見えなくなり始める。息を詰まらせた嗚咽と日照りで硬くなった土のかたまりの鈍い音が聞こえる。墓穴は埋まった。

女がひとりうめく。

「神様、わたしたちはあなたに力と勇気、慰めとあきらめを求めます」

〈マニュエルはあきらめることには賛成じゃなかった〉ロレリアンは思う。〈十字を切ることも、ひざまずくことも、善なる神様も何の役にも立ちはしない、人間は反抗するようにできていると言っていた。お前は今では死んだ、親方、死んで埋められたんだ。でもお前の言葉を俺たちは忘れない。たとえいつかこの生きていくのが大変な道の途中で、疲れという敵に「何のために？」とか「わざわざそんなことしなくても」と言われて誘惑されようとも、お前の声を思い出して元気を出すよ〉

ロレリアンは顔を覆う汗を手でぬぐう。シャベルの柄に両手でもたれかかる。墓穴は埋まった。

「ああ、終わったな」アントワヌが言う。「永遠の長い時の中で安らかに、マニュエル」

「長い時の中で」他の村人が唱和する。

村人の輪がほどけ、小屋に戻ってデリラとビヤンネメに別れを言う。この大きな太陽のせいで喉が渇いたので、少し何か飲みに行こう。クレランの最後の一杯はうまいに決まっている、そうだろう、お隣さん？

しかしロレリアンはその場に残った。墓穴の上に土を盛って山を作る。その周りを大きな石で囲む。お金が十分にできたときにはレンガで墓を立て、壁龕《へきがん》をつけて、そこに思い出のろうそくをともし、冷たいセメントの板にはアントワヌが、あいつは読み書きができるから、手間暇かけて下手くそな字でこう書くだろう。

マニュエル・ジャンジョゼフここに眠る

# 第十四章

埋葬の日の夜、デリラはラリヴォワールに会いに行った。

デリラは家の戸を叩いた。

「誰だ？」ラリヴォワールがたずねた。

ラリヴォワールはもう横になっていた。

「わたしよ、わたし。デリラよ」

ランプをつける時間があってから、ラリヴォワールは戸を開けた。

「いらっしゃい、ご近所さん」彼は言った。「入って」

デリラは腰を下ろした。デリラは喪服の折り目を整えた。背を伸ばして真剣な顔をしている。

「来るのを待っていたでしょう。ラリヴォワール」

「待っていた」

沈黙がふたりのあいだを流れる。

「ジェルヴィレンが」デリラのほうを見ずにラリヴォワールが言う。

「わかっているわ」デリラが答える。「でも、誰も知ることはないでしょう。イラリオンとか当局とかの意味だけど」

「そう望まなかったのか?」

「ええ。苦痛の中でもがきながら言っていたわ。『水を救わないと』って繰り返し、わたしの手を握って」

ラリヴォワールはランプの芯を引きあげた。

「不幸が起こった当日の晩、ここにやってきた。あずまやの下、村人たちの真ん中に立っていた。彼がしゃべり、わしはそれを見ながら耳を傾けていた。人は見ればわかる。立派な男だった」

「死んだわ」

「ご愁傷さま」

「たいそうな苦しみよ」デリラが言った。

ラリヴォワールはあごをかいて、あごひげを引っ張った。

「何か託されたのか?」

「ええ、そのためにここに来たの。あなたのところの人たちを呼びに行って、ラリヴォワール」

「もう夜遅い」相手が言った。

「夜じゃないと言えないことなの。あなたのところの人たちを呼びに行って、ラリヴォワール」

ラリヴォワールは立ち上がり、おぼつかない足どりで寝室の中に入っていった。

「死んだマニュエルがこちらの人間と話すようにと言ったのか？」

「ええそうよ、でもわたし自身もそう望んでいる。わたしなりの理由があるから」

ラリヴォワールは帽子を手に取った。

「死んだ人間たちの意志は尊重しなければ」ラリヴォワールは言った。

ラリヴォワールは戸を半分開けた。

「時間はさほどかからないだろう。息子のシミリアンのところに行ってくる。息子が他の者に伝えるだろうから。もしランプが消えそうになったら芯をまた上げて。ランプは悪くないんだが、フロレンティヌが売るその石油《ガス》が何の役にも立たなくて」

デリラはひとりで残った。頭《こうべ》をたれて手を組んだ。光が揺れ、部屋は陰に満ちていた。デリラは目を閉じた。〈疲れた、この年老いたデリラは疲れた、もう何もできない〉

疲れたせいで、ゆっくりと吐き気のようにもよおす耐え難い渦の中へと引きこまれ、気を失いそうになった。しかしマニュエルの思いがデリラを支えていた。〈あの村人たちに話をしないといけない。その後で寝よう。寝よう、ああ寝てしまおう。もしわたしが死んでも日が昇れば、本当にそれがゆるしの日〉

「……暗い中でずっと待っていたのか？」ラリヴォワールが大声で言った。

ランプは消えていた。ラリヴォワールは暗闇の中、手探りでマッチを見つけた。

「みんな外にいる」ラリヴォワールは言った。

「ランプを近づけてちょうだい。みんなの顔が見えるように」

部屋が明るくなった。テーブルに、コナラ材でできた食器棚の上には細首の大びん、部屋の隅に巻かれたむしろ、石灰で塗られた白い壁、聖人像、古くなった暦。

「みんなを中に入れて」デリラが言った。

村人たちは小屋に入ったが、気後れしてぎこちなく、困惑した様子で、この小さな部屋でお互い窮屈で身動きができない中、ネレスタンは体が大きいせいで居場所がなかった。

丈の長い喪服を着たデリラが立ち上がった。

「戸を閉めて」デリラが言う。

ルイジメ・ジャンピエールが戸を閉めた。

デリラはゆっくりと彼らの顔を凝視した。人数をひとりひとり数えるような、悲しげで真剣なまなざしが向けられると、彼らは顔を伏せていった。

「ジェルヴィレンが見当たらないわね。ジェルヴィレン・ジェルヴィリスが見当たらないと言っているんだけど。ジェルヴィリスはどこでしょうね？」

沈黙の中、村人たちのかすかな呼吸がはっきりと聞こえる。

「ジェルヴィレン・ジェルヴィリスに息子が言った言葉を伝えたかったのに。息子はわたしに言った。これが言った言葉よ。『かあさんたちは雨を降らせるためにロアに捧げものをして、雌鶏や子山羊の血を捧げたけれど、結局何の役にも立たなかった。必要なのは人間の生贄、人間の血なんだ』」

「それは立派な言葉だ」重々しく頭を振りながらラリヴォワールが言った。

「こうも言ったわ。『ラリヴォワールに会いに行って。流された血の意志を伝えて。和解を、生活を立て直すための、日の光が朝露の上に昇るための和解を（息子は二回言った）』とね。それでわたしはイラリオンに通報しようとしたけど、息子がわたしの手を離さなかった。駄目だ、駄目だって、口から黒い血を流しながら『水が失われてしまう、水を救わないと』と言っていた」

「デリラ」握りしめた拳で目をぬぐいながら、しわがれ声でラリヴォワールが言った。「この七十七年のあいだ涙が流れたことはなかったけれど、本当に、まことにあなたの息子は真の男で、魂の根までここの村人で、当分はマニュエルに肩を並べる者を目にすることはないだろう」

「おかあさん」妙に優しい声でネレスタンが言う。「とても苦しんだだろう、おかあさん」

「ええ、息子よ」デリラが答えた。「優しい心遣いをありがとう。でもわたしが来たのは自分の苦しみを語るためにではなくて、息子の最後の意志を伝えるため。実際にはわたしに言ったんだけど、あなたたちみんなに向けてだった。『僕の喪を歌って、クンビットの歌で僕の喪を歌って』と」

「喪を歌うのはならわしだ、死せる者への賛歌を歌うのは。でもあいつは、マニュエルは生ける者の賛歌を選んだのだ。クンビットの歌、大地と水、草木、村人たちの間の友情の歌だ。今しがたわかったのだが、マニュエルは自分が死ぬことで人々の生活を立て直すようにと望んだのだ」

村人たちというのは頑固で、それに粗野だ。生活のせいで心が打ちのめされても、鈍くて荒削りなのは見た目だけで、人間が自分は本当に人間だと言える権利をもっているようにする親切心、勇気、男同士の兄弟愛というものに、彼らほど敏感な者はいないと知っておかなければならない。

ラリヴォワールは村人みんなに向かって話をして、デリラに近づくと、気が高ぶって震える手を差し出した。

「この手を取ってくれデリラ、わしらの約束と誓いと一緒に」

ラリヴォワールは村人のほうを向いた。

「そうだろう、みんな！」

「そうだ」村人たちが答える。

「平和と和解か？」

ネレスタンが進み出た。

「おかあさん、俺があんたの畑に水路を掘ってやろう」

「植えつけをしてやろう、デリラ」ジョザファが言った。

「俺にもまかせてくれ」ルイジメが言った。

「必要なときに雑草を刈ってやろう」シミリアンが言った。

「俺も行く」ジルが言った。

「みんなで行くぞ」他の者たちが言った。

デリラの顔に優しい表情がぱっとあらわれた。

「みんな、慰めてくれてありがとう。息子が墓で聞いているわ。息子が望んだように村人たち家族が一致団結したところで、わたしの役目は終わり」

「ただ」デリラは再び真剣な顔つきになった。「ただ今日この日から、わたしとあなたたちは秘密を守らないといけない。わたしはここに来なかった、いい？　マニュエルは風邪で死んだ、いい？　口の上で十字を切ってちょうだい」

　村人たちはそれに従った。

「誓いを」

　村人たちは胸の心臓があるところを三度叩き、誓いのために手をあげた。

「誓います」

　デリラはしばらく彼らの顔を見つめた。ああ、村人たちのいいところだわ。素朴で率直で正直。

「ラリヴォワール」デリラは言った。「あと一週間待って。喪を勘定に入れなければならないから。そうしたらあなたは他の人を連れて夜明けにロレリアンのところに来てちょうだい。こちらの人間もあなたたちを待っているから。それからうちの嫁のアナイズが、あなたたちみんなを泉に連れていくことにする。アナイズが場所を知っているから。モリバトが木の葉の中で羽をばたかせる。あれまあ、余計なことを言ってしまったわ。わたしはとても疲れた、ああ、この年老いたデリラは。わかるでしょう、もう力がなくて、ええ、もうほんのわずかさえも。それじゃあ、おやすみを言うわ」

　ルイジメ・ジャンピエールが戸を開けた。

「待った」ラリヴォワールが言った。「シミリアンが送っていく」

「いいえ、ラリヴォワール、大丈夫。ご親切だけどその必要はないわ。月が出ているし、星も出ているわ。道が見えるだろうから」

そう言うとデリラは闇夜に出ていった。

# 終わりと始まり

ビヤンネメはヒョウタンの木の下でまどろんでいる。小さい犬は前足に頭をのせて台所の前で寝ている。ときどき片目をうっすら開けてハエを口でつかまえる。デリラは服を縫う。生地に目を近づけて見るので、視力が落ちてきている。太陽はいつもと同じで空高く道をたどり、それはいつもと変わらずに続いていく一日である。物事は普段通りに戻り、いつもの流れを取り戻す。毎週デリラは市場に炭を売りに行く。ロレリアンはデリラのために木を切り出して、炭を作るための組木を立てる。ロレリアンはいい男だ。ビヤンネメは変わってしまって、もう見分けがつかないだろう。以前は少しでも気分を害せばかっとなって、すぐに腹を立てたり、いらいらしたりして、いつでもその場で言い返す用意ができていた。本当に闘鶏の鶏のようだった。今となってはその勢いも削がれてしまっている。ビヤンネメは子供のように何にでも「ああ」と言った。「ああ」と「それでいい」だけ。デリラは何度か、ビヤンネメがマニュエルの部屋にいるのを見かけた。ベッドの上の何もないところをなでて、涙が白いひげの中を伝っていた。毎朝ビヤンネメは、バヤオンドの林の端にある墓まで行く。墓はヤシの葉で作った小さなあずまやで雨風から守られている。墓の近くにうずくまってパイプを吸い、目は焦点があっておらずうつろだ。デリラがヒョウタンの木陰に連れていくために捜しに来なければ、何時間もそこにいることだろう。ビヤンネメはおとなしくデリラに着いていく。よく寝ることがあって、昼間でもいつでも寝入ってしまう。アントワヌは正しかった。ビヤンネメは打ちのめされたのである。

遠くから、突風となった声と疲れを知らぬ太鼓を叩く音が風に運ばれてくる。ここ一か月、村人たちはクンビットになって働いている。水路が掘られた。大きな用水溝が狭い平地とバヤオンドの林を通って、泉からフォンルージュまで走る。彼らは細い溝を掘ってそれぞれの畑につないだ。

イラリオンは激怒して息が詰まった。ああ、彼は気をもんでいるみたいで、フロレンティヌが朝から晩まで、まるでイラリオンの落ち度であるかのように、あらゆる非難を浴びせて苦しめる。マニュエルが死ぬなんて予想できただろうか？　当然、イラリオンは時機をみてマニュエルを逮捕し、手段にはこと欠かないから、泉がどこにあるか吐かせただろう。大尉はイラリオンを間抜け扱いした。そして今はこのフロレンティヌが……フォンルージュじゅうで彼女の金切り声が聞こえた。それに耐えかねるとイラリオンは銅製のベルトの留め金で叩き、このあばずれをいくらかおとなしくさせた。

もしかしたら、とイラリオンは考える。もしかしたらあの水に税金をかけるように市政官のサンヴィル先生にお願いできるかもしれない。俺が取り立てをして、自分の分は別に取っておいて。

今にわかる。〈ああ、村人たちがそうさせるかどうか今にわかる〉ここ数日、連中はちょうど泉で、水の先頭で仕事をしている内輪で言っている。連中は逐一マニュエルの指示に従った。死んだというのに、マニュエルの野郎。奴は死んでも村人たちを導いている。

誰かがデリラの庭に入る。背が高くて美しい女、アナイズである。

年老いたデリラはアナイズが来たのを見て、心がうれしくなる。

「こんにちは、おかあさん」アナイズが言う。

「こんにちは、お嫁さん」デリラが答える。

「また目が悪くなるわ」アナイズが言う。「その服、わたしに繕わせて」

「こうやって時間をつぶしているのよ。縫いものをする。縫いものをしてわたしは遠い昔と今を縫いあわせる。もしもアナ、いのちも繕い直すことができて、切れてしまった糸を元に戻すことができるのなら、ああ神様、でもそれは無理な話」

「マニュエルはこう言っていた。昨日のことだったみたいに今でも聞こえる。こう言っていた。『いのちは切れることのない糸で、失われはしない。どうしてだかわかるかい？　それぞれが生きているあいだに結び目を作るからさ。生きているあいだに成し遂げた仕事が、何世紀ものあいだその人の人生を永らえさせる。この世における人間の意義なのさ』って」

「わたしの息子は考えが深い人間だった」デリラが誇らしげに言う。

歌が切れ切れにふたりのところまで届いてくる。それはオオ、エエ、コエンエオというようなかけ声で、太鼓が喜びの声をあげる。歌は歓喜が極まってどもっていた。アントワヌはこれまでにない腕前で歌を指揮する。

「ジルが今日水路に水を流すって言っていたわ。見に行ってはどうかしら、おかあさん？　大切な出来事よ」

「あなたが望む通りに」

デリラは立ち上がった。背が少し曲がって、またさらにやせてしまっていた。

「日差しが強いから帽子をかぶっていくわ」

アナイズはすでに、小屋に帽子を取りに行っていた。

「気が利くわね、あなたは」デリラは感謝した。

人生の悲しみがその刻印を刻みこんで、唇の端に小さな跡となっているにもかかわらず、デリラは若いころの愛嬌をとどめる笑顔で微笑んだ。

ふたりは、帰郷した翌日にマニュエルが駆けめぐった野道を通って林に入った。バヤオンドの林は、炭の組み木から出た煙の冷めたにおいがした。ふたりは光あふれる谷間に出るところまで静かに歩いた。樹木性のサボテンはくすんだ緑で、粉が吹いたような表面をした肉厚の大きな葉をつけて立っていた。

「見て」アナイズが言った。「このサボテンを『ロバの耳』と呼ぶのはもっともじゃないかしら。気難しくて強情で意地が悪そう、このサボテン」

「植物はキリスト教徒みたいなもの。いいものと悪いものの二種類ある。葉の中にぶら下がった小さな太陽のようなオレンジを見るとうれしくなるでしょう。オレンジというのはおいしくて、役に立つ。反対にこれみたいにとげのある植物ときたら……でも神様がすべてお創りになったんだから、悪く言うべきではないわね」

「それにヒョウタンは」アナイズが言った。「男の頭そっくりで、脳みそみたいな白いものを中に包んでいるけれど、馬鹿な実で食べられない」

「あなたは賢いわね」デリラは声をあげた。「この年老いたデリラを思わず笑わせる」

ふたりはファンションの小さな丘に登った。デリラは高齢のため、ゆっくり歩いていた。アナイズがそのうしろをついていった。野道はなかなか急だった。幸いにも道はつづら折りになっていた。

「高台までは行けないわ」デリラが言った。「ここにちょうどいい大きな岩がある。まるで腰掛けみたい」

ふたりは腰を下ろした。里が足元に広がり、真昼の日で焼ける中にある。左手には囲みのあいだにフォンルージュの小屋と錆び跡のような畑が見えた。サヴァンナは激しい光の広場のように広がっていた。しかし里を横切って、水路の溝が通り道にある光に照らされたバヤオンドに向かって走っていた。もし目がよければ、畑の中に掘られた溝が線状に見えたことだろう。

「みんながいるのはあそこ」木の生えた丘のほうに手を向けてアナイズが言った。「あそこでみんなが仕事をしている」

太鼓は歓喜の声をあげ、打つ手が速くなる。村に低い音が響き、男たちが歌っていた。

マニュエル・ジャンジョゼフ、立派で勇敢な男、エンエオ！

「聞こえるかしら、おかあさん？」

「聞こえる」デリラが言った。

近いうちにこの乾いた里が高く伸びた緑で覆われ、畑にはバナナの木やトウモロコシ、サツマイモ、ヤマイモ、赤い月桂樹と白い月桂樹が生えることになり、それはデリラの息子のおかげである。

歌が突然止まった。

「どうしたのかしら」デリラがたずねた。

「わからないわ」

次に大きな歓声があがった。

ふたりは立ち上がった。

村人たちが丘から走ってあらわれ、帽子を宙に投げて踊り、抱きあっていた。

「おかあさん」アナイズが妙に弱々しい声で言った。「ほら、水が」

銀色の細い刃が里を進んでいった。村人たちは叫び声をあげ、大声で歌いながらそれを追いかけていた。

アントワヌが先頭に立って歩き、得意げに太鼓を叩いていた。

「ああマニュエル、マニュエル、マニュエル、どうして死んでしまったの？」デリラはうめいた。

「いいえ」アナイズは涙を流しながら微笑んで言った。「あの人は死んでいない」
アナイズは年老いたデリラの手を取ると、そっと自分の腹に当てた。そこには新たないのちが動いていた。

メキシコシティ、一九四四年七月七日

# 訳者あとがき

フランス語圏カリブ海ハイチの作家ジャック・ルーマンはハイチ文学の父とされる。ハイチ文学において彼と双璧をなすジャックステファン・アレクシは「今後われわれの地に花開くすべての偉大なハイチ人は、彼に何かを負わないことはありえないだろう」[1]とジャック・ルーマンを評している。その代表作『朝露の主たち』*Gouverneurs de la Rosée* は出版直後から広く知られ、ハイチのみならずカリブ海で最も注目される作品となった。マルチニック人の作家パトリック・シャモワゾーとラファエル・コンフィアンは、フランス語圏カリブ海文学史『クレオールとは何か』で一九五〇年代カリブ海文学におけるその影響を以下のように記している。「ジャック・ルーマンの『朝露の統治者たち』はハイチだけでなくアンティル諸島全体で、一九五〇年代に成人に達した世代にとってバイブルのような作品となった。それに影響された小説や引き写しの類《たぐい》は数知れない」[2]グアドループ出身の作家マリーズ・コンデは自伝『心は泣いたり笑ったり』にその傍証となる逸話を記している。一九五〇年ごろ、パリで学校に通う少女時代のコンデが、生まれ故郷について授業で紹介するように課題を与えられたときのことである。発表を用意するためにカリブ海作家の本を借りようと、作家志望であり蔵書家である兄が住む屋根裏部屋を訪れた際、彼女が最初に目にしたのがジャック・ルーマンだった。「家具の上といわず埃《ほこり》だらけの床上といわず乱雑に積み上げられた書籍のなかを、わたしたちは手あたり次第に探した。ジャック・ルーマンの『朝露を制する者たち』。ハイチのことを書いた本だ」[3]当時の若者にとって「バイブルのような作品」であったことを如実に示す事実譚である。

一九四四年、ハイチで自費出版された『朝露の主たち』は早い段階から国際的に認知された。一九四六年にフランスで出版され、一九四七年にはハーレムルネサンスを代表する詩人ラングストン・ヒューズが英語訳を手がけた。翌一九四八年にはドイツ語、イタリア語、ヘブライ語、チエコ語に、一九四九年にはポーランド語に翻訳され、以降一九五〇年代にはオランダ語、デンマーク語、ハンガリー語、スペイン語、ロシア語などになり、フランス語圏内にとどまらず広く世界各地で読まれる作家となった。そして、現在わかっているだけで翻訳は十九の言語にのぼるという。[4]近年では二〇一八年にフランス国立研究所からジャック・ルーマンの全集が出された。フランスの社会学者ピエール・ブルデューのことばを借りれば、今日この作家が「聖別化」されたフランス語圏の作家であることに間違いはない。

ハイチ文学は日本において、まず一九六五年に小説家ジャックステファン・アレクシの処女作『太陽将軍』が出版されている。それから時を隔てた一九九〇年代、日本におけるクレオールブームの際に、もっぱらクレオール語だけで創作を続ける筋金入りのクレオール文学者フランケチエンヌが紹介された。フランケチエンヌを主要著者とした、複数のハイチ人作家による短編集『月光浴』が二〇〇三年に出版されている。また、最近では二〇一八年に、詩人ルネ・ドゥペストルの小説『ハイチ女へのハレルヤ』が刊行された。その他にも、ハイチからカナダに移住して作家活動を始め、現在アカデミーフランセーズ会員であるダニー・ラフェリエールが近年立て続けに翻訳されている。同じくハイチ生まれでアメリカに移住し、英語で創作するエドウィージ・ダンティカも十作品ほど刊行されている。

ハイチ文学は日本ですでに紹介されているこれらの作家だけでなく、数え切れないほど存在する。ただ、ハイチ国内のみで出版されると多くの作品が看過される。多くの場合、フランスやカナダ、アメリカ合衆国の主要都市にある出版社を介して初めて世に知られる。日本でカナダ在住のダニー・ラフェリエールやアメリカ在住のエドウィージ・ダンティカが多数翻訳出版されているのも、こうした事情が関わっている。ありきたりなイメージではあるが、カリブ海といえば海賊で、沈没船の財宝や海賊の埋蔵金が連想される。ハイチは、いまだ手つかずの名作が残る、文学的な意味での「宝の島」である。もちろん、本書『朝露の主たち』もそのひとつである。

## 作家ジャック・ルーマンについて

ジャック・ルーマンは一九〇七年、ハイチの首都ポルトープランスの裕福なムラートの家庭に生まれた。母方の祖父は一九一二年から一九一三年に暗殺されるまでハイチの大統領を務めたタンクレド・オーギュストであり、エリート中のエリート出身である。また本人の言によると、一七九〇年代のハイチ革命の際、ムラートたちを代表して、黒人指導者トゥサン・ルヴェルチュールと競り合ったアンドレ・リゴ将軍の末裔だという。[5] 一九二一年からスイスの寄宿学校で学び、一九二六年には農学を学ぶためスペインのマドリードに移った。そのためドイツ語とスペイン語に堪能であった。スイスにいた青年時代にはショーペンハウアー、ニーチェ、ダーウィン、ハイネなどを耽読する一方でボクシングをたしなみ、スペインでは闘牛に熱中した。

一九二七年、ヨーロッパでの遊学を終えて二十歳でアメリカ占領下のハイチに帰国すると、当時新たな愛国的文化運動であったアンディジェニスム（土着主義）に関わり、その中心機関となった雑誌「アンディジェヌ」の運営に参加した。この時期とりわけ、土着の習俗を研究した『おじはかく語りき』*Ainsi parla l'oncle* を発表した民俗学者ジャン・プライスマルスに触発された。若き愛国者ジャック・ルーマンは、ハイチ占領に協力的だと当時の大統領ルイ・ボルノを非難する記事を「アンディジェヌ」誌に発表したことで逮捕され、一年の懲役と罰金刑に処せられる。翌一九二九年に出所するも、造反の疑いで再逮捕となり、二度目の投獄を経験する。一九三〇年、ルイ・ボルノ大統領が失脚した際に臨時内務省局長に任命され、次いでステニオ・ヴァンサンが新大統領に就任すると正式に内務省局長となる。この時期に、ハイチのエリートを風刺した短編「獲物と影」La proie et l'ombre と「操り人形」Les fantoches、農村を舞台とした中編『魔法の山』*La montagne ensorcelée* を続けて発表している。

一九三二年、ニューヨークへ赴《おもむ》いて共産党員と接触し、帰国時に反体制活動の嫌疑を受ける。再逮捕を避けるために一時地下活動に入るものの、親族に対する報復を恐れて自ら出頭し、三度目の投獄を受ける。一九三四年にハイチ共産党設立を宣言し、自ら書記長として中央委員会で活動すると四度目の逮捕となり、今度は三年の懲役を宣告される。幸いなことにラングストン・ヒューズがアメリカ合衆国やフランスで救援キャンペーンを行なったおかげで刑期が短縮され、結局一年半で出獄するが、以降警察の監視下に置かれることになる。もともと心身強壮であったが、この時期の長い拘禁生活と監獄内の劣悪な環境、その際に受けた拷問が身体をむしばみ、若くしてこの世を去る原因になったと言われている。

一九三六年、ハイチ共産党が非合法になったことで、ベルギーにいる実弟を頼ってブリュッセルに亡命する。翌一九三七年にパリに移住し、その年ハイチとドミニカ共和国の国境で起こったハイチ人虐殺事件を告発する記事をフランスの左翼系雑誌に発表した。虐殺を指示したドミニカ共和国大統領トルヒーヨと、共謀関係にあったハイチ大統領ステニオ・ヴァンサンの両者を非難したため、一九三八年フランス当局に二週間拘束され、罰金刑を言い渡される。政治的活動が難しくなったこの時期から、本格的に民族学に専念するようになった。実際パリの民族学研究所に登録し、人類博物館でアメリカを専門とする民族学者ポール・リヴェの助手になっている。

一九三九年、ヨーロッパで戦争が勃発する可能性が濃厚となったことから、家族を先にハイチに送り返し、自身も遅れてフランスを離れる。しかし政治亡命中の身であり、ハイチに入国できないため単身ニューヨークに渡り、民族学を学ぶためコロンビア大学に入学する。一九四一年、ステニオ・ヴァンサンが失脚し、エリ・レスコが次期大統領となったことで、政治的活動を控えることを条件に帰国が許され、五年以上にわたる亡命生活に終止符が打たれる。帰国後、スイス人考古学者で民族学者のアルフレド・メトロとともに、ハイチ北西部沖に浮かぶトルチュガ島に渡り、現地調査を行なった。同時にハイチ北部で先住民族の考古学調査も行ない、ハイチ民族学研究所の初代局長に任命される。

しかしながら一九四二年、熱心なカトリック信者であったレスコ大統領のてこ入れもあって、農民にカトリック信仰を広める目的で「反迷信キャンペーン」が行なわれた。ジャック・ルーマンはヴードゥー教撲滅を目指すこの運動を新聞「ヌーヴェリスト」で批判し、カトリックの神父がそれに応酬したことから論争となる。間接的な大統領批判ともとれる政治性を帯びた言論活動が原因で、民族学研究所の職を解かれ、メキシコ代理大使任命という名目で国外追放となった。

ジャック・ルーマンはこのメキシコ代理大使在任中の一九四四年七月七日に『朝露の主たち』を完成させるが、本作が絶筆となった。間もなく体調を崩して同年八月六日ハイチに療養のため帰国し、二週間もしない八月十八日に他界した。病死とされているが死因は不明で、毒殺説もささやかれた。それからわずか数カ月後、同年十二月に『朝露の主たち』が、翌一九四五年には詩集『黒檀の木』*Bois d'ébène* が出版された。ジャック・ルーマンはわずか三十七年の人生の中で四度の逮捕と合計で約三年の監獄生活を経験し、六年にわたる亡命生活を強いられた。長編小説と詩集が死後出版されるまで、生前には物語作品を三作、多数の政治的記事のほかに、いくつかの詩や民族学の論文を雑誌に発表している。作家としては寡作であるがゆえに、ジャック・ルーマンの名と『朝露の主たち』はなお一層緊密に結びついている。

『朝露の主たち』はフランス語で書かれているが、見慣れない片仮名の言葉が散見されるとおり、ハイチのクレオール語がところどころ用いられている。もともとハイチ文学は担《にな》い手のブルジョワ作家たちが極端なまでに親仏で、折り目正しいフランス語で書くことが文学的規範であった。ただしそれはハイチの現実や大衆とはかけ離れ、滑稽にも映るサロン文学であった。一九四四年にハイチを訪れたマルチニックの詩人エメ・セゼールが、対談で当時の様子を回想している。

ハイチで目撃したことは、おこなってはならないことばかりでした。ハイチは自由を獲得したとされ、独立を獲得した国でしたが、私の眼には、フランス植民地マルティニックよりも悲惨であると映ったのです！　知識人は知識人ぶることに終始していました。彼らは詩を書き、さまざまな問題にたいして立場を決めていたが、民衆そのものとは関係をもたなかった。[6]

このような状況の中、一九四〇年代に大衆の現実を描くことはひとつの反抗であり、クレオール語の使用もその企ての中にあった。また、本作品内ではフランス語の、ハイチ独特の言い回しが用いられている。[7]その例は枚挙にいとまがないが、ひとつ挙げると原文では黒人を指す「ネグル」nègreが多用されている。ただこの言葉はハイチにおいてとりわけ黒人を指すわけでなく「人間」や「男」hommeに相当する意味なので、翻訳では必要がない限り「黒人」とはしていない。そもそも一九九〇年ごろの「クレオール文学」とは異なり、クレオール語をフランス語に対峙させようとする意図は見られない。ただ「これはハイチ」と示さんとする現実効果として、クレオール語やハイチふうのフランス語が文章の中に組み込まれている。それ以外にスペイン語の使用については、二〇世紀前半におけるアメリカ合衆国とカリブ海の政治との関わりがあるので、のちほど触れることにする。

『朝露の主たち』は序盤が低調であるものの、中盤に物語が動きを見せ始め、終盤にかけて速度を上げて最高潮に達するという、古典的な尻上がりのストーリー構成となっている。後半の劇的な展開に比べると、前半は展開に乏しく退屈にも思えるのだが、ハイチ社会の成り立ちの観点からすると非常に含蓄に富んでいる。なぜ主人公はキューバ帰りなのか？　なぜフォンルージュの村は旱魃《かんばつ》に苦しんでいるのか？　なぜ村を分断する身内殺しが起きたのか？　シンプルな筋の根底には、プランテーション社会から独自の農村社会を形成したハイチの複雑な問題が横たわっている。以下では、二十世紀前半に至るハイチの歴史と社会に関連づけて、作品に一歩踏み込んだアプローチを試みることにする。

## 植民地サンドマングから独立国ハイチへ

大アンティル諸島のエスパニョーラ島はもともとカリブ海の先住民たちによって「アイティー」と呼ばれており、「山がちの土地」を意味していたことを、修道士でアメリカ年代記を書いたラス・カサスが記している。[8]　一四九二年、コロンブスが第一航海の際に探索し、広大で美しい土地の様子がエスパーニャ（スペイン）に似ていることから「エスパニョーラ島」と名づけた。[9]　しかし一四九八年八月五日、スペイン人が島の東側に入植したのが日曜日であったため、聖ドミニコにちなんでサントドミンゴと呼ばれるようになった。植民者たちによる酷使とヨーロッパからもたらされた感染症の流行で先住民が激減したため、スペイン人は働き手として新たな奴隷を求めて大陸へと進出していった。

アステカやペルーを征服し、思いがけず金銀を発見したことで大陸に人口が流出し、スペインによるエスパニョーラ島支配は手薄になった。そこでイギリス人、オランダ人、フランス人が島の西側に定着し、植民の際にスペイン人が家畜として持ちこんだ動物が野生化したものを狩りながら、スペイン本国に金銀を運び出す輸送船を襲うバッカニアとなっていた。一六三五年、海賊行為に手を焼いたスペインによってバッカニアは一掃されるも、一六五九年以降フランス人は島の西側に再び根を張り、北西沖にあるトルチュガ島も占拠した。フランス人入植者については、同時代である一六六六年にフランス西インド会社の年季奉公としてトルチュガ島に渡航し、数年間実際に海賊船に加わった外科医エスケメリングの手記『アメリカの海賊』（邦題『カリブの海賊』）の第一部に詳しい。その中に、フランス人バッカニア（以下ではフランス語読みでブーカニエ）とはどんなものか具体的に記録した当時の証言があるので、そのまま引用する。

彼らは大別して狩猟、農耕、または海賊のような職業に従事している。彼らには、お互いの財産や将来の利益を分かち合う生涯の伴侶を見つける習慣がある。このいわば義兄弟ともいうべき契りは、お互いが同意した文書に署名した瞬間から結ばれる。もしどちらかが先に死ねば、遺産の相続人となるが、もし共に結婚している場合には、遺産は妻子が相続することになる。

狩猟者は野牛専門と野豚専門に分かれるが、前者はブーカニエと呼ばれている。しばらく前にはこのブーカニエは約六百人もいたが、乱獲によって野牛の数が減ってしまったために、現在では三百人余りとなってしまっている。野牛を追って森に入ると、ブーカニエたちは一年も二年もの間狩猟を続け、収穫をトルチュガ島に行って売りさばく。そして次の狩猟に必要な弾薬や必需品を購入すると、残りのもうけはすべて遊興と賭博に費やしてしまう。[10]

一六九七年、ライスワイク条約によって島の約三分の一は正式にフランス領となり、サンドマング（サントドミンゴのフランス語読み）となった。和平とともに、獲物を求めてそれまで居が定まらなかったバッカニアたちも徐々に定住生活に入り、農耕を営むようになった。それに先立つ十七世紀後半から、殖民を目的とした政策の中で適齢期の女性がフランス本国から送られており、バッカニアたちがこぞって結婚し、身を固めたという背景もあった。

そこから約百年にわたってサンドマングは類まれな発展を遂げ、莫大な富をもたらす植民地として「カリブ海の真珠」と呼ばれるまでになった。ただしそれは、悪名高い黒人奴隷貿易で成り立つ三角貿易によるものであった。後発の新興植民地であったため、その評判を聞いた素性の知れないフランス人が手っ取り早く財を成すために殺到する地となった。革命の時期を生きたカリブ海生まれの白人で法律家のモロ・ドゥ・サンメリによると、十八世紀末には白人植民者のうちわずか四人にひとりが現地生まれで、誰も彼も次の年にはフランス本土に帰ると漏らしてばかりいる「旅行者」だったという。[11]

全人口五十二万のうち白人植民者が四万人、解放奴隷とその子孫である有色自由人が二万八千人であったのに対し、黒人奴隷が四十五万二千人で、全人口の九割近くにまで及んでいた[12]。先発植民地のマルチニックやグアドループに比べてサンドマングはプランテーションの規模が大きく、フランス本国に居を構える不在地主が多かったこともあり、奴隷に対する扱いは過酷であった。人口の大多数を占める奴隷を制するために用いられた暴力は度を越えていた。その過酷さはカリブ海に関する文献の中で奴隷制の記憶として今日でも語られるが、二十世紀後半にハイチでフィールドワークを行なったアメリカの人類学者によって書き留められた記録の日本語訳があるので、引用する。

農園主たちの残虐な行為の記録は、ほとんど信じ難いものである。ある奴隷は二十五年間ずっと鎖に繋がれていた。ある悪名高い農園主は、いつでも奴隷を処罰して切り取った耳を木に吊るせるように、金槌と釘を持ち歩いていた。その他の一般的に行われていた奴隷虐待の行為を挙げると、煮えたぎる砂糖黍《さとうきび》のシロップを身体に吹きつける、針金で上下の唇を縫い合わせる、男女どちらにも行われた去勢や性器の切断、生き埋め、縛り上げて体中に糖蜜を塗り、蟻の通り道に転がしておく、内側一面に釘を植え込んだ樽に押し込める、肛門に火薬を詰めて火を点けるなどがあり、この最後のやり方は、「黒ん坊のケツを吹っ飛ばす」という口語的表現が生まれるほど広く行われていた[13]。

そのような状況下、エスパニョーラ島は地理的に複雑で後背地も深いため、奴隷逃亡が頻発した。プランターたちにとって、逃亡者が出ると労働力喪失で不利益となる。しかも、東側がスペイン植民地に地続きであるため、奴隷たちが境界を越えてスペイン領に逃げこむと捕えることができなかった。山奥に形成される逃亡奴隷の共同体が反乱の温床となり、懸念材料となった。

カリブ海植民地争奪の時代において奴隷の反乱は他国の介入を招き、文字通り内憂外患となる恐れがあった。それが現実となったのが、フランス革命に呼応して一七九一年に起こったハイチ革命である。その中で頭角を現したのが、奴隷出身の将軍トゥサン・ルヴェルチュールだった。一八〇二年、再征服をもくろむナポレオン・ボナパルトが送りこんだルクレール将軍と対峙するも姦計によって捕らえられ、フランスとスイス国境にあるジュラ山脈に幽閉されて獄死した。そのあとを継いだジャンジャック・デサリヌはフランス軍を排除し、一八〇四年に独立を宣言した。その際、植民地サンドマングに替わり、先住民の言葉「アイティー」から現在の国名がつけられた。革命の混乱で傾いたプランテーションの再建と国家財政の立て直しが緊急の課題となった。トゥサンはそのために、混乱を避けて出国した白人プランターたちを呼び戻す必要性を見抜き、彼らに対し融和的な姿勢を取ることで大規模農場経営の維持を試みていた。当初トゥサン同様の姿勢を見せたデサリヌはのちに一変し、残留したフランスの白人を虐殺し、一八〇五年のハイチ国憲法によってその所有地を国有化した。

白人がいなくなったハイチでは、独立前からの自由民と独立後の解放民がそれぞれ階級を形成した。前者は独立前から自由であったムラートで、白人から土地を接収したものの、憲法でその所有を無効化されたためにデサリヌを嫌悪していた。後者はハイチ革命により解放された元奴隷の黒人であり、デサリヌを支持していた。しかし、一八〇六年にムラートの反乱によってデサリヌが暗殺されたことにより、国家は南北に分断した。北部にアンリ・クリストフによる黒人を中心としたハイチ王国、南部にアレクサンドル・ペティヨンによるムラートたちのハイチ共和国が形成された。南部の共和国では軍人や役人に対する俸給の元手がないため、代わりに国有化された土地が分配され、のちに彼らが貴族的なムラート階級を形成する元になった。

北部の王国について、そもそもフランス革命の理想に依拠して奴隷を解放したにもかかわらず、アンリ・クリストフが「王政復古」を図ったのは明らかに時代の流れに逆行する。ただ先の指導者たちの時代から国家財政の回復が急務であり、そのためにはサトウキビやコーヒーなどの輸出作物を大量に生産するプランテーションが不可欠であった。大規模農業経営のためには労働力を集約させ、土地の細分化を防がねばならず、世襲貴族制と長子相続による大所領の維持が不可欠だった。それには当然のことながら矛盾が生じる。前時代的封建支配の下では、解放されたはずの民衆は土地を所有しない農奴となり、土地に縛られ収穫の一部だけを受け取る隷属状態に置かれた。その結果として人口が南部に流出し、北部のハイチ王国は反乱で混迷する中、クリストフ王が自害して一八二〇年に崩壊した。

## 南北分断とエスパニョーラ島の地勢

北部と南部の分裂は単に政治イデオロギーの対立ではなく、ハイチの地理環境によるものである。北部は降雨量が多く、ルカプ周辺の平野以外にも、中央部を流れるアルチボニト川流域の湿潤な平野がある。南部は乾燥して平野も少なく、大規模農業には向いていない。北部は集約的な輸出作物栽培が可能であるため王政の下で貴族世襲制が採用され、南部はそれがほぼ不可能なため共和政がとられて土地の分配と自作農が広がった。

東西に延びるエスパニョーラ島は火山島であり、北西沖のキューバ、東沖のプエルトリコと連なる列島の一部を成している。またハイチ南部で沖合に細長く突き出たティビュロン半島を西に向かうとジャマイカにぶつかる。島中央には、カリブ海最大の標高三千メートルを超すピコ・ドゥアルテと、それに連なる山脈コルディエラ・オリエンタルがドミニカ共和国領内に存在し、起伏を表した「地図1」[▼14]上、島の中央を横切る色の濃い部分を見ると、山脈が北西から南東に傾いていることが見てとれる。

起伏を示す「地図1」と年間雨量を示す「地図2」[▼15]を比較するとそれぞれ色の濃淡によって見分けがつくように、高度と降雨量がおおよそ一致し、高地は雨量が多く、低地は少ないことがわかる。この中央山脈の南と北では大気の流れによって降雨量に違いが発生し、「乾燥の対角線」と呼ばれる境界が生じる。[▼16]カリブ海には北東から湿った貿易風が吹く。水分をたくさん含んだ雲がほぼ垂直に中央山脈に当たり、風上となる島の東側ドミニカ共和国には多量の雨をもたらす。反対に風下となる島の西側ハイチでは、「地図1」上に点線で囲まれた首都ポルトープランス周辺から東の低地帯は山脈によって雨雲が遮断され、乾燥することになる。これは日本の冬の気象と類似している。中国大陸から吹く風が日本海上で多量の水分を含む。湿った大気が本州中央部の山脈にぶつかるため風上となる日本海側では豪雪となるが、風下となる太平洋側は乾燥する。

ハイチ西岸および首都ポルトープランスの東側内陸東はキュドゥサク（フランス語で「行き止まり」の意味）と呼ばれており、「地図2」に示されているように年間降雨量が千ミリ以下で、島の中でも乾燥する地域である。『朝露の主たち』に出てくる地名はほぼ架空のもので、フォンルージュの所在地は不明なのだが、村人が物を売りに通う市場があることでしばしば言及されるラ・クロワデブケだけは、首都の東に実在する町である。村人が馬やロバに荷を積んで一日で往復できること、首都ポルトープランスや海に言及がないこと、貧困に耐えかねた人が村を捨てドミニカ共和国へ逃げていくことからすると、ラ・クロワデブケとドミニカ共和国のあいだが舞台とされていると考えられる。

カリブ海は季節がふたつに分かれており、十一月から三月までが乾季、四月から十月までが雨季である。先に言及したが風の流れと乾湿の関係についてだが、雨季のあいだは風向きが変わり、北アメリカ大陸側から吹く北西の湿った風が「乾燥の対角線」に沿って平行に吹き込む。そのため中央山脈の南側に位置する乾燥地域でも雨が降りやすくなる。ただ雨季と乾季がはっきり分かれているため、時期によって雨量の多寡が極端で、乾季は旱魃になる。とりわけ「春」の雨季開

地図1

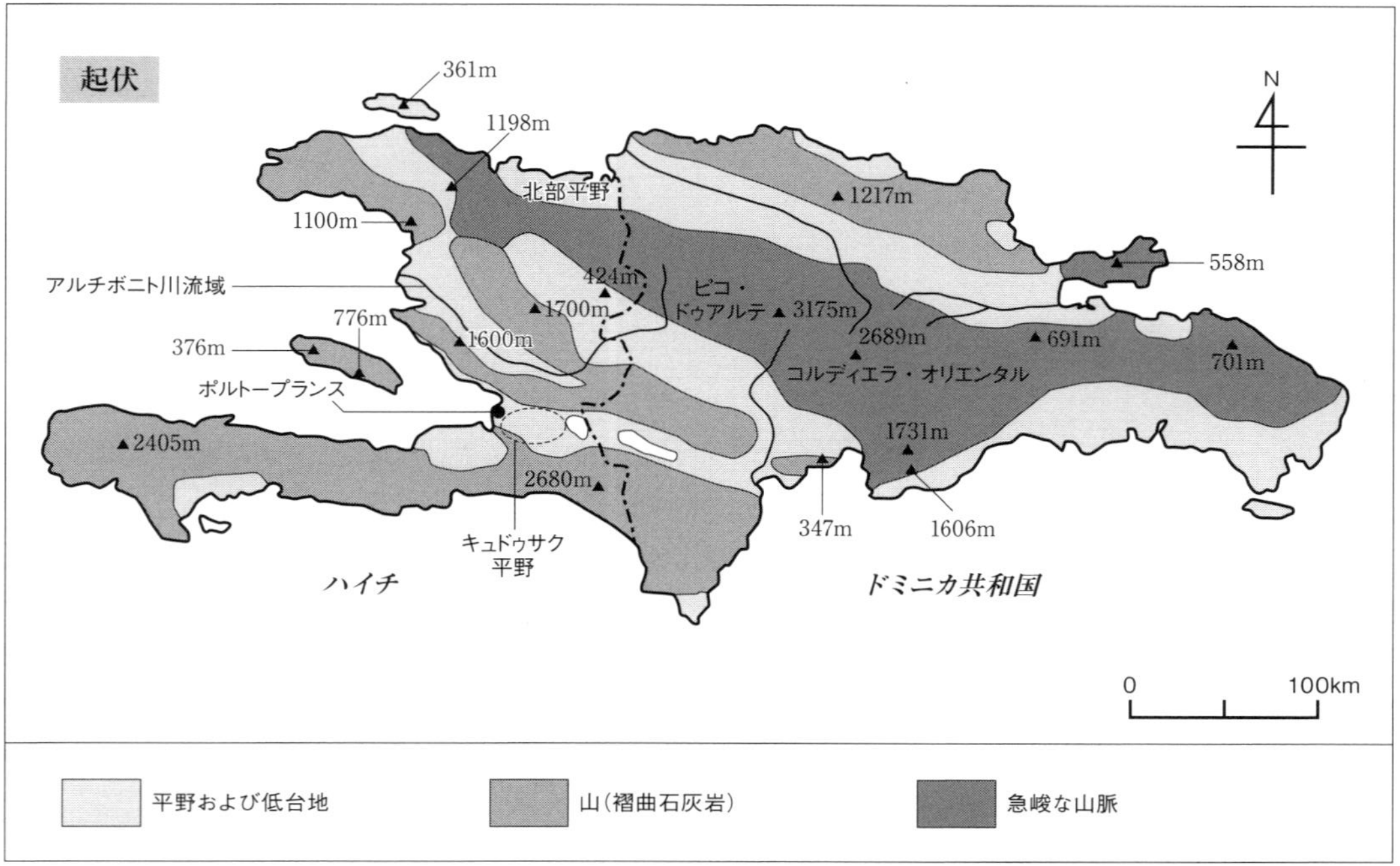


La documentation française パリ1975年

出典：Guy Lasserre, *Les Amériques du Centre*, PUF, 1974.

地図2

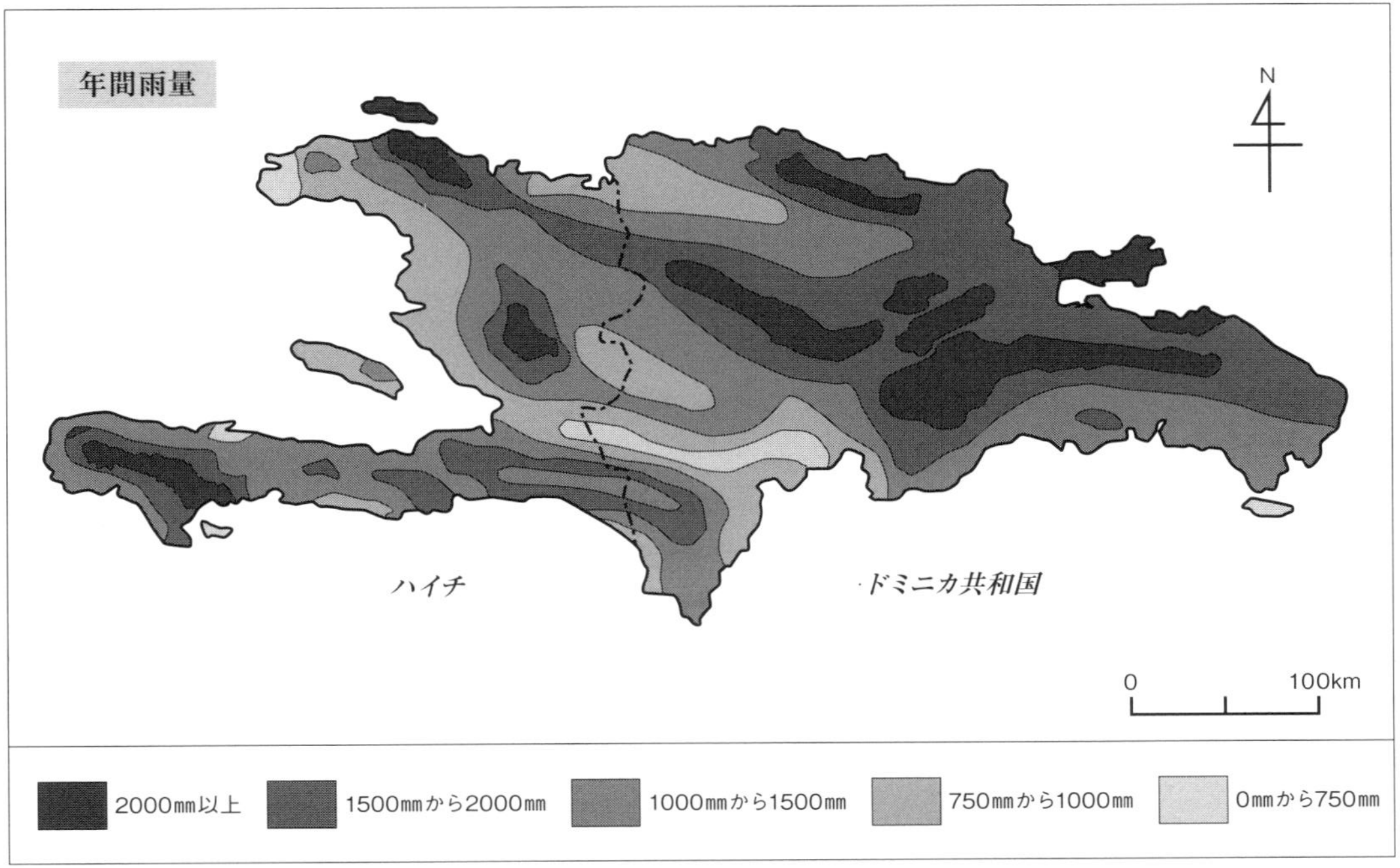


La documentation française パリ1975年

出典：Guy Lasserre, *Les Amériques du Centre*, PUF, 1974.

始時期は不確定で、三月が極端に乾燥して四月半ばまでずれ込む年は平地で飢饉となりやすい。[17]小説の中でマニュエルは、故郷を出て「復活祭で十五年になる」と言っている。復活祭はおおむね三月末から四月中旬に位置するので、物語が展開するのは復活祭前の乾燥が極まる四旬節ごろだと推測される。

小説の舞台フォンルージュが極度に乾燥しているのは、単に地理と気象といった自然条件だけではなく、人間による森林伐採とその結果として起こる環境破壊にも原因がある。そもそもハイチは国土の半分以上が傾斜四十度を超える斜面で、スイスよりも山がちである。[18]雨季に熱帯性の激しい雨が降り、森林伐採で土壌がむき出しになった急峻な斜面にそれが降り注ぐと、表土を流してしまう。貿易風の風下で年間降雨量が少ない地域はもともと、森林が再生するのに時間がかかる。日本でもよく知られたアメリカの進化生物学者ジャレド・ダイアモンドによると、コロンブス以前には島全体を覆っていた森林が、ハイチでは二〇〇〇年ごろには乱伐によってわずか一パーセントにまで減少した。降雨に恵まれ、ある程度森林保護がなされてきた隣国ドミニカ共和国の二十八パーセントときわめて対照的であるという。[19]

森林面積激減の原因は『朝露の主たち』でも日常生活における炭の使用や炭焼きの風景がところどころ見られるとおり、熱エネルギーを木炭に依存しているからである。その上、人口が増えると農地や建築資材、燃料を求めて内陸の高地へと進出せざるをえず、山を切り開いていくこととなる。本作の冒頭で、十五年ぶりに帰郷した主人公がかつて存在した泉について問う場面がある。もともと乾季の水不足を天然の湧き水でまかなっていたことが言われているのだが、森林破壊により丘の保水能力が低下して地下水が枯渇した結果、泉は枯れてしまった。小説内ではサボテンやバヤオンドなどとげ植物のある風景が描かれるが、乾燥に強い植物しか育たない、疲弊した土地の光景である。

南部でペティヨンの後継者となったジャンピエール・ボワイエが一八二〇年に南北に分断されたハイチを再統一し、土地の分配がさらに進行した。そうこうするうちに植民地時代に整備された設備が老朽化し、プランテーション社会に立ち戻ることが不可能となった。その結果、ハイチ独特の農民社会が実現された。国家財政の観点からすれば経済的利点が明らかであったにもかかわらず、大規模農業が復活しなかった理由は、人口の多くが奴隷制の悪夢を抱え、隷属的労働を望まなかったためである。逆に自作農が広がったこともそれに関係がある。所有権が認められなかった奴隷の身分から解放され、自ら所有する土地を耕して生活の糧を得る行為には大きな意義があった。実際『朝露の主たち』でも言及されるのは穀類、豆やイモなど主食となる作物で、食料自給のための農業であることがうかがい知れる。一八四〇年代半ばにはハイチ独特の家族と土地と宗教が一体となった農村社会が成立し、第二世代に当たる一八六五年ごろにその最高潮を迎えた[20]。子供たちは父親の家の近くに居住して土地を譲り受け、その見返りに労働を提供した。十九世紀を通してハイチでは自作農が一般化し、一八四二年には人口の三分の一が土地を正式に所有するのみだったが、一九〇〇年ごろには大多数が土地所有者となる社会が実現するまでになった[21]。

国内で独立自営農による社会が形成される一方、国際的には財政依存を強めた。一八二五年ボワイエは、ハイチ独立の承認を得るために、フランスに対して一億五千万フランという多額の賠償金を支払う選択をした。このころのハイチの年間予算が三千万フランで、賠償額はその五倍に相当する法外なものであった。当時はまだハイチから亡命したフランス人植民者が生き残っており、彼らの権利を口実にフランスに侵略される恐れがあった。また、それに備えるための軍備が過剰となり、国家財政を圧迫していたためやむを得ない選択であった。再征服を試みたナポレオン以降、フランスによる侵攻がまったく非現実的なものであったかと言えば必ずしもそうではない。復古王政に対する国内の不満を逸らすため、フランスは一八二七年に起きた外交事件を口実に、一八三〇年にアルジェリア侵略に着手した。ハイチが旧植民者への賠償を理由に標的にされていた可能性は否定できない。ちなみに現在でもこの独立承認を引き換えにした賠償は不当だとして賠償金返還を求める運動があるが、フランスはそれに応じていない。

　これ以降ハイチは火の車となった国家予算を補うためアメリカ、フランス、ドイツに債務を重ね、自転車操業を続けた。その結果フランスの人類学者いわく、十九世紀のハイチは「農民を棍棒で殴り、天然資源を叩き売る▼[22]」状況に陥った。ボワイエが失脚した一八四三年からアメリカがハイチを占領する一九一五年までのあいだに何度も政権が変わり、混迷の道をたどることになった。

## 「アメリカの地中海」と反米共産主義

ハイチは文化的にフランス語圏なのに、なぜ『朝露の主たち』ではしばしばスペイン語圏キューバに言及がなされるのか。それは二十世紀においてカリブ海、とりわけ北側に位置する大アンティル諸島がアメリカ合衆国の支配下に置かれたからであり、その中心がキューバであった。北アメリカだけではなく、中南米とカリブ海を含めた広義の「アメリカ」には十九世紀末から勢力図に変化が起きていた。

一八九〇年ごろにフロンティアが消滅したアメリカ合衆国は、新たな拡大を目指して中南米に進出を始めた。それが決定的となったのが一八九八年の米西戦争であり、地理的に近い大アンティル諸島はアメリカ合衆国の影響下に置かれるようになった。アメリカ合衆国は一八九八年にプエルトリコを併合、スペインから独立したキューバには一九〇二年に傀儡《かいらい》政権を樹立、ハイチの東側ドミニカ共和国は一九一六年に占領した。いわば旧来のスペイン帝国がアメリカ帝国主義にその座を譲った時代であり、トリニダードの歴史家エリック・ウィリアムズの表現を借りれば、カリブ海は「アメリカの地中海」となった。▼23 その背景として、大西洋の反対側では第一次世界大戦が勃発し、各ヨーロッパ宗主国のカリブ海支配が手薄になった事情がある。またそれ以上に重要なのが、二十世紀初頭からフランスに代わってアメリカ合衆国が建設に着手したパナマ運河である。開通は一九一四年で、大西洋と太平洋をつないで莫大な利益をもたらすことになる航路を確保するためにも、カリブ海を手中に収めることには大きな意義があった。

この時期キューバは奴隷制廃止と独立戦争で労働人口が激減していたが、サトウキビ産業がアメリカ資本によって急激な成長を見せた。第一次世界大戦が勃発したことで砂糖の価格が最高で四倍以上に高騰し、一九二〇年には「数百万ドルの踊り」Dance of the Millionsと呼ばれるサトウキビ産業バブルを迎え、キューバでは人手不足が起きた。ちょうどこの時期ハイチでは漸進的人口増による土地不足が深刻化しており、その上アメリカ農業資本の参入によって小規模自作農が土地を奪われる事態が発生していた。独立後、一八〇五年の憲法によって外国人がハイチで土地を所有することは禁じられたものの、およその百年後には大規模な土地の委譲が始まっていた。一九一五年から一九三四年にかけての占領時代以前、すでにハイチ北西部の都市ルカプと西部の首都ポルトープランスをつなぐ鉄道建設計画が実行されたことで、敷設予定地にもともと住んでいた農民が土地を追われていた。[24]土地にあぶれた農民を抱えるハイチから人手不足のキューバに出稼ぎの波が押し寄せたのは必然的な流れだった。

歴史家エリック・ウィリアムズは、一九一三年から一九二四年までのあいだにハイチ、ジャマイカ、プエルトリコから二十一万人がキューバに向かったと述べている。その結果、一九三一年にキューバ在住のハイチ人は八万人にのぼるも、世界恐慌のあおりを受け、一九三六年と一九三七年には三万人が本国に送還された。[25]『朝露の主たち』の時代設定は作中では述べられていないが、主人公は世界恐慌に続く農業不況と労働争議を経験して帰郷したことが推測される。地方警察がマニュエルを危険分子だとみなしているのは、その共産主義的言動によるものだとすれば、ハイチ共産党が非合法となった一九三六年以降に設定されていると考えるのが妥当であろう。

一九五七年にキューバ革命を成功させたフィデル・カストロを評して「共産主義はキューバ革命の原因ではなく結果であった」という言葉がある。つまり、カストロが反米主義の手段として共産主義を採用したことを述べている。[26] ただ共産主義は、社会主義思想が生まれた産業革命以降の西洋と植民地化された地域では意味合いが少々異なる。ヨーロッパでは資本家と賃金労働者の社会階級をめぐる国内問題である。しかし植民地ではそれが国内問題であるだけでなく国際問題でもあり、人種問題もからんでいる。資本家は外国から来た白人、労働者は国内の有色人種となる。これは白人が領主（その多くがヨーロッパに居を構える不在地主）、有色人種が奴隷であったかつての奴隷制の社会構造と重なり合う。今さら共産主義というと時代錯誤にも思えるのだが、当時大恐慌で世界経済が揺れる中、ほとんど影響を受けることなく工業化に成功したのが世界初の社会主義国家ソヴィエト連邦であった。帝国資本主義に農地や工場を牛耳られた被支配国にとって、生産手段の共有化は国有化も意味し、政治的自立と経済的発展の一挙両得を約束する希望に満ちた政治体制であった。

また共産主義に関連して、『朝露の主たち』における宗教の意義についても触れておかなければならない。カール・マルクスが「宗教は民衆の阿片」と言ったとおり、共産主義者ジャック・ルーマンは宗教を否定的に描いている。主人公はヴードゥー教の儀式が気休めでしかなく、雨乞いなどは無駄だと切り捨てている。ヴードゥー教の司祭はやぶ医者で、金はしっかり取るが、人間の病気も家畜のけがも治すことができない。同様にマニュエルの葬儀を取りしきるキリスト教の田舎司祭も、素性の怪しい人間が聖職者の皮をかぶった俗人で、高利貸しの地方警察イラリオンと癒着していてなおさら質《たち》が悪い。ヴードゥー教もキリスト教も、権威を笠に着た者が無知で貧しい農民をカモにする欺瞞でしかない。

ただ作者が全面的に否定的であるかと言えば、必ずしもそうではない。その証拠に小説は、キリスト教とヴードゥー教の類型論的解釈ができるように構成されている。キリスト教に関しては非常にわかりやすく、『朝露の主たち』にはその暗示が各所にちりばめられている。最も明らかなのは主人公をイエス・キリストになぞらえていることである。マニュエルがこと切れる第十三章は忌み数で、イエス・キリストの死が示唆されている。またマニュエルがあずまやを直すための木材に釘を打ちこむと赤い樹液が出るが、これはイエスの磔刑《たっけい》を示唆しており、主人公の身の上に起こることを予示している。そもそもマニュエルManuelという名前がイエス・キリストの名前インマヌエルImmanuel（フランス語ではエマニュエルEmmanuel）の略称であり、父称「ジャンジョゼフ」は洗礼者ヨハネ（ジャン）と父ヨセフ（ジョゼフ）を合わせたものである。ヴードゥー教についてはなじみがないのでわかりにくいのだが、キリスト教同様に物語の構成に深く関わっている。マニュエルの帰郷を感謝するため行なわれたヴードゥー教の儀式の最中、村には水と同時に血が流れると警告があり、この予言が物語の伏線となる。また登場人物はヴードゥーの神々と対照することができる。行き詰まるフォンルージュに打開の道を開くマニュエルは道の神レグバであり、主人公と対峙するジェルヴィレンはその儀式に乱入したオグンである。この荒ぶる神は鍛冶屋（つまり刃物、争い）の神で、火の属性をもっているため水を嫌い、大酒飲みで若い女に弱い性格をもつ。[27] ジェルヴィレンの性格はオグンの写しであると言っても過言ではない。

## 「地」と「血」をめぐる農村の悲劇

本作は、ハイチの詩人ルネ・ドゥペストルが「ジャック・ルーマンはハイチの集落にギリシャ悲劇を導入した」[28]と指摘するように、現代小説というよりも古典劇に近く、極めて単純な筋で構成されている。物語はほぼ時系列で語られ、主要登場人物は一貫した性格をもっている。主人公マニュエルは他より優れた英雄、その敵となるジェルヴィレン Gervilen の名はフランス語で「敵」vilain を表す語を含んでいる。頑固者の父ビヤンネメと心優しい母デリラ、献身的な恋人アナイズ、心優しい友ロレリアン、道化シミドール・アントワヌと賢者ラリヴォワール。物語は主人公の行為を中心に展開し、マニュエルとアナイズの会話、ビヤンネメとデリラのやりとりなど多くの場面が二者の対話で成り立っている。そうすると、群衆として現れる村人たちはいわば合唱隊《コロス》に相当し、その指揮を執る愚者アントワヌと賢者ラリヴォワールは合唱隊長に当たると言える。ただ主人公には旱魃と飢饉以外に、身内殺しに由来する憎悪という「呪い」（ヒュブリス）がかけられている。ただ主人公村には進歩的であるがゆえに村のしきたりを軽視する傲慢《ヒュブリス》があり、それが原因で身を滅ぼすことになる。村を救おうとして犠牲となる主人公マニュエルの受難、あえて真実を秘匿する母デリラの姿を描くクライマックスでは、精神の浄化《カタルシス》を禁じえない。

主人公が抱えたフォンルージュの問題は、脱植民地の状況でハイチ独自に形成された土地と血縁が密接に結びついた農村共同体の限界にある。もともとハイチに連れてこられた奴隷たちはアフリカから強制連行され、反乱が起きるのを避けるために意思の疎通ができないよう異なる部族同士で奴隷船に乗せられ、血縁も地縁も失って未知のアメリカに連れてこられた。プランテーションでは家畜同等の売買可能な動産とみなされ、結婚や家庭が顧みられることはなかった。先に触れたとおり、奴隷には所有権がなかったので原則的に土地も道具も持たず、食糧や生活必需品は主人に依存していた。しかし人類学者シドニー・ミンツが感嘆をもって指摘するように、ハイチが脱植民地化後に実現したのはその逆で、土地所有を基盤にした家族から成る農村社会だった。▼29 物語の背景となるドリスカとソヴェの身内殺しは土地の相続が因縁となっており、物語の主軸であるアナイズをめぐる三角関係も、血縁と土地に関わりがある。この「地」と「血」に関する農村共同体の危機の観点から主人公マニュエルの悲劇を解釈することで、解説を締めくくることにする。

一般的にカリブ海はアフリカに由来する母系社会société matrilinéaire、あるいは母親中心社会société matrifocaleであると思われている。例えば『朝露の主たち』とほぼ同じ時代にあたる一九二〇年代から一九三〇年代のフランス領植民地マルチニックを舞台にしたジョゼフ・ゾベルの自伝小説『黒人小屋通り』がその典型であり、フランス海外県化以降の一九五〇年代を舞台にしたパトリック・シャモワゾーの自伝『幼い頃のむかし』も同様である。それぞれ時代は異なるが、両作品とも父親の存在が薄く、母親（あるいはそれにあたる人物）中心の家庭で育てられることが共通している。

ハイチの『朝露の主たち』にみられるのは、それとはまったく異なる父系社会である。フォンルージュの村にはジョアンヌ・ロンジャニスという共通の始祖がおり、主人公は父称ジャンジョゼフを名乗っている。またデリラやアナイズがそうであるように、女性が男性の家に入る夫方居住婚である。前時代の家族制度であるため物語内で言及されることはないが、もともとハイチの農村社会は「ラク」lakou（語源はフランス語の「中庭」la cour）と呼ばれる血縁共同体で、家父長を中心とした三世代か四世代の拡大家族によって形成された。『朝露の主たち』でもその名残か、村人同士が「兄弟」、「いとこ」、「義理の」と呼び合っており、実際に彼らは血縁か婚姻による親族同士である。またしばしば男性は「コンペ」、女性は「コメ」と呼び合うが、古いフランス語の「代父」compère と「代母」commère がなまった親称で、共同体内で儀礼的あるいは疑似的家族関係にあることが示唆されている。ラクは父権制と一族の協働からなり、そもそも土地の所有者である家父長が自分の手では耕しきれない広い土地を成人した子供たちに分配して耕作させたのが起源だという。[30] 近親でもある近所同士で集まってお互いの仕事を助け合うクンビット coumbite という習慣は、先に述べた親子のあいだでの土地と労働力の贈与関係に起源がある。クンビットはスペイン語の「招待」convite が語源で、誘われた側は無償の労働を提供する一方、誘った側は返礼として飲食を用意する互酬関係であった。[31] また男女関係に関して、ひとつ誤解がないように補足しておかなければならない。物語の中でマニュエルはアナイズに対し、現代の読者であれば眉をひそめるようなマッチョぶりを発揮するが、作者ジャック・ルーマン個人が男性優位主義者なのではなく、実際にハイチの農村が男性優位の社会だったことを反映している。[32]

労働に関しては集団主義的だが、土地所有に関しては個人主義的であった。ハイチにおける農民の土地所有とその境界に関する意識は『朝露の主たち』の風景によく表れている。敷地は柵やバヤオンドの垣根で囲まれており、内と外の境界がはっきりしている。また物語の中で「名誉《オネ》」と「尊敬《レスペ》」という言葉が何度か出てくるが、これは他人の敷地に足を踏み入れる前に発する挨拶で（日本語で「ごめんください」と「いらっしゃい」に相当する表現であろう）、土地所有者への尊重を示す行為である。

個人の土地所有は十九世紀半ばから一般化すると同時に崩壊も始まっていた。もともと独立戦争時に人口が急激に減り、土地を所有する白人が存在しなくなったため無主地が発生し、それを埋める形で自作農が広がっていった。しかし一八七五年ごろになると土地と人口の均衡が崩れ始め、一九〇〇年ごろには土地をもたない者たちが現れた。その原因は、人口増と土地の相続の仕方の両方にあった。ハイチは独立後、ナポレオン法典に基づいて親が死ぬと子孫に土地を平等分配した。長幼も男女も分け隔てなく分配していったのが、世代を下るにつれて人口が増加して土地が細分化し、いわゆる日本語の「田分け」状態となった。また夫方居住も関係して相続地が遠隔化し、男性の場合、遠隔地は内縁関係にある女性に委託し、収穫を折半する小作農が広がっていった。[▼33] 小作であるがゆえに、そのあいだに生まれる子供は相続から外されることになる。土地が不足することにより、嫡出と非嫡出のあいだで相続の差が生じ、平等の原則が崩れていった。フランスの人類学者によると一九三〇年ごろには土地の矮小化が明白となり、若者の二十五パーセントが農村から流出し、女性が相続から除外されていったという。[▼34]

一九三〇年代後半が『朝露の主たち』の舞台と考えられることからすると、フォンルージュの村は家系と相続のシステムがすでに危機的状況にあり、土地をめぐる緊張状態にあったことが推測される。村に不和が生じることは明白なのに、一族郎党を連れて土地を力ずくで自分のものにしたドリスカ、それに逆上して手にかけてしまったソヴェ、双方とも土地不足で切羽詰まっていたことは想像に難くない。つまり、土地の個人所有と平等相続を基盤に進展したハイチの農村共同体に内在する限界が、フォンルージュにかけられた「呪い」の原因である。しかしながらフランスの人類学者が平等相続と細分化の問題に関して興味深い指摘をしており、一族の資産を管理する立場にある家長は結婚に際していとこ同士の婚姻関係を勧めたという[35]。実際に小説の中でもいとこ同士の結びつきは、春歌と思《おぼ》しき労働歌の一節「誰が小屋の中にいるんだ？　相手が答える。おれだいとこと一緒だ」Qui est dans la case?／Le compère répond／C'est moi avec ma cousine の中ににおわされている。確かに血族以外の者同士で結婚すると、先祖代々の土地が細分化して分散してしまうが、いとこ同士であれば一族のあいだに留めることができる[36]。この観点から見ると深い意味を持つのが、アナイズとジェルヴィレンの間柄である。

ビヤンネメの語るソヴェとドリスカの事件に至る話を元に、その他の登場人物の発言を追うと、フォンルージュの始祖ロンジャニスを基点とした家系図が粗描できる。まず族長ジョアン・ロンジャニスは複数人の女性とかなりたくさん子供を作り、ビヤンネメが「大おばとのあいだにはあのジェルヴィレンの親父にあたるドリスカができた」と言っており、マニュエルとジェルヴィレンは遠い親戚同士となる。そのジェルヴィレンはアナイズに向かって「俺たちは同じ家族だ。ロ

## ロンジャニス一族家系図

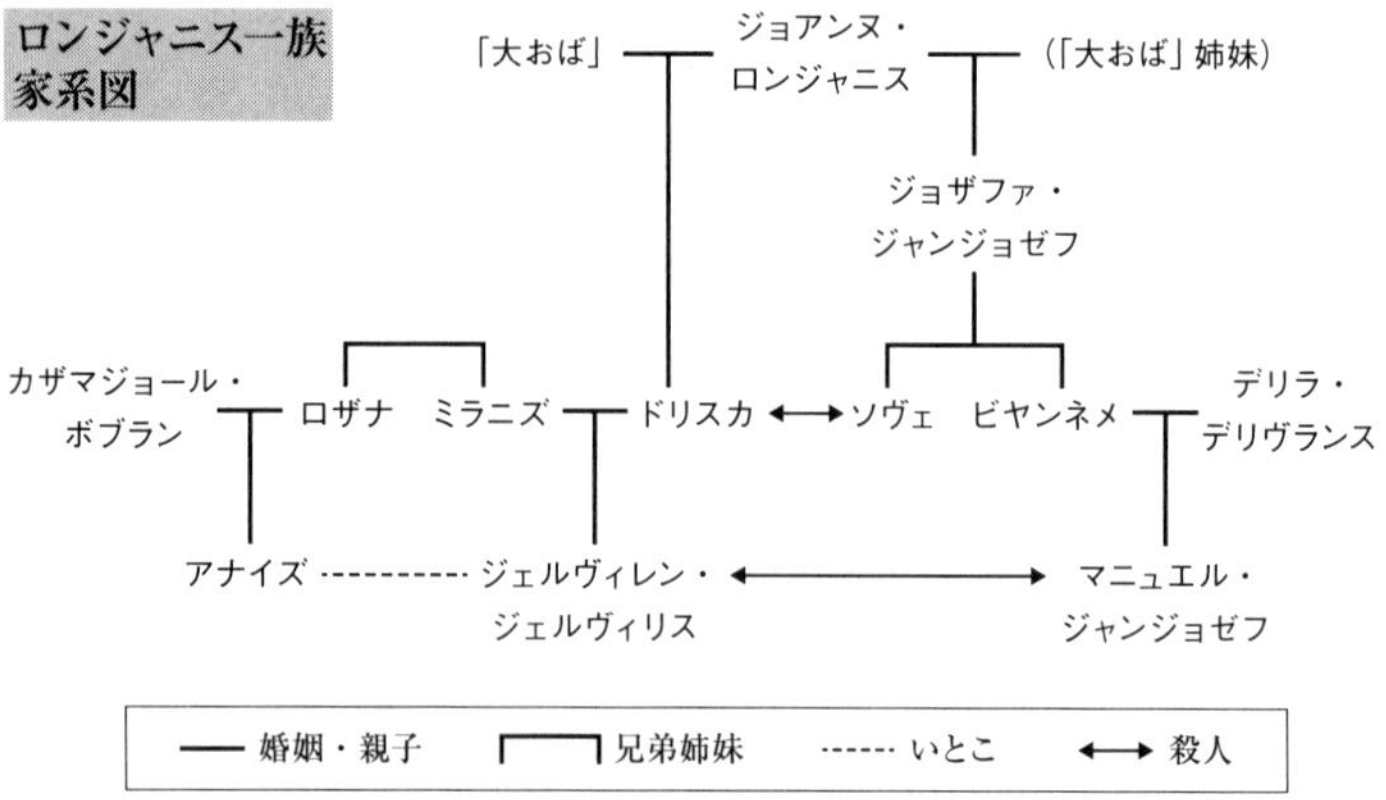


ザナは俺の死んだ母親ミラニズと姉妹じゃないのか？」と詰め寄る場面があり、二人が母方のいとこ同士の間柄にあることが判明する。ふたりの関係については遠回しにしか語られないが、「お前のことを頼みにおじのドリスメをロザナのところにやる必要はないんだな」という発言から、ジェルヴィレンは正式にアナイズといとこ同士での婚姻を望んでいたことがうかがえる。うがった見方をすれば、マニュエルは身内殺し（土地相続）と濃すぎる血（近親婚）の複雑なもつれを同時に解く行動をとったことになる。

マニュエルが末期に人間の生贄《いけにえ》が必要なのだと認めるように、失われたいのちはいのちでしか償えなかった。しかしながらフォンルージュの村はその代償によって、ことの発端となった身内殺しの呪縛から解き放たれる。このことはマニュエルに代わって最後に肝心要の役割を果たす母デリラ・デリヴランス Délira Délivrance の名に込められており、「譫妄」からの「解放」を意味する。フォンルージュの中を「血管の網のようになって水路を流れ」る水は、旱魃と飢饉に喘《あえ》ぐ村を救うだけでなく、フォンルージュに流れる始祖ロンジャニスの血に代わる新たな精気となる。ちなみにハイチの民間信仰では人が死ぬと肉体から魂が抜け、水の流れに宿って、百一日のあいだこの世にとどまるという。▼37 乾季から雨季に移り変わり、フォンルージュの村が立ち直るのを、マニュエルは泉の水に宿って見守ることになるのだろう。時は折しも復活祭、再生の「春」である。

最後にタイトル『朝露の主たち』*Gouverneurs de la rosée* について。いくつか解釈があるが、元はクレオール語の「水まきの主」mèt lawouze（フランス語でmaître de l'arrosage）に由来するという。▼38 村の治水を司《つかさど》る役で、マニュエルの口からその務めが大まかに説明されている（「村全体の信頼を得て、みんながそれぞれ必要な分だけの水を分けられるように、誰かを代表者にするのもいい」）。ただ「総督」や「知事」を意味する単語gouverneurを用いたのは作者の造語表現である。一九三〇年代後半にはすでに何度か用いられており、ハイチの堅気な農民のことを指すようである。

▼1 Jacques-Stéphen Alexis, 《Jacques Roumain vivant》, *Œuvres complètes*, Paris, CNRS Editions, 2018, p. 1337

▼2 ラファエル・コンフィアン、パトリック・シャモワゾー、西谷修訳『クレオールとは何か』平凡社、一九九五年、二〇九頁。

▼3 マリーズ・コンデ、くぼたのぞみ訳『心は泣いたり笑ったり』青土社、二〇〇二年、一五四頁。

▼4 Léon-François Hoffmann, 《*Gouverneurs de la rosée*: Introduction》, *Œuvres complètes*, Paris, CNRS

Éditions, 2018, pp. 285-286

▼5 Jacques Roumain,《Discours de Jacques Roumain》, *Œuvres complètes*, Paris, CNRS Éditions, 2018, p. 668

▼6 エメ・セゼール、立花英裕・中村隆之訳『ニグロとして生きる――エメ・セゼール対談』法政大学出版局、二〇一一年、五四頁。

▼7 Cf. Antoine G. Petit,《Richesse lexicale d'un roman haïtien : *Gouveneurs de la rosée*》, *Œuvres complètes*, Paris, CNRS Éditions, 2018, pp. 1396-1418

▼8 ラス・カサス、長南実訳『インディアス史 1』（第一巻、第五〇章）岩波文庫、二〇〇九年、三一九―三二〇頁。

▼9 ラス・カサス、長南実訳『インディアス史 1』（第一巻、第五二章）岩波文庫、二〇〇九年、三三三―三三四頁。

▼10 ジョン・エスケメリング、石島晴夫編訳『カリブの海賊』誠文堂新光社、一九八三年、六七頁。

▼11 Louis-Élie Moreau de Saint-Méry, *Description topographique, physique, civile, politique et historique de la partie française de l'isle Saint-Domingue*, tome 1, Philadelphie, Chez l'auteur, 1797, pp. 10-13

▼12 Louis-Élie Moreau de Saint-Méry, *Description topographique, physique, civile, politique et historique de la partie française de l'isle Saint-Domingue*, tome 1, Philadelphie, Chez l'auteur, 1797, p. 6

▼13 ウェイド・デイヴィス、樋口幸子訳『ゾンビ伝説』新宿書房、一九九八年、二八二頁。

▼14 André-Marcel D'Ans, *Haïti: paysage et société*, Paris, Karthala, 1987, p. 10

▼15 André-Marcel D'Ans, *Haïti: paysage et société*, Paris, Karthala, 1987, p. 18

▼16 André-Marcel D'Ans, *Haïti: paysage et société*, Paris, Karthala, 1987, p. 16

▼17 Paul Moral, *Le paysan haïtien*, Paris, Maisonneuve & Larose, 1961, p. 199

▼18 Mats Lundahl, *The Haitian Economy: Man, Land and Markets*, Routledge, New York, 2015, p. 24

▼19 ジャレド・ダイアモンド、楡井浩一訳『文明崩壊——滅亡と存続の命運を分けるもの　下』草思社、二〇〇五年、八八頁。

▼20 シドニー・ミンツ、藤本和子訳『聞書アフリカン・アメリカン文化の誕生』岩波書店、二〇〇〇年、一〇七頁。

▼21 Mats Lundahl, *The Haitian Economy: Man, Land and Markets*, Routledge, New York, 2015, p. 73

▼22 André-Marcel D'Ans, *Haïti: paysage et société*, Paris, Karthala, 1987, p. 193

▼23 エリック・ウィリアムズ、川北稔訳『コロンブスからカストロまで　Ⅱ』岩波現代選書、一九七八年、一八三—一九二頁。

▼24 André-Marcel D'Ans, *Haïti: paysage et société*, Paris, Karthala, 1987, p. 199

▼25 エリック・ウィリアムズ、川北稔訳『コロンブスからカストロまで　Ⅱ』岩波現代選書、一九七八年、二〇七頁。

▼26 エリック・ウィリアムズ、川北稔訳『コロンブスからカストロまで　Ⅱ』岩波現代選書、一九七八年、二六六—二六八頁。

▼27 Alfred Métraux, *Le vaudou haïtien*, Paris, Galimard, 1958, p. 96

▼28 René Dépestre,《Parler de Jacques Roumain（1907-1944）》, *Œuvres complètes*, Paris, CNRS Éditions, 2018, p. 20

▼29 シドニー・ミンツ、藤井和子訳『聞書アフリカン・アメリカン文化の誕生』岩波書店、二〇〇〇年、一〇五頁。

▼30 Mats Lundahl, *The Haitian Economy: Man, Land and Markets*, Routledge, New York, 2015, pp. 212-215

▼31 André-Marcel D'Ans, *Haïti : paysage et société*, Paris, Karthala, 1987, pp. 264-265

▼32 Cf. Rémy Bastien, "Haitian Rural Family Organization", *Social and Economic Studies*, vol. 10 No. 4, December 1961, pp. 505-510

▼33 Rémy Bastien, "Haitian Rural Family Organization", *Social and Economic Studies*, vol. 10 No. 4, December 1961, p. 503

▼34 André-Marcel D'Ans, *Haïti: paysage et société*, Paris, Karthala, 1987, p. 225

▼35 André-Marcel D'Ans, *Haïti: paysage et société*, Paris, Karthala, 1987, p. 248

▼36 相続とイトコ婚について参考になるのがアルジェリアの婚姻制度である。マグレブでは女児相続とイトコ婚を制度化することにより、イスラム法が要請する女性の遺産相続（土地の細分化）と土着の部族制（部族の土地の維持）の矛盾に折り合いをつけ、それに失敗した部族は解体したという（Cf. ジェルメーヌ・ティヨン、宮地美江子訳『イトコたちの共和国』みすず書房、二〇一二年、三六―四〇頁）。

▼37 Alfred Métraux, *Le vaudou haïtien*, Paris, Gallimard, 1958, p. 229

▼38 Léon-François Hoffmann, 《*Gouverneurs de la rosée*: Introduction》, *Œuvres complètes*, Paris, CNRS Éditions, 2018, p. 281

【著者・訳者略歴】

## ジャック・ルーマン（Jacques Roumain）

1907年、ハイチの首都ポルトープランスの裕福なムラートの家庭に生まれる。母方の祖父は、1912年から翌年に暗殺されるまで同国大統領を務めたタンクレド・オーギュスト。1921年からスイスの寄宿学校で学び、1926年には農学を学ぶためスペインのマドリードに移る。1927年、遊学を終えて帰国。1934年、ハイチ共産党を設立。1936年、ベルギーにいる実弟を頼ってブリュッセルに亡命。1937年、パリに移住。1939年にフランスを離れてニューヨークに渡り、コロンビア大学で民族学を学ぶ。1941年、亡命生活を終えて帰国し、ハイチ民族学研究所の初代局長に就任。1942年、メキシコ代理大使に任命される。1944年、任地で本書『朝露の主たち』を完成させるが、同年8月に他界。死因は不明で、毒殺説もささやかれた。享年37。死後、『朝露の主たち』と詩集『黒檀の木』が刊行された。

## 松井裕史（まつい・ひろし）

金城学院大学文学部専任講師。ニューヨーク市大学大学院センターで博士候補資格取得後、フランスのパリ第八大学で博士号取得。文学博士。フランスおよびフランス語圏文学、とりわけカリブ海が専門。訳書に、ジョゼフ・ゾベル『黒人小屋通り』（作品社）がある。

朝露の主《あるじ》たち

2020年7月25日初版第1刷印刷
2020年7月30日初版第1刷発行

著　者　ジャック・ルーマン
訳　者　松井裕史
発行者　和田肇
発行所　株式会社作品社
〒102-0072　東京都千代田区飯田橋2-7-4
TEL.03-3262-9753　FAX.03-3262-9757
http://www.sakuhinsha.com
振替口座00160-3-27183

装　幀　水崎真奈美（BOTANICA）
本文組版　前田奈々
編集担当　青木誠也
印刷・製本　シナノ印刷株式会社

ISBN978-4-86182-817-1 C0097

【作品社の本】

# 悪しき愛の書

**フェルナンド・イワサキ著　八重樫克彦、八重樫由貴子訳**

9歳での初恋から23歳での命がけの恋まで――彼の人生を通り過ぎて行った、10人の乙女たち。バルガス・リョサが高く評価する“ペルーの鬼才”による、振られ男の悲喜劇。ダンテ、セルバンテス、スタンダール、プルースト、ボルヘス、トルストイ、パステルナーク、ナボコフなどの名作を巧みに取り込んだ、日系小説家によるユーモア満載の傑作長篇！

ISBN978-4-86182-632-0

# 誕生日

**カルロス・フエンテス著　八重樫克彦、八重樫由貴子訳**

過去でありながら、未来でもある混沌の現在＝螺旋状の時間。家であり、町であり、一つの世界である場所＝流転する空間。自分自身であり、同時に他の誰もである存在＝互換しうる私。目眩《めくる》めく迷宮の小説！　『アウラ』をも凌駕する、メキシコの文豪による神妙の傑作。

ISBN978-4-86182-403-6

# 逆さの十字架

**マルコス・アギニス著　八重樫克彦、八重樫由貴子訳**

アルゼンチン軍事独裁政権下で警察権力の暴虐と教会の硬直化を激しく批判して発禁処分、しかしスペインでラテンアメリカ出身作家として初めてプラネータ賞を受賞。欧州・南米を震撼させた、アルゼンチン現代文学の巨人マルコス・アギニスのデビュー作にして最大のベストセラー、待望の邦訳！

ISBN978-4-86182-332-9

# 天啓を受けた者ども

**マルコス・アギニス著　八重樫克彦、八重樫由貴子訳**

合衆国南部のキリスト教原理主義組織と、中南米一円にはびこる麻薬ビジネスの陰謀。アメリカ政府と手を結んだ、南米軍事政権の恐怖。アルゼンチン現代文学の巨人マルコス・アギニスの圧倒的大長篇。野谷文昭氏激賞！

ISBN978-4-86182-272-8

# マラーノの武勲

**マルコス・アギニス著　八重樫克彦、八重樫由貴子訳**

「感動を呼び起こす自由への賛歌」――マリオ・バルガス＝リョサ絶賛！　16～17世紀、南米大陸におけるあまりにも苛烈なキリスト教会の異端審問と、命を賭してそれに抗したあるユダヤ教徒の生涯を、壮大無比のスケールで描き出す。アルゼンチン現代文学の巨匠アギニスの大長篇、本邦初訳！

ISBN978-4-86182-233-9

【作品社の本】

## ねみみにみみず

東江一紀著　越前敏弥編
翻訳家の日常、翻訳の裏側。

迫りくる締切地獄で七転八倒しながらも、言葉とパチンコと競馬に真摯に向き合い、200冊を超える訳書を生んだ翻訳の巨人。

知られざる生態と翻訳哲学が明かされる、おもしろうてやがていとしきエッセイ集。

ISBN978-4-86182-697-9

## ブッチャーズ・クロッシング

ジョン・ウィリアムズ著　布施由紀子訳
『ストーナー』で世界中に静かな熱狂を巻き起こした著者が描く、十九世紀後半アメリカ西部の大自然。バッファロー狩りに挑んだ四人の男は、峻厳な冬山に帰路を閉ざされる。

彼らを待つのは生か、死か。

人間への透徹した眼差しと精妙な描写が肺腑を衝く、巻措く能わざる傑作長篇小説。

ISBN978-4-86182-685-6

## ストーナー

ジョン・ウィリアムズ著　東江一紀訳
これはただ、ひとりの男が大学に進んで教師になる物語にすぎない。
しかし、これほど魅力にあふれた作品は誰も読んだことがないだろう。――トム・ハンクス
半世紀前に刊行された小説が、いま、世界中に静かな熱狂を巻き起こしている。
名翻訳家が命を賭して最期に訳した、“完璧に美しい小説”
第一回日本翻訳大賞「読者賞」受賞
ISBN978-4-86182-500-2

## 黄泉《よみ》の河にて

ピーター・マシーセン著　東江一紀訳
「マシーセンの十の面が光る、十の周密な短編」――青山南氏推薦！

「われらが最高の書き手による名人芸の逸品」――ドン・デリーロ氏激賞！

半世紀余にわたりアメリカ文学を牽引した作家／ナチュラリストによる、唯一の自選ベスト作品集。

ISBN978-4-86182-491-3

## 夢と幽霊の書

アンドルー・ラング著　ないとうふみこ訳　吉田篤弘巻末エッセイ
ルイス・キャロル、コナン・ドイルらが所属した心霊現象研究協会の会長による幽霊譚の古典、ロンドン留学中の夏目漱石が愛読し短篇「琴のそら音」の着想を得た名著、120年の時を越えて、待望の本邦初訳！
ISBN978-4-86182-650-4

【作品社の本】

## モーガン夫人の秘密

**リディアン・ブルック著　下隆全訳**

1946年、破壊された街、ハンブルク。

男と女の、少年と少女の、そして失われた家族の、真実の愛への物語。リドリー・スコット製作総指揮、キーラ・ナイトレイ主演、映画原作小説！　ISBN978-4-86182-686-3

## ゴーストタウン

**ロバート・クーヴァー著　上岡伸雄、馬籠清子訳**

辺境の町に流れ着き、保安官となったカウボーイ。酒場の女性歌手に知らぬうちに求婚するが、町の荒くれ者たちをいつの間にやら敵に回して、命からがら町を出たものの――。

書き割りのような西部劇の神話的世界を目まぐるしく飛び回り、力ずくで解体してその裏面を暴き出す、ポストモダン文学の巨人による空前絶後のパロディ！　ISBN978-4-86182-623-8

## ようこそ、映画館へ

**ロバート・クーヴァー著　越川芳明訳**

西部劇、ミュージカル、チャップリン喜劇、『カサブランカ』、フィルム・ノワール、カートゥーン……。あらゆるジャンル映画を俎上に載せ、解体し、魅惑的に再構築する！

ポストモダン文学の巨人がラブレー顔負けの過激なブラックユーモアでおくる、映画館での一夜の連続上映と、ひとりの映写技師、そして観客の少女の奇妙な体験！

ISBN978-4-86182-587-3

## ノワール

**ロバート・クーヴァー著　上岡伸雄訳**

“夜を連れて”現われたベール姿の魔性の女《ファム・ファタール》「未亡人」とは何者か!?

彼女に調査を依頼された街の大立者「ミスター・ビッグ」の正体は!?

そして「君」と名指される探偵フィリップ・M・ノワールの運命やいかに!?

ポストモダン文学の巨人による、フィルム・ノワール／ハードボイルド探偵小説の、アイロニカルで周到なパロディ！　ISBN978-4-86182-499-9

## 老ピノッキオ、ヴェネツィアに帰る

**ロバート・クーヴァー著　斎藤兆史、上岡伸雄訳**

晴れて人間となり、学問を修めて老境を迎えたピノッキオが、故郷ヴェネツィアでまたしても巻き起こす大騒動！　原作のオールスター・キャストでポストモダン文学の巨人が放つ、諧謔と知的刺激に満ち満ちた傑作長篇パロディ小説！　ISBN978-4-86182-399-2

【作品社の本】

## 戦下の淡き光

マイケル・オンダーチェ著　田栗美奈子訳

1945年、うちの両親は、犯罪者かもしれない男ふたりの手に僕らをゆだねて姿を消した——。母の秘密を追い、政府機関の任務に就くナサニエル。母たちはどこで何をしていたのか。周囲を取り巻く謎の人物と不穏な空気の陰に何があったのか。人生を賭して、彼は探る。あまりにもスリリングであまりにも美しい長編小説。

ISBN978-4-86182-770-9

## 名もなき人たちのテーブル

マイケル・オンダーチェ著　田栗美奈子訳

わたしたちみんな、おとなになるまえに、おとなになったの——11歳の少年の、故国からイギリスへの3週間の船旅。それは彼らの人生を、大きく変えるものだった。仲間たちや個性豊かな同船客との交わり、従姉への淡い恋心、そして波瀾に満ちた航海の終わりを不穏に彩る謎の事件。映画『イングリッシュ・ペイシェント』原作作家が描き出す、せつなくも美しい冒険譚。

ISBN978-4-86182-449-4

## ヤングスキンズ

コリン・バレット著　田栗美奈子・下林悠治訳

経済が崩壊し、人心が鬱屈したアイルランドの地方都市に暮らす無軌道な若者たちを、繊細かつ暴力的な筆致で描きだす、ニューウェイブ文学の傑作。世界が注目する新星のデビュー作！
ガーディアン・ファーストブック賞、ルーニー賞、フランク・オコナー国際短編賞受賞！

ISBN978-4-86182-647-4

## 孤児列車

クリスティナ・ベイカー・クライン著　田栗美奈子訳

91歳の老婦人が、17歳の不良少女に語った、あまりにも数奇な人生の物語。火事による一家の死、孤児としての過酷な少女時代、ようやく見つけた自分の居場所、長いあいだ想いつづけた相手との奇跡的な再会、そしてその結末……。すべてを知ったとき、少女モリーが老婦人ヴィヴィアンのために取った行動とは——。感動の輪が世界中に広がりつづけている、全米100万部突破の大ベストセラー小説！

ISBN978-4-86182-520-0

## ハニー・トラップ探偵社

ラナ・シトロン著　田栗美奈子訳

「エロかわ毒舌キュート！　ドジっ子女探偵の泣き笑い人生から目が離せません（しかもコブつき）」——岸本佐知子さん推薦。スリルとサスペンス、ユーモアとロマンス——一粒で何度もおいしい、ハチャメチャだけど心温まる、とびっきりハッピーなエンターテインメント。

ISBN978-4-86182-348-0

【作品社の本】

## アルジェリア、シャラ通りの小さな書店

カウテル・アディミ　平田紀之訳

1936年、アルジェ。21歳の若さで書店《真の富》を開業し、自らの名を冠した出版社を起こしてアルベール・カミュを世に送り出した男、エドモン・シャルロ。第二次大戦とアルジェリア独立戦争のうねりに翻弄された、実在の出版人の実り豊かな人生と苦難の経営を叙情豊かに描き出す、傑作長編小説。ゴンクール賞、ルノドー賞候補、〈高校生（リセエンヌ）のルノドー賞〉受賞！

ISBN978-4-86182-784-6

## 心は燃える　J・M・G・ル・クレジオ著　中地義和・鈴木雅生訳

幼き日々を懐かしみ、愛する妹との絆の回復を望む判事の女と、その思いを拒絶して、乱脈な生活の果てに恋人に裏切られる妹。先人の足跡を追い、ペトラの町の遺跡へ辿り着く冒険家の男と、名も知らぬ西欧の女性に憧れて、夢想の母と重ね合わせる少年。

ノーベル文学賞作家による珠玉の一冊！

ISBN978-4-86182-642-9

## 嵐　J・M・G・ル・クレジオ著　中地義和訳

韓国南部の小島、過去の幻影に縛られる初老の男と少女の交流。ガーナからパリへ、アイデンティティーを剝奪された娘の流転。ル・クレジオ文学の本源に直結した、ふたつの精妙な中篇小説。ノーベル文学賞作家の最新刊！

ISBN978-4-86182-557-6

## 迷子たちの街　パトリック・モディアノ著　平中悠一訳

さよなら、パリ。ほんとうに愛したただひとりの女……。

2014年ノーベル文学賞に輝く《記憶の芸術家》パトリック・モディアノ、魂の叫び！　ミステリ作家の「僕」が訪れた20年ぶりの故郷・パリに、封印された過去。息詰まる暑さの街に《亡霊たち》とのデッドヒートが今はじまる——。

ISBN978-4-86182-551-4

## 失われた時のカフェで　パトリック・モディアノ著　平中悠一訳

ルキ、それは美しい謎。現代フランス文学最高峰にしてベストセラー……。

ヴェールに包まれた名匠の絶妙のナラション（語り）を、いまやわらかな日本語で——。

あなたは彼女の謎を解けますか？　併録「『失われた時のカフェで』とパトリック・モディアノの世界」。ページを開けば、そこは、パリ

ISBN978-4-86182-326-8

## 人生は短く、欲望は果てなし

パトリック・ラペイル著　東浦弘樹、オリヴィエ・ビルマン訳

妻を持つ身でありながら、不羈奔放なノーラに恋するフランス人翻訳家・ブレリオ。

やはり同様にノーラに惹かれる、ロンドンで暮らすアメリカ人証券マン・マーフィー。

英仏海峡をまたいでふたりの男の間を揺れ動く、運命の女。奇妙で魅力的な長篇恋愛譚。

フェミナ賞受賞作！

ISBN978-4-86182-404-3

【作品社の本】

## 歌え、葬られぬ者たちよ、歌え

ジェスミン・ウォード著　石川由美子訳　青木耕平附録解説

全米図書賞受賞作！

アメリカ南部で困難を生き抜く家族の絆の物語であり、臓腑に響く力強いロードノヴェルでありながら、生者ならぬものが跳梁するマジックリアリズム的手法がちりばめられた、壮大で美しく澄みわたる叙事詩。現代アメリカ文学を代表する、傑作長篇小説。

ISBN978-4-86182-803-4

## 美しく呪われた人たち

F・スコット・フィッツジェラルド著　上岡伸雄訳

デビュー作『楽園のこちら側』と永遠の名作『グレート・ギャツビー』の間に書かれた長編第二作。刹那的に生きる「失われた世代」の若者たちを絢爛たる文体で描き、栄光のさなかにありながら自らの転落を予期したかのような恐るべき傑作、本邦初訳！

ISBN978-4-86182-737-2

## 分解する

リディア・デイヴィス著　岸本佐知子訳

リディア・デイヴィスの記念すべき処女作品集！

「アメリカ文学の静かな巨人」のユニークな小説世界はここから始まった。

ISBN978-4-86182-582-8

## サミュエル・ジョンソンが怒っている

リディア・デイヴィス著　岸本佐知子訳

これぞリディア・デイヴィスの真骨頂！

強靭な知性と鋭敏な感覚が生み出す、摩訶不思議な56の短編。　ISBN978-4-86182-548-4

## 話の終わり

リディア・デイヴィス著　岸本佐知子訳

年下の男との失われた愛の記憶を呼びさまし、それを小説に綴ろうとする女の情念を精緻きわまりない文章で描く。「アメリカ文学の静かな巨人」による傑作。待望の長編！

ISBN978-4-86182-305-3

【作品社の本】

## 黒人小屋通り　ジョゼフ・ゾベル著　松井裕史訳

カリブ海に浮かぶフランス領マルチニック島。農園で働く祖母のもとにあずけられた少年は、仲間たちや大人たちに囲まれ、豊かな自然の中で貧しいながらも幸福な少年時代を過ごす。『マルチニックの少年』として映画化もされ、ヴェネツィア国際映画祭で銀獅子賞を受賞した不朽の名作、半世紀以上にわたって読み継がれる現代の古典、待望の本邦初訳！

ISBN978-4-86182-729-7

## すべて内なるものは　エドウィージ・ダンティカ著　佐川愛子訳

全米批評家協会賞小説部門受賞作！　異郷に暮らしながら、故国を想いつづける人びとの、愛と喪失の物語。四半世紀にわたり、アメリカ文学の中心で、ひとりの移民女性としてリリカルで静謐な物語をつむぐ、ハイチ系作家の最新作品集、その円熟の境地。

ISBN978-4-86182-815-7

## ほどける　エドウィージ・ダンティカ著　佐川愛子訳

双子の姉を交通事故で喪った、十六歳の少女。自らの半身というべき存在をなくした彼女は、家族や友人らの助けを得て、アイデンティティを立て直し、新たな歩みを始める。全米が注目するハイチ系気鋭女性作家による、愛と抒情に満ちた物語。

ISBN978-4-86182-627-6

## 海の光のクレア　エドウィージ・ダンティカ著　佐川愛子訳

七歳の誕生日の夜、煌々と輝く満月の中、父の漁師小屋から消えた少女クレアは、どこへ行ったのか――。海辺の村のある一日の風景から、その土地に生きる人びとの記憶を織物のように描き出す。全米が注目するハイチ系気鋭女性作家による、最新にして最良の長篇小説。

ISBN978-4-86182-519-4

## 地震以前の私たち、地震以後の私たち

### それぞれの記憶よ、語れ

エドウィージ・ダンティカ著　佐川愛子訳

ハイチに生を享け、アメリカに暮らす気鋭の女性作家が語る、母国への思い、芸術家の仕事の意義、ディアスポラとして生きる人々、そして、ハイチ大地震のこと――。
生命と魂と創造についての根源的な省察。カリブ文学OCMボーカス賞受賞作。

ISBN978-4-86182-450-0

## 愛するものたちへ、別れのとき

エドウィージ・ダンティカ著　佐川愛子訳

アメリカの、ハイチ系気鋭作家が語る、母国の貧困と圧政に翻弄された少女時代。
愛する父と伯父の生と死。そして、新しい生命の誕生。感動の家族愛の物語。
全米批評家協会賞受賞作！

ISBN978-4-86182-268-1